ちくま文庫

名短篇、ここにあり

北村 薫
宮部みゆき 編

筑摩書房

名短篇、ここにあり

となりの宇宙人

半村 良

半村良（はんむらりょう）

一九三三―二〇〇二

東京生まれ。東京都立両国高等学校を卒業後、数々の職業を遍歴。一九七二年、『石の血脈』で星雲賞受賞、伝奇SFと呼ばれる新ジャンルを開拓。七三年、『産霊山秘録』で第一回泉鏡花賞、七四年、風俗人情譚『雨やどり』で直木賞、八八年、『岬一郎の抵抗』で日本SF大賞、九三年、『かかし長屋』で柴田錬三郎賞をそれぞれ受賞。『戦国自衛隊』は一九七九年に映画化され、二〇〇五年には『戦国自衛隊1549』としてリメイクされた。

田所はテレビのスイッチを消した。

「今日の放送はこれで全部終了しました」

アナウンサーの声がそう言ったからである。放送をしていないテレビの、あの白っぽいブラウン管の光が、田所は大嫌いであった。なんだか知らないが、ばかに淋しくなってしまうのだ。この広い世の中に、自分ひとりでポツンと取り残されたような、いくら頑張っても前途に望みはまったくないのだぞというような、侘しく虚しく物哀しい光に思えるのである。

スイッチをオフにしてテレビを消すと、もう三日も敷きっぱなしの蒲団の上にあぐらをかき、枕もとのハイライトの袋から、右手で一本抜きだして咥えた。咥えると今度はその手でマッチ箱を取り、マッチ棒を一本取って皺くちゃのシーツの上へ置くと、マッチ箱を右足の第一指と第二指の間にはさんで、また棒を取り、用心深く火をつけた。

左腕は胸の前で曲りっぱなしである。白い包帯でぐるぐる巻きになっている。手首の包帯のおわりのところが少しゆるんでいて、下から石膏らしいものがのぞいている。ギブスをはめているのだ。

会社を休んでもう一週間たつ。することがなくて、テレビばかり見ているのだ。新聞も週刊誌もお伊勢さんの暦も、読めるものはみんな読み尽している。朝になったら、となりの貞さんが出勤する前につかまえて、何か本を借りなければどうにも時間が潰せないと思った。

部屋の広さは六畳である。入口の横に小さな流しとガス・コンロがついている。団地サイズの洋服だんすと整理だんす。冬になると炬燵になってしまう四角いテーブルと、小さな冷蔵庫、テレビ、食器棚。少し前までそのほかに洗濯機があったのだが、脱水機を使うとガタン、ガタンと揺れて階下の住人から苦情が来たりする厄介ものだった。相当古い代物なのに因果と頑丈にできていて、いつまでも使えるし、捨て場もないので置いてあったが、三週間ほど前の日曜日に、チリ紙交換の車が、

「古テレビ、古洗濯機など、ご不要の品がありましたら……」

とやっているのを聞いて、衝動的に払いさげてしまった。近くに時間貸しの洗濯機

屋が出来たので、洗う物はそこへかかえて行けばいいのだ。

洗濯機屋。このあたりの者はみなそう呼んでいる。洗濯屋なら洗ってくれるが、その店は大型の洗濯機を何台か並べて、自分で洗うのだ。いや、洗うのは洗濯機がやってくれるのだから、洗濯物を機械に放りこんで木のベンチに坐って待っていることになる。待っている間の時間潰しに、雑誌がたくさん置いてある。何事にも観察が鋭くて頭のいいとなりの貞さんが、

「ねえ運ちゃん。あの洗濯機屋の本は、みんな床屋の匂いがするぜ」

と教えてくれた。次に行ったとき嗅いでみたら、なるほど床屋の匂いがしみ込んでいた。洗濯機屋はもと不動産屋の場所であった。その不動産屋の弟が、同じ町内で理髪店をやっている。

ところで、田所はみんなに運ちゃんと呼ばれている。だが運転手の運ではない。廊下のドアのところに、田所運一郎という表札が出ている。運一郎の運なのである。しかし、田所運一郎の職業はメリヤス会社の配送係で、要するに運転手なのである。その運転の運が悪くてこの間事故を起してしまった。左腕骨折ということで三、四日病院へ入り、案外軽くて自宅へ帰されたが、ギブスがとれるまではどうすることもできない。

もう春である。夜更けでも、生暖かい、何やら妖しげな気分になって来る。左の腕がギブスの下でムズムズする。田所は煙草を灰皿のふちで叩いて右手の指にはさみ、つい聞き耳をたてた。

たしかに聞き耳をたてる価値はある。となりの貞さんは若いが区の保健所の係長で、まだ独身。背がひょろりと高くて額が広く、ちょっといい男なのだ。彼女が三人もいて、かわりばんこにうまく捌いている。今夜は多分あの子の番だな、などと田所でさえもう順番を呑み込んでしまっている。

田所が思ったとおりの娘が、となりの部屋で寝ているのだ。色白で上向き加減の可愛らしい鼻、小さな口。ただ、化粧を落さずに寝たと見えて、目の化粧が黒く残っている。顔がぽっちゃり型なのに、体つきは案外すらりとしている。貞さんの腕が娘の首の下へ通っていて、二人とも裸。ついさっき睡ったところである。田所がテレビを消す寸前に……。したがって、耳をすましてもちょっと手遅れのようだ。

反対側の壁の向うはまだ起きている。女はキャバレーのホステスで、それがご帰館後、三面鏡に向って就寝前のお肌のお手入れという奴。パックしてしまっているから、まっ白で無表情。うすっぺらなブルーのネグリジェを着ている。立つと右の膝っ小僧に、酔って転んだ大きなすりむき傷の痕がまだなまなましいのだが、今は向う向きで判らない。ちょっとお尻が平べったい感じだ。流産二回。いつも、今度できたら生んじゃうから、と夫を脅迫している。そんなことにならないよう、注意に注意を重ねているのが、ひとつ年下の唯夫。バーテンダーである。二人はちゃんと籍も入れている。ただし結婚式はあげていない。夫婦の持物は多くて、まずセミ・ダブルのベッド。三面鏡に衣裳だんすに整理だんすに冷蔵庫。洗濯は田所と同じに近くの洗濯機屋へ行くから洗濯機はなし。そのかわり狭い台所に電子レンジまで置いていて、食器棚がそれに加わるから、まさに立錐の余地もないと言ったあんばいだ。押入れの襖をあけて中の品物をとり出すには、ベッドの上へ乗らなければならない。おまけに壁のあいている場所へはポスターだのポートレートだのがびっしり貼り込んであって、目がチカチカするくらいだ。

「昌子、できたよ」

台所でおじやを作っていた唯夫が言う。

「ん……」

奥方の昌子はおもむろにパックをひきはがす。ナイロンのパンストだのパックだのというのは、実は引きはがすときに快感があるのだと言うが、本当だろうか。

「あんたとこ、もすこし早くおわれんのかいね」

昌子は夫と話すと、ときどきどこかの訛りが出る。

「無理だな」

唯夫は茶碗に器用な手つきでおじやを盛って言う。卵雑炊とか肉うどんとか、その手の料理はうまいものだ。店でしょっ中作っている。ただし本式の修業はしていないから、ちゃんとした物の作り方は知らない。雑炊は上手だが飯は炊けないという、変な料理人。それに生魚が扱えない。生臭いのが苦手なのだ。おまけに大の鼠ぎらい。ちょッと女の子めいている。この間も店にチョロチョロッと鼠の影がさしたら、キャーッと言ってカウンターの上へとびあがった。客がいなかったからいいようなものの、

「ばかやろ。鼠がこわくてバーテンがつとまるか」

と、チーフに妙な叱られかたをした。

その二人が淡々とおじやを食べおわり、唯夫があとかたづけをして、セミ・ダブルのベッドへもぐりこんだ。

「今日からなしでいいよ」

昌子がネグリジェの前をはだけながら言い、裸の胸を唯夫の鼻先へ近づける。

「なら、きのう休めばよかったのに」

たのにィ……と唯夫は甘え声で言う。収入は昌子が唯夫の二倍強。でも今のところ

うまくいっている。愛だの人生だのという会話はこの夫婦には無縁だ。好きで惚れて一緒にいる。先行きどうなるか考えもしない。昌子の当面の心配ごとは、客のアーさんが同僚の道子に取られやしないかと言うこと。道子はいつも主役になりたがって、今までにも何度か仲間の客を奪ったことがある。れっきとした彼氏がいるのにすぐ体を張って来るから面倒な相手だ。

唯夫が鼻声になりはじめる。いつもそうなのだ。男のくせにわりと派手によがる。昌子は最後のとき、ウッと圧し潰したような低い声をたてるだけ。でも、色気がないと言って心配することはない。相手が違うと結構甘い声で悶えたりするのだ。田所がそれに聞き耳をたてている。甘い声を昌子のだと、ずっと思い込んで来ている。だからドキドキして昂る。唯夫のだと知ってもそれだけ昂るかどうか……。

真下の部屋の源田さんが、暗い部屋の中でじっと天井を見あげている。天井を見ているのではなく、電灯の笠を見ているのだ。外からの薄い光で揺れているのが判る。もう七十近くて、別に肉体的な反応はない。でも目敏くて二階ではじまるとすぐ目がさめてしまう。でも笠の揺れを勘定しているとまたじきに睡れるのだ。

「八十二、八十三、八十四、八十五……」

源田老人が八十五まで数えたとき、そう大きな震動とも言えないが、ドスンと上下動が一回あり、外でガシャッという複雑な金属音がした。睡りかけていた老人はそれでまたはっきりとさめてしまった。

大きな目をあいて笠をみつめている。さっきまでの揺れ方とは異なり、上下にふわふわとこまかく揺れている。老人は次の異変を待って身構えているが、それっきり何事も起らない。

そのアパートでいちばん先に外へ出たのは田所だった。ガシャッという複雑な金属音に憶(おぼ)えがあったからである。それもなまなましい奴……おかげで左腕を骨折したのだ。

事故だ、と思ってとび出したが、考えてみるとそんな大事故が起るほどの通りではない。ちり紙交換の車がやっと入ってこれるほどしか幅がないのだ。

「何だったんだろ……」

田所は生暖かい夜の中へ、鉄の階段を鳴らして降りて行く。

「あれれ……」

アパートの入口に、変な車がいた。まん丸で、中央に風防がついている。一人乗りだ。

「どこの車だい、こいつは」

所属を知りたくて言ったのではない。メーカーを知りたかったのだ。いずれ外車だとは思ったが……。ドイツの一人乗りにたしかこんなのがあった。でもこれはボデーがまん丸で平べったい。

「シャーシを折っちまったのか」

下をのぞいてもタイヤが見えないのでそう言った。

カタ、カタ、カタ、と源田さんが下駄を鳴らして一階の廊下から出て来た。

「事故かい」

「ああ、今晩は。そうらしいですね」

「細い道をとばすからだよ、夜中だと思って……あれ、なんだいこの車は」

二人で首をかしげていると、貞さんがパジャマのボタンをかけながら降りて来る。それを手はじめに、アパート中が出て来た。

「貞さん、こんな車見たことあるかい」

田所が尋ねた。貞さんは眉をひそめ、

「そんなことはどうでもいいじゃないか。怪我人は、怪我人」

と強い声で言う。田所は叱られたように思い、首をすくめた。

「まだ中にいるんじゃないのか。仕方ないなあ」

貞さんは先に来ていた源田老人をちらっと見てから、中央の風防をのぞいた。

「なんか入ってるぞ。うつぶせに倒れてるみたいだ」

貞さんはその風防をあけようとした。丸っこく盛りあがっていて、手をかけるところもない。

「あけ方が判んないよ。運ちゃん、教えて」

「俺……」

田所は貞さんの傍へ寄った。

「俺だって知らないよ。こんな車はじめてだもの」

「知らないのかい、運ちゃんのくせに」

今度の運ちゃんははっきり運転手の意味だった。

「うん」

「どうやってあけるんだろうな」

貞さんは調べはじめる。

「おい、ここをトラックでも通ったかな」

貞さんは顔をあげ、誰にともなく訊いた。

「通らないだろ。こんな狭いとこ」

「おかしいぜ。この車、タイヤがないよ。運んでておっことしたんじゃないかな」

「はい、灯り」

源田老人が部屋へ戻って懐中電灯を持って来た。貞さんがそれで照らしてみる。

「な、タイヤがないだろ」

「知ってる。あたしこれ見たわ。嫌あねえ、これ、あれよ」

病院で栄養士の助手をやっている、田口さんというおばさんが素っ頓狂な声で言った。

「知ってるの、おばさん」

田所が訊く。

「運ちゃん知らないの。空飛ぶ円盤て」

「空飛ぶウ……」

田所は目を剝く。

「冗談言いっこなし」

「あら……」

田口のおばさんは不服そうだ。

「テレビでやってるじゃない」

「でもさ、空飛ぶ……嫌(や)んなっちゃうな」

田所は風防をあけようと、あちこち懐中電灯で照らしている貞さんに助けを求めた。

「そうらしいな」

貞さんは案外真面目(まじめ)だった。

「とにかくこいつは円盤だよ。多分、テレビの撮影用か何かで作ったんだろうな」

「それがどうしてこんなとこにおっこってるのさ」

田所は合点が行かぬらしい。

「俺だって知らないよ」

貞さんはこういうことになるとしつっこい。どうしても風防をあけてやる気で、熱心にいじっている。

「あの、落した人が探してるかも知れないぞ」

源田老人が言い、カタカタと下駄を鳴らして横丁の出口へ行った。そのとき、プシューッと音がして、風防が突然ひらいた。

「あれ、うまくできてやがる」

貞さんは感心して懐中電灯をその中へ向けた。複雑そうな計器盤があり、何かのクッションを放り込んだのか、緑色のものが座席につまっていた。

カタカタと下駄を鳴らして源田老人が戻って来る。

「何もいないね。トラックなんか……」

二階で最後に出て来たのは、唯夫と昌子であった。鉄の階段の途中から唯夫が言う。

「どうしたの、何かあったの」

貞さんが上を見て答えた。

「円盤がおっこってたんだよ」

「円盤って……」

「空飛ぶ」

「ほんと。わあ、すげえ」

田所が低い声でつぶやく。

「気がつかねえわけだよ」

「え……」

貞さんに訊かれ、少しあわてる。

「本物かね」

「まさか」

見物たちが口ぐちに言う。

「本物のわけないじゃない」

「ばかだよ」

「本物なら宇宙人が乗ってるよ」

と、座席の中のクッションか何かだと思った緑色のかたまりが、ムクムクと盛りあがり、風防の外へ半分出た。

頭でっかちで目がふたつ。鼻がなくて小さな口。両側にとがった大きな耳がひと揃(そろ)い。

「フーッ」

と音をたてて深呼吸をした。

「すみません、どうも」

「嫌(や)だ、宇宙人じゃない」

みんな笑った。ぬいぐるみだと思ったのだ。

「夜分おさわがせして申しわけありません。上でちょっと事故がありまして、その……緊急事態という奴なんで。それで、やむを得ず降りて来たんですが、どうも悪いとこへ来てしまって、小さなうちばっかりでしょう、ここらは。だもんで、必死になって……だって、みなさんのおすまいに万一のことがあっては申しわけないし」

「降りて来たって、どこから」

貞さんがふしぎそうに言う。

「上……」

緑色の宇宙人はふにゃふにゃした細い二本の腕の片方を上へ伸ばした。

「空」

「ええ。宇宙」

「まさか」

「いえ、ほんと」

「それにしちゃ、言葉がうますぎらあ」

貞さんは疑っている。

「そりゃ、こっちは商売ですからね」

「何の商売さ」

「ずっと地球の変化を観察して記録してたんですよ。わたし、こう見えても一級の惑星監視員なんで」

「観察してたって、いつ頃から」

「そうですね」

宇宙人はちょっと暗算するように目玉を上へ向けた。瞳は黒い。

「こちらの時間に直して、ざっと一億八千万年くらい」

「一億八千……」

貞さんは呆れた。

「ええ、低いとこも飛ぶし、みなさんのくらしもちゃんと見てますからね。言葉ぐらい」

「ねえみんな」

貞さんはアパートの人々のほうを見た。

その頃には近所の連中も起き出して来て、人垣に加わっている。

「この人は本物だよ」

「たしかにそうらしい。ぬいぐるみじゃないよ。ねえ、ちょっとその車……じゃなかった、円盤から外へ出て立って見せてよ」

宇宙人はのっそりと円盤の座席から出た。人間と同じように手も足も二本だが、やけにふにゃふにゃした感じであった。

「こりゃ本物だ」

源田老人が洋服の生地をほめるように、緑色の肌を指で撫でて言う。とたんに宇宙人はぐらぐらっと体を傾け、倒れそうになって円盤のへりに手をつく。

「いけねえ、どこか怪我してるらしい」

「いや、大丈夫です。傷はないようです。ただ、ちょっと目まいが……」

「入って休みなよ」

田所が言う。自分も事故を起したばかりだから、同情心がある。

「どこへさ」

貞さんはむずかしい顔になった。

「ちょっと休ましてやったっていいだろ」

「そりゃいいよ。でも、どの部屋へ入れるんだい。誰のうち……」

田所は答えにつまった。このアパートで一人きりなのは、田所と貞さんと源田老人だけである。しかし貞さんのところへは順番の彼女が来ている。田所は源田さんを見た。

「俺、外人は苦手だ」

源田老人は尻ごみする。

「じゃ、誰か上へ連れてってやってよ。俺の部屋へ」

誰も動こうとしない。

「ちぇっ、不人情だな。いいよ。俺が連れてく」

田所は片手を宇宙人の肩へまわした。

「いいんです、一人で歩けます。ちょっと横にならせてもらえば」

「じゃあついて来な。二階だから」

田所は宇宙人と階段を登って行く。みんなが道をあけて見送る。

「しかし驚いたな。宇宙人がこんなところに来るとはねえ」

二人の姿が二階へ消えると、みんな一斉に話しはじめる。

「新幹線で九州まで行ける世の中だ。宇宙人だって来るさ」

唯夫と昌子が階段を降り、円盤のそばへ行く。源田老人と顔が合うと、老人は反射的にぺこりとお辞儀をした。

「どうも、ご苦労さま」

「こちらこそ……」

昌子が意味もなく挨拶(あいさつ)を返す。老人が言ったのは、電灯の笠の揺れから連想してしまったのだのに。

「上はなんともないけど、下がぐじゃぐじゃだよ。ひどい事故だな。でも、こんな狭いとこへよく降りられたもんだ。危(やば)かったなあ」

「ねえ、警察へ報せなくていいの」

　昌子が何気なく言った。

「そうだな。事故は事故だからね」

　誰かが相槌を打つ。すると、宇宙人を部屋へ置いて降りて来た田所が、階段の途中から強い口調で言った。

「だめだよ、そんなことしちゃ」

「なぜ」

「だって、誰にも迷惑かけてないじゃないか。そうだろ。自分の乗ってる……円盤を、自分でぶつけただけじゃないか。交通課を呼べば何だかんだうるさいんだよ。俺だってそうさ。ハンドル切りそこねて田んぼへおっこっちゃったけど、田んぼには何も植えてなかったし、人も傷つけやしないし、ぶつけた相手もいなかった。怪我したのは自分だけだ。でもパトカーが飛んで来やがってよ、ああでもねえ、こうでもねえって書類ばっかり面白がって作りやがる。俺んときはすんじゃったから仕方ないけど、一一〇番なんか呼んじゃあいつがかわいそうだよ」

　源田老人が頷く。

「そうだな。まして相手はこの国の人じゃない。身寄りもたよりもない人じゃないか。

なるべくかばってやろうよ」

そういう源田老人も、今は天涯孤独なのだ。

「ようし、判った。じゃな、唯夫君、こいつをどこかへしまっちゃおう。朝になれば牛乳屋だの何だの、車が通るだろう。邪魔になっちゃ悪いもの」

すると、見物に来ていた八百屋のおやじが前へ出て来た。

「うちの裏が少しあいてるよ。いちんちかふつかならいいよ」

「じゃ、運んじゃおう、運んじゃおう」

男たちが円盤のへりへ手をかけて、寄ってたかって八百屋の裏へ運んで行ってしまう。

「なんだ、これまでか」

田口のおばさんはじめ、残った女たちは拍子抜けした様子で、めいめいの部屋へ引きあげて行く。

「でもさ、宇宙人て、本物見たのははじめてよ。面白い恰好(かっこう)ね」

「ねえ、あれ洋服着てないみたいじゃないの。裸だったのかしら」

女たちは笑い合っていた。

パンパンと両手をはたきながら、八百屋の裏へ行った男たちも戻って来る。

「運ちゃん、あいつ寝かせたのかい」

貞さんが田所に訊く。

「あんたの彼女がね、面白がって面倒みてるよ」

「あいつ、ちゃんと着てたろうな」

「うん」

「ならいいけど」

二人は小声で話し、階段の登り口で階下の男たちに挨拶した。

「おやすみ」

「ご苦労さん」

源田老人が田所たちに言う。

「じゃ、あんたがたにまかせたよ」

「あいよ」

田所は気軽に答える。

「このざまで会社は休みだし、ちょうどいいや」

「あした見に行くよ。俺も手伝うから何かあったら言ってくれよ」

「ああ」

二人は二階へあがり、廊下のドアをしめた。

「源田さんも面倒見がいいからな」

「淋しいのさ、一人ぼっちだから」

二人は田所の部屋へ入った。見ると宇宙人が窓際にへばりつくように立っていて、寝乱れ顔の娘が部屋を掃除している。

「おいおい、病人そっちのけで何してるんだ」

貞さんが言う。

「だって、あんまり汚ないんですもん」

娘は手際がいい。ざっと掃除して蒲団を敷き直す。

「シーツの替え、あります」

あります、と尻上りで言い、ながし眼(め)に近い色っぽい目つきで田所を見る。

「整理だんすの一番下……出す出す。僕が出します」

「あたしが出すわ。だって、手が悪いんでしょう」

娘は甲斐々々(かいがい)しく抽斗(ひきだし)からシーツを出す。

「いい子だ。彼女が一番いいみたい」

うっかりそう言って、貞さんに肱(ひじ)で小突かれる。

「はい、ここへ横になってちょうだい」

宇宙人は頭をさげる。

「すいません。お手数をかけちゃって」

「いいんですよ、ねえ」

娘は入口に突っ立っている二人を見る。

「まあのんびり体を休めて。その調子なら、ひと晩寝ればなんとかなるよ」

「ええ」

宇宙人は大きな頭を枕に当てた。

「以前から、こいつの中身だけがよく判らなかったんですけど、いったいこの枕の中に何がつめてあるんですか」

「へえ、宇宙人でも判らないことがあるんだね」

貞さんと田所は蒲団のそばへ坐った。

「そば殻だよ」

「そば殻って、あの植物のそば……」

「そう」

「判らないはずだ」

「わたしら、あの植物が苦手なんですよ。ジンマシンができちゃう」

「どうして」

「あ、それはまずい」

貞さんがあわてた。

「おい、お前うちの枕を取って来い。あれは洋枕だから」

「はい」

娘は素早く立ってとなりの部屋へ行く。

「貞さん」

「なんだい」

「お前、だなんて呼んでるのかい」

「そうだよ」

「ええなあ、三人も」

「別にえらくなんかない」

「でも、ほんとにあの子はいい子」

「まあな」

その娘が枕をかかえて戻って来る。

「ほら、こいつと取りかえて」

宇宙人は首を持ちあげて枕をとりかえてもらう。

「紹介しとこう。この子は淳子」

「へえ、淳子ちゃんか」

と田所。

「どうぞよろしく」

「顔はちょいちょい見かけるから知ってたんだ」

「あたしも……田所さんでしょう」

「そう運ちゃん」

田所は笑った。

「君の名前は。ただ宇宙人じゃ失礼だもの」

すると宇宙人はわけのわからない声を発した。田所と貞さんは首をすくめる。

「宇宙語か。全然判んないよ」

「でしょう」

宇宙人は微笑した。

「宇宙人でいいですよ」

「宇宙人じゃなあ……ウーさんはどうだい。ウーさんとかウーちゃんとか」

「変だよ」

「じゃ、チューさん」

「あ、それがいい。宙さんだ。……とにかく、ひどい目に会ったね、宙さん」

「ええ」

宙さんは力なく微笑した。

翌朝。

「弱ったよ、貞さん」

田所が出勤直前の貞さんをつかまえて相談している。

「宙さんの食べ物が判んないよ」

「そうか……」

貞さんは靴をはきながら考え込む。

「そいつは弱ったな」

貞さんは昨夜の騒ぎで少し寝坊し、気がせいているようだ。

「ねえ、食わせなきゃしょうがないだろ」

「うん」

「やだよ、ほっといて会社へ行っちゃ」

「会社じゃない、役所」

「どっちでもいいけどさ、なんとかしてよ」

「それじゃね、豆腐食わしてみな」

「豆腐……」

手近に豆腐屋がある。このアパートのとなりが豆腐屋なのだ。アパートの持主でもある。ただし、油揚げなどを作るから、豆腐屋にゴキブリの大群が住みついていて、窓をあけ放しておくとすぐゴキブリがとびこんで来る。だから全戸網戸つき。豆腐屋が持主なのだから、そのくらいのことはしてくれる。

「いちばん当りさわりがない食い物だと思うんだ。豆腐で駄目なら納豆。ハンペンなんかもいいかも知れないいな」

「やわらかいものばっかりだな」

「でも、ソーセージとか魚とか食わせて、もし当ったらまたひと騒ぎだぜ」

「それもそうだな」

部屋の中で二人のやりとりを聞いていた淳子が口をだした。

「あたし今日お休みだから手伝ってあげてもいいわ」

「そうだ、こいつは今日定休なんだ。これ、美容師の見習いでね」

「そいつは助かるな。俺、手が不自由だからさ」

淳子は貞さんに念を押す。

「いいかしら」

暗にほかの彼女のことを言っているらしい。かち合ったら面倒なことになる。

「いいよ」

貞さんは淳子の言葉の裏の意味に気づいたのかどうか、はっきりしない態度で廊下へ出た。

「とにかく俺は行くよ。これじゃ遅刻だな」

腕時計を見て顔をしかめ、睡そうなはれぼったい顔で出て行った。

「行ってらっしゃい」

田所が淳子のかわりに大きな声で言った。

「さて、じゃあ豆腐を買って来なきゃ」

「あたしが行きます」

淳子はさっさと貞さんのサンダルを突っかけて出て行く。小柄な娘だから、サンダルが大きすぎて、それがまたやけに可憐なのである。

田所はそれをうっとりと見送り、姿が見えなくなってから我に返って、恥ずかしそうに廊下を見まわしてから自分の部屋へ引っ込んだ。

「どうだい、調子は」

田所は急に威勢よく言った。宇宙人は起きあがろうとする。

「寝てな寝てな。今ね、彼女に飯を作らせるから」

まるで自分の彼女のような言い方をした。たのしんでいるらしい。

「新聞、買って来てやろうか」

勤め人の一人ぐらしだから、新聞など取っていないのだ。

「事故の記事が出てるかも知れないぜ」

「そうですね、お願いします」

「よし来た」

田所は出て行く。階段をおりると、豆腐などを買って来た淳子とすれ違う。

「ちょっと俺、新聞買って来る」

淳子は微笑してハイと答えた。田所は腕の負傷も忘れて、弾むような足どりで表通りへ向う。なんだか急に女房ができたような気分なのである。

朝刊を買って、ついでに煙草も買い、いそいそと帰って来ると、淳子が、

「おかえりなさい」

と台所で言った。田所は思わず、

「ええ」

と答えてしまったが、別に気づいた様子もない。

「ほら朝刊だ」

三部買って来た朝刊のひとつを急いでひろげる。宇宙人は寝たままごそごそと別の一部を……。

「ないね、どこにも」

宇宙船遭難、などという記事はどこにも見当らない。

「どうしたい、宙さん」

宇宙人が元気なく新聞を畳んだので、田所が心配そうに言った。

「全部で八人いたんです。無事だったのかどうか……」

「それは心配だなあ」

「うまくみんな地球へ降りられたのならいいんですが」

「まあ、心配してもはじまらないよ。それより、そろそろ起きられたら起きて、顔で

も洗ったらどうだい。さっぱりするぜ」

「洗顔ですか」

「そんな大げさなことじゃないけどさ。顔を洗って歯をみがいて」

「歯はないんです」

「いれ歯かい」

「いいえ。あなたがたとは咀嚼のしかたが違うんです」

「ならいいけどさ。髭をそるんなら安全かみそりがあるよ。二枚刃の奴だ」

「新型ですね」

「ほう、よく知ってるな」

「テレビ電波を受けてましたから」

「なるほどね」

「でも、髭は生えないんです」

「そりゃいいや、便利で。いつもそりたてじゃあな」

「でも、顔を洗います」

「おいきた。起してやろうか」

「大丈夫です」

「遠慮するない。だいたい遠慮なんてする柄かよ、宙さんが」

田所ははしゃいでいる。明らかに淳子のせいであった。親切に起きあがろうとする背中を押してやって、ヨチヨチ歩きの子供の面倒を見るようなあんばいであった。

「あの、タオルは……」

淳子が訊く。

「整理だんすの二番目の右っかわ」

「はい」

淳子は甲斐々々しい。宇宙人はだいぶ体調が元にもどったらしく、ぎごちない手つきで顔を洗ってタオルで拭く。

「さあ飯だ。ねえ淳子さん、このテーブル、判るかい」

「炬燵になる奴でしょう」

「あ、知ってるの」

「あたしのお部屋にあるのもこれです」

「なあんだ」

田所はうれしそうに笑う。片手ながら精一杯小まめに食事の支度を手伝っている。

「そこへお二人とも坐っていてください」

淳子が言った。

「邪魔かい」

「そうじゃないけど、男の人がそんな風にするの、好きじゃないんです」

「へえ、案外古いんだな。じゃやめとこう。宙さんはここへ坐んな。うまいぞ、彼女の手料理だから」

冷奴にはんぺんの焼いたのに納豆、味噌汁の実が豆腐、それに焼きのり少々。冷奴にそえた薬味のねぎがなんともいえないすがすがしい朝の色に思える。飯は炊きたてでホッカホカ。

「さあ、食べなよ、宙さん」

宙さんの手の指は四本で、箸ははじめてらしい。

「こうやって持つの。ほら……」

「スプーンを出しましょうか」

「いや、いいんです。お箸を持てるように稽古します」

「よし、その調子だ。どう、うまいかい」

宇宙人は冷奴をひとくち口に入れて首をかしげる。

「どうだい、食えるか」

「植物性ですね」

「豆腐だよ」

「おいしいです」

「そうかそうか。たんとおあがり」

三人で朝食がはじまった。

「おかわり」

田所が少しはにかんで淳子に茶碗をさし出したとき、ノックもなしにドアがあいた。

「お早う」

「ああ、源田さん」

「どうです、お加減は」

宇宙人は箸を置いた。

「どうも昨晩はお騒がせしまして……」

「いやいや、どうってことはありませんや。それより、大したことがないようで何よりでしたな」

「まあおあがんなさいよ」

田所がすすめた。

「じゃ、お邪魔しますよ」

老人はあがり込む。

「どうぞ、お茶を」

淳子はやることにソツがない。どうやら躾の厳しい家に育ったらしい。

「おや、あなたは貞さんの」

「今日は定休日だものですから、お手伝いをしてますの」

「それはそれは。でも何だね、田所さん。こうやっているとまるでご夫婦だ。いや、ひやかしてるんじゃない。ほんとにお似合だよ」

「やだな源田さん。そんなこと言っちゃ貞さんに悪いや」

「ほう」

老人は食卓をのぞき込む。

「宇宙にも豆腐だの納豆だのがあるんですか」

「いいえ、ありません」

「でも、おいしそうに食べてなさる」

「淳子さんのお料理が上手だから」

淳子は赤くなる。

「豆腐や納豆はないけど、お世辞はあると見える」

老人は笑った。

「事故のあった宇宙船には、八人も乗っていたんだってさ」

田所が教える。

「それで、お仲間は」

「それが、まだ何も……」

「それは心配なことだ。で、みなさん緑色……」

「ええ」

「じゃあすぐ見つかりますよ。目立ちますからな。だが、そうすると、当座すぐにどうこうと言う目あてはないのですな」

「ええ」

「困りましたなあ」

「当分ここにいたらいい」

田所はすすめた。或る期待があった。そしてその期待はすぐ実現した。

「あたしもそうなさるほうがいいと思うわ。よかったら、毎日でも手伝いに来ます」

「そんな……悪いですよ」

宇宙人が遠慮する。

「そうしろって。遠慮することはない」

田所は真剣に言う。

「ほかに行き場があるわけないし」

「それはそうですが……」

「な、ここにいろ。俺たちが探してやる。なに、緑色なんだから、すぐみつかるよ」

「どうもかさねがさねご心配をおかけして申しわけありません。なんとお礼を言ったらいいのか……」

宇宙人はしんみりする。食事がおわったその宇宙人の前へ、熱いお茶が出る。

そこへ貞さんが顔を出した。少々不機嫌な様子であった。

「あら、どうしたの」

「どうもこうもないさ。早びけだよ」

「なぜ」

「いえね、遅刻したのさ。課長は物判りのいい男で俺は好きなんだけど、今日ばっかりは参っちゃった。お前、熱があるから帰って寝てろって言いやがるのさ」

「熱なんかないだろ」

「ないさ。遅刻の言いわけをしただけなんだよ」

「何だって」

「ゆうべ空飛ぶ円盤がおっこって来て、乗ってた宇宙人を助けてとなりの部屋へ寝かしたり、夜中までやってたもんだからって……」

「その通りじゃないか」

「そうしたら課長の奴、俺の顔をジーッと見て、熱がありそうだから帰って寝てろって言いやがんのさ。癪にさわったから帰って来ちゃった」

「嫌な課長だね」

田所は本気で腹を立てている。せめて夕方まで貞さんに帰ってもらいたくはなかったのだ。

「まあ、しかし仕様がないね。この人を見なければ誰だってそう言うかも知れない」

源田老人はクスクスと笑った。

いくらなんでも緑色の宇宙人が世間の噂にならないわけはない。二、三日すると週刊誌や新聞の記者が押しかける、テレビ局は大きな電源車を近くに停めてアパートにカメラを持ち込む……いやもう大変な騒ぎ。それでも大新聞のひとつは空飛ぶ円盤など信じないで、にせ者扱いをする。アパートの住人たちは自分の隣人を悪く言われて猛烈な憤り（おこ）よう。そうなると当人もマスコミから逃げてばかりもいられず、堂々と9チャンネルのスタジオへ乗り込んで、モーニング・ショーのゲスト出演。テレビや週刊誌などというのは、ひとつ出るとあとは絶対ことわれない仕組で、次から次へ出るわ出るわ、またたく間にマスコミの大スター、時の人と言った具合になってしまった。

「あしたは十時から7チャンネルで料理番組のゲスト。十二時から日比谷のラジオ局でデスクジョッキーのゲスト。三時から週刊誌の対談で、六時までに六本木のスタジオへ入って撮影。そのあとが少しあいていて、最後が十一時からのテレビ。……とてもこれじゃ俺の手には負えないな。あしたはギブスも外れるし、そうなれば会社へ行かなきゃならないもの」

田所はスケジュール表を眺めて唸（うな）った。

「マネージャーって柄じゃないけど、役者さんなんかにいる、あの付き人って言うのかな……あれをわたしがやってはいけないかね」

源田老人が遠慮がちに言う。

「適任よ、源田さんなら」

淳子が賛成した。もうだいぶ夜も更けていて、貞さんのところへは別の彼女が来ている。だから貞さんは出て来ない。淳子はいつの間にか、独自に田所の部屋へ出入りしはじめていた。

「そう長いことではありませんから……」

宇宙人は優しい微笑で老人を見た。

「マスコミに出ていれば、仲間がわたしのことを見つけやすいのです。それだけなんです。仲間が見つかればやめますよ」

「それまででいいんです。断わっておきますが、報酬など要りませんよ。お上のご厄介になっている身ですからね。ただ、わたしは宙さんの役に立ちたいんです。わたしもね、大陸から引きあげて来たとき……古い話ですが、一人きりで着のみ着のまま帰って来て、身寄りの者を夢中で探したもんです。みんな東京の下町でしたからね。戦災にあって、どうなったのか……。それっ切りです。ええ、それっ切りなんですよ。だから、今の宙さんの気持はよく判る。ねえ宙さん。わたし、あんたのお手伝いをすることで、ちっとは生甲斐が持てるんです。いいでしょう、やらせてくださいよ」

無遠慮な靴音が廊下に響いて、唯夫と昌子が部屋へ戻った様子であった。もうそんな時間になっていた。

「それは、源田さんがついて歩いてくだされば、言うことはありません」

宇宙人は頷いた。

「よし、これで何とかあしたからは安心だ」

田所は淳子と顔を見合せて笑った。

「何よ、助平……」

突然となりで昌子の大声がした。

「きたならしい。出てって」

「うるせえ、ばか」

パシンと平手打ちの音。

「いけねえ、はじめやがったな」

田所は腰を浮かした。

「夫婦喧嘩(げんか)かね」

源田老人は反射的に部屋のまん中にぶらさがっている電灯を見あげた。揺れてはいない。

「どうしたんでしょう」

宇宙人が心配そうに言う。

「好い人たちなのに」

「彼氏が浮気したみたいなんですよ」

田所が言う。

「やれやれ……うまく行かんもんだ」

老人はため息をつく。ガラガラ、ガチャンと物の割れる音。

「ばか……さわるな……いやだってば」

またガチャン。

「とめなくていいんですか」

宇宙人が言う。

「夫婦喧嘩は犬も食わないと言いますが」

老人も気にしている。

「殺せ……殺してみい、化けて出るさかい」

昌子が呶鳴(どな)っている。

「畜生、この阿魔(あま)」

ドスン、と投げられた音。今度は電灯の笠が揺れた。

「行きましょう。喧嘩はよくありません」

「そうですな。宙さんとこの年寄りが行けばなんとかなるでしょう。あんたたちはそこにいてください。若い人はこういう時は顔を出さんほうがいい」

宇宙人と老人は立ちあがり、廊下へ出て行った。

「しょうがない連中だ」

ドスン、バタンと言う音を聞きながら田所がつぶやいた。

が、ふと見ると淳子が涙ぐんでいる。

「どうしたの」

思わず肩に手がかかる。

「羨ましい」

「え……」

「羨ましいの」

「どうして」

「あたしもあんな風に、思いっきり喧嘩したかった」

シクシクと泣く淳子の肩に手を置いたまま、田所は貞さんのほうの壁を見た。

「判るよ、その気持」

「知らなかったのよ。あたし一人だと思って……」

「貞さんはやるからなあ」

田所はため息をついた。

「清算しなければいけないわね」

淳子はそう言うと、いっそう泣きじゃくり、田所の胸に顔をあてた。

「うん、そうしたほうがいいかも知れないな」

昌子と唯夫の騒ぎは静まっている。二人の説得がきいたのだろう。


当局が動きだした。

だいたい、当局などというものが動くとろくなことはない。なんだかだと、不自然な理屈をつけて物事をややこしくさせるばかりだ。今度もそれで、宇宙人はまず出入国の問題でとがめられることになった。それに、八百屋の裏に置いてあった小型円盤が押収され、原子力なんとかと言う法律にも引っかかった。当然新聞が連日それを書きたてる。

すると、理屈好きの学者や文化人が大勢宇宙人の味方についてくれた。宇宙人は外国人かどうかという問題が彼らの第一の足がかりである。外国人ならばどの外国なのか明示せよと言うのだ。宙さんは外国人ではなく、外星人なのだ。SF式に言うと異星人(エイリアン)だ。

だが、外国人というのは、日本人以外のことを言うとする解釈が出て来た。当局側につく勘のいい学者もたくさんいるのだ。そうなると、異星人でも外国人として扱える。

円盤の高度に発達した超小型核融合装置の技術は、何も当局ばかりが欲しがったわけではなくて、外国も欲しがっている。当局は外国の圧力もあって宙さんの身柄を押えたいらしい。

放って置けば宙さんはどこかへ収容されることになりそうだった。

「なあ宙さん」

田所は宇宙人を拝み倒した。

「なんとかもう少し頑張ってもらえないだろうか」

「そりゃ、わたしだってここにいつまでもいたいんです。あなたも貞さんも源田さんも、それに田口のおばさんたちアパートの人はみんないい人ですからね」

「だったらたのむよ」

「でも、わたしら宇宙人は、その星の法律は破りたくないんです」

「そうだろうけど、あともう少し……」

「どうしてなんです」

田所はベソをかいた。

「宙さんがいなくなると、淳ちゃんがここへ来れなくなるんだ。淳ちゃんは貞さんの彼女だからね」

「でも、この国は一夫一婦制でしょう」

「それはそうさ」

「貞さんは三人も女性を持っている。いけないでしょう」

「女房じゃないもの。貞さんはあれでまだ独身なんだ」

「淳子さんが好きなのですね」

「そうなんだよ。それで悩んでるんだ。俺、淳ちゃんと結婚したい」

「貞さんに言いなさい。かんたんじゃありませんか」

「あんたは宇宙人だからそう気楽に言うけど、人間なんてそんなかんたんなものじゃない。でも、もう少しここにいてくれれば、きっとなんとかなるんだ。ね、だから……」

「なぜ貞さんに言わないんです」

「言えないよ、そんなこと」

「でも、わたしは知っていますよ。淳子さんは貞さんとのことを悲しんでいます。あちらに別な女性が来ている時の淳子さんの顔……おとなりが最初に夫婦喧嘩をした晩、わたしはあなたの胸で泣いている淳子さんを見てしまったのですよ。この部屋へ戻ろうとして、何気なく見てしまったのです。もう問題はあなたがたの勇気だけですね」

「参ったなあ。その勇気がねえ……」

「しょうがない人ですね」

宙さんは笑った。

「では、わたしが言ってあげましょう」

「ほんと……」

「お世話になったお礼です。でも、うまく行くかどうか判りませんよ。昌子さんと唯夫さんは、結局別れてこのアパートを出て行ってしまいましたからね」

「大丈夫だよ、宙さんなら。まかせる。お願い……」

田所は両手を合わせた。怪我はもうすっかりよくなっていた。

「わたしはあなたがたの政府の希望どおりにしたいのです。だから、この問題を早く解決しないと、ここから出て行けませんからね」

宙さんは立ちあがった。

「うまくやってよ」

「ええ。最善を尽して見ます」

宙さんは出て行った。となりのドアがあく音が聞えた。

その頃、日本各地に七隻の小型円盤が不時着していた。どれも遭難した宇宙船から脱出して、宙さんと大差ない軌道で大気圏に突入したのだが、途中でちょっとした遅速が生じたのだ。それは宇宙人たちにとっては数瞬の差だったらしいが、地球上の時間にすると、二カ月余りも経過してしまっていた。

貞さんが宙さんについて田所の部屋へやって来た。貞さんはウイスキーをひと瓶持っていた。

「よう。おめでとう。とにかく乾杯しようじゃないか」

貞さんは大照れに照れていて、むやみと早く飲みたがった。

「ほら、早く握手をしなさい」

宙さんは二人の手をとって握り合わさせた。

「ありがとう、貞さん。ありがとう、宙さん」

田所は泣き声で言った。

「何言ってるんだ。礼なんか言われる憶えはないよ。君と淳子は恋をしたんだ。俺のせいじゃない」

貞さんは先にウイスキーを呷った。

「俺はそれほどうぬ惚れちゃいないからね。運ちゃんに譲ったなんて思わないでくれよ。でもな、俺は運ちゃんが羨ましいぜ」

「どうして」

「そういう恋愛、俺もしてえんだ。でもさ、俺ってこんな奴だろ。女は何人作っても、そういうのって、できないんだ。まったくだめな性分さ」

そのとき、ルルル……と軽快な音が重なり合って聞えた。

「あれ、何の音だろう」

貞さんが窓のほうを見た。

「あ……」

宙さんはとびあがり、大急ぎで窓をあけた。夜空に円盤が、ひとつ、ふたつ、みっつ……合計七ツ。

不時着した小型円盤は、日本中に知れ渡っていた宙さんのことを聞いて、このアパートへ集まって来たのだ。

「仲間が来た。みんな元気だ」

「そうか、よかったなあ」

二人も窓に駆け寄り、円盤を眺めて宙さんの背中を叩いた。

アパートの前の道に七隻の円盤がきちんと降下し、一人、また一人と鉄の階段を登って来る。アパート中が総出でそれに拍手を送った。

「豆腐屋に断わって、となりの部屋を今晩だけ使わしてもらおう。八人も入れる場所はほかにないものな」

貞さんが言ったので、源田老人が家主である豆腐屋へ走って行く。

「それに、おい。何をボヤボヤしてるんだよ。早く行って淳子を連れて来い」

「いいのか」

「いいさ。もう綺麗さっぱりだ」

「よし」

田所も駆け出す。そのとなりの昌子と唯夫がいた空部屋のドアをあけて、八人の緑色をした宇宙人たちが、ぞろぞろと中へ入った。

「酒だ、酒屋を起して酒を買って来い。豆腐屋で豆腐の残りをもらって来いよ。皿に箸にコップに醬油……そうだ、田口のおばさん、薬味のねぎをきざんで……」

アパート中が宙さんのパーティーの仕度に大騒ぎをはじめる。

「いいか。仕度がすんだら放っといてやれよ。久しぶりなんだからな。宙さんのめでたいパーティーなんだからさ」

「判ってるよ。そんな気のきかないあたしたちだと思ってるの……」

田口のおばさんたちはそう言って胸を張った。

となりの部屋の宇宙人たちの騒ぎを聞きながら、田所と淳子は熱い口づけをかわしていた。

「結婚してくれるね」

淳子は返事のかわりに田所の首に両腕をまきつけ、もういちど深いキスをした。田所はそのキスのあと、高鳴る胸を鎮（しず）めようと、大きく息を吸った。

「どうでもいいけどよく騒ぐね、宇宙人も」

「ほんと、もう四時になるわ」

何やら笛を鳴らすような宇宙人たちの声が入り混って、アパート中の者が睡れないでいた。

「あの人たち、ほんとにお酒飲んで酔っ払ってるのかしら」

「のぞいて見ようか」

二人は顔を見合せて頷くと、電灯を消し、そっと窓をあけて敷居の上へあがった。そうやると、なんとかとなりの部屋の中が見えるのだ。

「あらっ」

淳子がひと目のぞくなり敷居からとびおりた。田所は生唾(なまつば)を呑み込んでみつめている。

「およしなさいよ」

淳子がそれを引き戻す。戻されて畳の上へおり、よろよろっとよろけた田所は、そのまま淳子の体を抱いて倒れた。キスとまさぐり合い。二人は結ばれて行く。

「宙さんたちって、一人の男に七人の奥さんがいるのね」

淳子はうわごとのように言った。笛のような声は、男女の歓喜をあらわす声なのだろう。階下で源田老人が、じっと電灯の笠をみつめている。

まったく、その晩はとなりの宇宙人がやかましくて、寝られたものではなかった。彼らが別な宇宙船に救出されるまで、毎晩この騒ぎが続くのだろうか。

冷たい仕事

黒井千次

黒井千次（くろい せんじ）
一九三二―

東京生まれ。東京大学経済学部を卒業後、富士重工に勤務しながら小説を執筆。一九六九年、『時間』により芸術選奨新人賞を受賞し、富士重工を退社、作家活動に専念。一九八四年、『群棲』で谷崎潤一郎賞、九四年、『カーテンコール』で読売文学賞、二〇〇六年、『一日　夢の柵』で野間文芸賞を受賞。

長い廊下を歩いて彼はようやく「萩の間」の前までたどりつくことが出来た。背後のどこかからまだ宴会場の喧騒が追いかけて来そうな気がして慌ててドアをあけるとその陰に身をひそめた。鉤の手になる廊下を曲り、そこからエレベーターで五階まで上り、更に直線の長い通路を経て自分達の部屋にもどって来たのだから、遥か階下の歌や笑いがきこえよう筈もないのに、浴衣の袖や背中に小さくなったざわめきがまだこびりついているような気がしてならない。

襖をあけて既に二つの床が並べて敷かれている室内に踏み入るとさすがにあたりは静かだった。カーテンをひかれたガラス窓の下から遠く伝わって来るのは有料道路を登り続ける自動車の音に違いない。音の遠さが車の小ささを思い浮かべさせ、その小ささが今度は窓の外に拡がる山近い夜の広大さをいやでも感じとらせてしまう。彼は窓の手前に置かれた籐椅子に身体を落して目を閉じた。

しばらく続いた残業のために彼の身体は今何よりも休息を求めていた。一日は出張扱いとはいえ、本来なら販売店の招待に応じてゴルフに出かけるより二日の休みを家でのんびりと過したかったのだ。部長が海外出張中であり、課長が所用で出られないため、彼のところに招待旅行の口がまわされて来た。案外、課長としては気をきかせたつもりであり、相当に恩を売ったと思っているのかもしれなかったが、売られた方にとってはあまりありがたい買物ではなかった。彼より一層若い長沢に対する課長の恩のきせ方は更に念の入ったものらしかった。

課長から「出張」の話があった日も、彼等は遅くまで残業しなければならなかった。課長が帰り、部屋の人間が一人、二人と減りはじめた頃、机におおいかぶさるようにして電話している長沢の声がふと彼の耳に届いた。いや、それはわかっていますけどね、こちらのことも考えて……そうですね、やはり無理ではないでしょうか……ええ、ぼくも困っているのですよ……なんとかしてもらえませんか……。

彼は最初、長沢の電話を自分の家庭にかけている私用の通話に違いないと思った。しかし周囲が静まって殺した声は殺したなりに聞き取れるようになった時、彼はふと混乱におちいった。声の響きからその会話が仕事上のものでないのは明らかだったが、言葉の調子は妻に語る種類のものではない。生れて間もない赤ん坊をいれて長沢は三人家族である筈だ。

長い電話が切れた時、課長からの出張の話をことわるのはまずいだろうか、と彼は長沢から相談を受けた。

「それが出来るなら俺がしているよ」

彼の素っ気ない答えを聞くと、長沢は溜息をついてから低く呟いた。

「実はあの土・日は前からうちで約束があったものですから……」

今の電話は奥さんと話していたのか、と彼は思わず聞き返さずにはいられなかった。電話の相手は妻であると答え、いつもそのような話し方をするのだと言う時だけ長沢の目の下に微かな恥じらいの影がにじむのを彼は見た。そんな口のきき方をしながらも赤ん坊がいるというのが彼にはどことなく滑稽に思われた。

実際に出かけて来てしまえば、しかし長沢は一人ではしゃぎまわっていた。大柄な身体に酒はいくらでもはいったし、眼鏡を光らせて流行歌を歌う彼の声は男性的で美しかった。あの分ならおそらく深夜まで騒ぐのだろうと考えて彼は長沢をそっと宴席に残して来たのだった。

あの男のもどらないうちに眠ってしまった方が賢明かもしれぬ、と彼は思いついた。販売店の連中にたきつけられて、これから外に繰り出そうなどと迎えに来ないとも限らない。

酔いに火照ってだるい身体を椅子から起すと、彼は先刻から目の中にはいったまま動こうとしなかった壁際の白い箱に近づいた。咽喉が激しく乾いていた。

把手を引くとやや固い抵抗があり、瓶の触れ合う小さな音とともにドアは開いた。ビールと清涼飲料が何本か扉の内側のポケットにたてられ、内部の棚にはフルーツの缶詰類が並べられている。収められている飲食物がすべてガラスや金属で完全におおわれたものであるため、豆ランプで照し出された内部の空間は清潔な印象を与えはしたのだが、それと同時にひどく寒々とした味気なさを感じさせもした。だから、白い塗装で包まれたその縦長い箱は、食べ物の保存箱というよりむしろ下駄箱や茶だんすに近い乾いた表情を浮かべていたのだといえる。

扉のポケットからサイダーの瓶を引き抜きかけて彼はそれをもとにもどした。製氷室の水色の小さなドアが開きかかっているのに気がついたからだ。氷があるならそれを水に浮かべて飲んだ方がいい。水色のドアは軽くしなってから一気に弾けるように開いた。中から半透明に光る物体がどろりと流れ出た。

思わず床に膝を突いて息をのんだ彼は、しばらくしてもその物体が少しも動こうとはしないことに気がついた。そこにあるのは、下からの豆ランプの光を受けて今にも重く流れ出しそうに見える氷の塊りだったのだ。容器は冷蔵庫なのだから、それは通常は「霜」と呼ばれるべきものであったのかもしれない。しかしそこにあるのは、今迄彼が見たどんな「霜」とも異った、艶やかで滑らかな肌をもつ美しい氷だったのだ。しかも氷は製氷室の半ば近くを埋めるほどに重くふくれ上り、そこから扉を軽く押すようにして下部にまわりながら成長を続けていたらしかった。どんな条件が揃えば、白い粉を吹いたような「霜」や汚れた雪に似たさくさくの物体ではなく、これほど目のつんだむしろガラス細工に近い端麗な氷が生れるのか彼には見当もつかなかった。

自分の家の冷蔵庫のことがふと彼の頭をかすめた。

それは結婚以来十年近く使い続けている旧式の冷蔵庫であった。よく霜がつくのだが、特に夏場の成長は物凄かった。あまりに屢々扉を開閉している妻は慣れてしまうのか霜がそれほど気にはならないらしかった。たまに湯上りのビールを取り出そうとしたり冷えた麦茶を飲もうとしたりして扉をあけた時、製氷室の周囲にびっしりと群生している霜と向き合って彼は驚くことが多かった。特に製氷室上部にこびりついた霜は着実な成長を続け、白い壁いっぱいにまで内側からふくれ上っていくのが観察された。

「おい、冷蔵庫が爆発するぞ」

よく彼は妻にそう警告した。冗談にではなく、彼は本当にそんな気がしてならなかったのだ。氷の力は偉大であり、冬場に水のはいった花瓶や水道管が破裂する例は多いではないか。

しかし彼の忠告は多くの場合妻によって受け入れられることはなかった。製氷室には今冷凍食品がはいっているから霜取りにして温度があがることは困るというのが妻の答えだった。台所のことは私がやっているのですからまかせておいて下さい、と彼女は言った。更に機嫌によっては、そんなに霜が気になるなら自動霜取り装置のついた新しい冷蔵庫を買って下さいな、とつめよることもあった。

彼が霜取りにこだわるのは、ただ冷蔵庫の生命や冷却機能を心配するからではなかった。単純に彼はその霜を取るのが好きだったのだ。霜取りボタンを押す。肥大した霜は三時間や四時間では溶け出すものではない。何度見ても、溶けた水の受け皿は、まだからからに乾いている。六時間、七時間と経過してようやく霜の容貌に変化が生まれはじめた頃、受け皿にはずっしりと水が溜り出す。扉をあける度に大きく変っている霜の様相を見るのは楽しみだし、小さな管の端からひたすらに流れ落ちる水滴の健気な姿を見るのも好きだ。こぼさないように気をつけながら受け皿がしなうほど重い水を流しに運ぶ間、彼はほとんど収穫の歓びに近いものを常に感じた。

今、目の前にあるのは、彼の家の霜など足もとにも寄せつけない美しく巨大な氷だった。咽喉の乾きも忘れて、彼は豆ランプの色をにじませつつ微かに黄色く息づく氷に見とれ続けた。

廊下のドアが勢いよくあけられ、部屋の襖が小刻みに揺れた。人のはいってくる荒々しい気配を感じた時、彼は思わず後ろ手に冷蔵庫の蓋をしめて立上っていた。浴衣の前のはだけた長沢が、身なりよりははるかにしっかりした表情を浮かべた顔で襖をあけた。早かったですね、もうお休みですか、と呼びかける声だけはさすがに少ししゃがれている。明日が早いし、それにこの所疲れ気味だからな、と長沢に答えながら彼は籐椅子のある窓辺から一段高い座敷に上った。上りながら、自分が背後に何かを隠しているような落ち着きの悪い気分を彼は味わった。それに気づかれぬように彼は自分から大袈裟な声をあげて床の上に倒れてみせた。

「出かけるのではなかったのかい？」掛けぶとんに頰を押しつけながら彼は長沢を見上げて言った。

「いつかあの坂田さんにつき合ってひどい目にあったんだ……」

部屋を横切った長沢が籐椅子のある窓辺に下りてカーテンを少しあけるのが見えた。天気はいいですね、と呟いた長沢の姿がつと障子の陰にはいった。瓶と瓶のふれあう小さいが鋭い音が聞えた。小さな溜息がおこり、そのまま障子の向うに音が消えた。

風呂にでも行かないか、と彼は沈黙に向けて苛立たしい声をかけた。何かを叩くような小さな音が返ってくる。

「長沢君」強い声で叫びながらとび起きると彼は籐椅子のある窓辺に首を突き出した。

扉をあけた冷蔵庫の前に長沢がべったりと坐りこみ、白い結婚指輪の光る手で半透明に輝く氷を下から上へ上へと撫で上げている姿がそこにあった。

「何しているんだ?」

「これは……凄い……」

「冷蔵庫がどうかしたか?」

「先輩、先に休んで下さい。ぼかあ、仕事が出来ました」

「仕事は終った筈だぞ」

「朝までに、これを溶かさなくては……」

言いながら長沢は顔を横にしたり斜めにしたりして氷の相を細かく調べ始めているらしい。

「その氷は俺が見つけたんだ」思わず彼は甲高く叫んだ。

「すみません、それならこの氷をぼくに下さい。溶かしてここをきれいにしたいのです」

「やるわけにはいかないな」

「ゆずって下さい。五百円で。千円でもいい。うちではなかなかやらしてもらえないのです」長沢の声は悲鳴のように彼の耳に届いた。いつか家に電話していた折の彼の言葉遣いが思い出された。同情と微かな優越感が彼を捉えた。

「冷却器の表面を絶対に傷つけてはいけないんだぞ」

「そうです。冷却器の表面は絶対に傷つけてはいけないのです」

「どうやって氷を溶かす？」

「どうやって溶かしましょうか？」

彼は、長沢がかつて見せたこともないような親しみと信頼のこもった眼を自分に向けているのに気づいた。

「熱いもので急激に溶かさなければだめだろう」

長沢の手の中で光が弾け、焔を長くしたダンヒルのライターが氷に向けられた。横坐りの腿に似た形で重くせり出している氷にたちまち細く鋭い穴があき、そこから噴き出すように焼けた水が流れ出して来る――そんなことは決して起りはしなかった。鈍重な氷は焔のあてられた表面をただかすかに潤ませてみせるだけだった。「これではガスボンベが何本あっても足りないな」「待てよ、部屋にお湯が出るでしょう」長沢の言う通り、冷蔵庫とは反対側の窓辺の壁に洗面台があり、そこには二つの蛇口が認められた。勢いよくほとばしらせた水を湯呑に受け、腰を曲げた長沢がこぼさないように運んでくる。重ねてたたんだタオルを氷の下に受け、上から湯呑の水をぶちまける。ライターの焔よりは表面全体を少し溶かす効果があったらしく氷の透明度がやや増したように感じられたが、それでも全体がゆるむにはまだほど遠い。籐椅子とテーブルが窓際に押しつけられ、少しでも作業がしやすいように周囲が片づけられるとますます仕事に熱がはいって来る。もっと熱い湯があるといいのに、という長沢の呟きをきいて彼は盆の上の魔法瓶を思い出した。そのまま注ぎ込もうとしても口の出張りがつっかえてうまく製氷室にはいらない。茶わんに移された熱湯は氷を伝って熱く冷たくタオルに流れた。氷の変化は今や明らかではあるのだが、その速度はあまりに遅々としている。「朝までに間に合うでしょうか」「間に合わなかったらゴルフを休んでも取ってしまわなくてはな」

二人の飲む分だけしか入れられていなかったのだから、魔法瓶の湯はすぐ空になった。膝を崩した形に少し姿をゆるめながら、なおも氷は製氷室の内部にゆったりと寝そべっている。火で焼き、湯をかけ、それでもまだ駄目なのだから……息でも吹きかけてみるか……。そうだ、と長沢が膝を叩いてふとんをとびこえた。洒落たデザインのボストンバッグから長沢が取り出したのは赤いヘヤードライヤーだった。電気スタンドのコードを引き抜いてドライヤーのコードがコンセントにつながれた。顔にかかる長沢の息はドライヤーの空気ほどにも熱かった。赤い握りを持つ自分の掌が汗で濡れているのを彼は感じた。「いけますか」「熱源の心配をしないでもいいからな」

「ああ、これは強烈だ」

がさりと音をたてて獣の肋骨を包む肉のような形の氷塊が取れたのは午前三時に近かった。やった、という声が二人の咽喉に溢れた。中心部が失われた後の氷を除去するのはそれほどむずかしい仕事ではなかった。ドライヤーは鈍い唸りをあげて氷を食い続けた。

冷蔵庫の中からすべての氷の姿が消えた時、二人の男は開け放ったままの白い扉の前で冷たい手を握り合った。氷を失った冷蔵庫は、前よりも一層乾いた表情を浮かべているように見えた。

「ぼく達、ここの旅館から感謝されていいでしょうね」と酔いのさめた顔で長沢が言った。

「大分電気を使ったがね」と彼は答えた。どちらからともなく二人は立上り、黙ってふとんにもぐりこんだ。明るくなりかけた窓辺で冷蔵庫が小さく鳴っている。

むかしばなし

小松左京

小松左京（こまつさきょう）

一九三一－

大阪生まれ。京都大学イタリア語科卒業。一九六二年、「ＳＦマガジン」の懸賞に『地には平和を』が当選、直木賞候補になる。以来数多くの作品を世に送り出し、日本のＳＦ界を牽引してきた。その作風はハードＳＦからファンタジーに至るまで幅広い。一九七四年、『日本沈没』で日本推理作家協会賞、八五年、『首都消失』で日本ＳＦ大賞を受賞。二〇〇〇年より小松左京賞が設立され、選考委員を務めている。また、二〇〇一年より同人誌『小松左京マガジン』を主宰、活動は多岐にわたっている。

「昔のことかの？」

縁先の日だまりにすわった老婆は、膝の上によぼよぼの老猫の背をなでながら、口の中でもごもごいった。

「はあてのう……昔のことというてものう。いつごろの事を言うてあげてええものやら……。わしも、もうすっかり歳をとって、いろいろぼけてしもうたでのう……」

「どんな事でも結構です」

と、調査実習に来た学生は、テープレコーダーのボリュウムを調節しながらいった。

「まず、お婆さんの子供のころのお話からでも……」

「子供のころちゅうてものう……」老婆は、丸まった背をゆっくりゆすりながら、しわの中に埋まったような眼をほそめてまだ雪ののこる県境の山々をながめた。「あんまり昔の事で……ようおぼえとらんのう。子供ンころにゃ、まあこのあたりゃ、狐や狸がどっさりおってのう……。兎もおったし、秋には熊まで里へおりて来た事があったが……とりわけ狸はようけようけおってのう、家の中をのぞきに来たり、干魚をとりに来たり、ようわるさをしに来よったげな……ま、おぼえとる事といえば、そんな事かのう……」

それから老婆は、ふっとだまりこんだ。——虹彩の色のうすくなった瞳が、遠山の頂きを見つめて、うごかなくなった。

「今年は……昭和の何年かの?」

老婆は、急に別人になったような、乾いた声でつぶやいた。

マイクをさしつけていた女子学生が答えた。

「そうか、そうか……」

老婆はつぶやいて、またゆっくり体をゆすりはじめた。

「そいじゃ、わしは今年……」

「八十八ですよ……」と、実習について来た、若い大学講師がにこやかにいった。

「米寿のお祝いでしょう?」

「とてもしっかりしていらっしゃるわねえ」と女子学生たちは語りあった。「ほんとに……そんなお歳には見えないわ」

「子供の時の事というてものう……」老婆は、かすかにごろごろのどを鳴らす老猫の背をなでながら、困惑したように首をふった。「あんまり昔の事でのう。――あれやこれやあったけんど……どうもようおぼえとらんで……」

「それじゃ、お婆さんが、この家にお嫁にいらっしゃったころの事でもお話ねがいません？」女子学生はマイクをさし出しながら、にこやかに言った。「おいくつの事だったんですか……」

「二十一じゃが……」老婆は、遠い記憶をまさぐるようにつぶやいた。

「そのころにしては、だいぶおそかったんじゃないですか？」と、女子学生がぶしつけにきいた。

「そうやのう……」老婆はちょっとさびしそうな表情をうかべた。「わしは、姉さののちぞいじゃからのう……」

「このあたりの農村では……」と大学講師が解説するようにいった。「嫁が死ぬと、その嫁に妹があって未婚だったら、そのままのちぞいになるケースが昔から多いんだよ。日本の農村部だけでなく、アフリカやポリネシアや、その他世界のあちこちにそういう風習がある。調査がすんだら、そういう点もしらべて比較してみるといいね」

髪の毛を長くのばした大学生は、ノートに講師のいった事を書きこんだ。

「お嫁入りの時はどうでした?」と、女子学生はきいた。

「姉さの時は、そりゃ華やかでのう。——うちかけ着て、島田の角かくしの上から綿帽子かぶって、紅白の手綱つけた馬にのせられて……あとから、嫁入り道具をつけた馬が来て……シャンシャン、シャンシャンシャンいうて……」

「いいわねえ」とマイクを持った女子学生の後で、カードをつけていた、眼鏡の女子学生がうっとりしたような声でつぶやいた。「絵のようだったでしょうね。——眼にうかぶようだわ」

「それで、——神社かどこかで式をあげたんですか?」

「そのころは誰も神社なんかじゃ盃をせんかったぞ……」と老婆は首をふった。

「すんぐにこの家の閾もまたがんかった。——この下の伝右衛門さんの家にまず行って……あん人夫婦が仮親じゃったから……。それから、そこで、真夜中になるまで待つんよ」

「真夜中ですって?」女子学生はびっくりしたように小さく叫んだ。「あの——式は、真夜中にやるんですか?」

「昔の結婚式や神事は、大抵真夜中だったんだよ」と講師はいった。「今でも、ある地方へ行くと、まだ真夜中に祝言をやっている」

「それで……その間、この家では、祝言と披露の支度がすすんでな。村役さん、肝煎りさん、お仲人、それにこの字の結い仲間が総出で手つだいに来てくれて……夜中になると、全部の灯を消してまっ暗ン中を、この家の方から、お仲人さんの女の方がむかえにこられての……提灯で足もとを照らしながら、綿帽子かぶった姉さが、手をひかれてそろそろと、この家の祝言の座敷へ歩いて行ったんよ……」

「へーえ……」眼鏡の女子学生が、ため息をついた。「ま夜中の祝言ねえ……すっごく、雰囲気あるわねえ」

「ほいでも、祝言のあとがえらい事でのう……」と老婆は、首をふってつづけた。「盃がすんで、披露になるんじゃが、御親戚衆がすんで、村の年寄衆が来て、村の衆が来て、若い衆が来て……その間、花嫁花婿は、ちっとも動かれず、次の日の日暮まですわりっぱなしで……」

「へえッ！」と大学生が驚きの声をあげた。

「じゃ、まるまる二十四時間も？」

「わしらン所は、小百姓じゃから、そんなもんじゃったが、ちょっとした家は、披露となれば三日三晩、お庄屋の所に嫁が来た時など、七日七晩、披露がつづいたんじゃ」

「まあ、ひどい！」とマイクを持った女子学生がいった。「お嫁さん死んじゃうわ。

人権蹂躙ね」

「そういうもんやったんよ……」老婆はうすく笑って猫の背をなでた。「婿どんは、まだ飲んだり食べたりでけるからええが、花嫁は飲まず食わずじゃから、厠へ立つふりして、こっそりと、台所で女子衆がにぎってくれたむすびを食べ、水を飲んでしのぐのじゃ。――婿どんの宿仲間の若い衆がくる時は、田の畦にある石の賽神さんを大勢でもっこにかついで、猥りがましい歌をうたいながら座敷にかつぎこんでの、引出物じゃちゅうて、花嫁花婿の前にほうり出すんよ。披露がすんだあと、花嫁花婿が婚礼衣裳つけたまま、裾をはしょって、二人でかついで、もとの所へかえしておかんならんの」

「野蛮だなあ……」と大学生は嘆息した。「それじゃかけ落した方がましだな」

「そういうもんじゃ……」老婆は笑った。「つろうても、そうやって、しきたり通り、華やかに、みんなに祝うてもろうて輿入れするのが、花じゃったんじゃ。それがでけんものは、肩身がせもうて……」「で、お婆さんの結婚式も、そんな具合だったんですか？」女子学生があらためてマイクをつきつけた。

「わしはな……そういうのはせんじゃった……」老婆はちょっとわびしそうに眉をくもらせた。「わしは、姉さののちぞいで……」

ふっ、と老婆はまた口をつぐみ、遠くを見るような眼つきをして、またきいた。

「今年は……何年じゃった?」

大学生はもう一度さっきと同じ答えをした。

「年寄りは頭が悪うて、ようわからんがの、明治になおすと何年になるかいの?」

学生たちはとまどい、講師がたすけ船を出して答えた。

「そうか……」老婆は、うつろな眼つきをして、自分にいいきかせるようにつぶやいた。「するともう……七十年になるかいの。ほいじゃ……もう、話してもええかいの……」

「何の話ですか?」女子学生は興をおぼえたらしく身をのり出した。「何か、おもしろい話があるんですか?」

「面白い、ちゅうもんじゃない……おぞい話よ」老婆は、じっと猫の背に視線をおとした。「姉さはな……腹ちがいじゃったけえ。わしはな、父さがわきの女子にうました子じゃった。父さの本妻、姉さの母さ(かか)が死んでしもうてから、のちぞいの形でわしをつれて父さの家にはいったが、むこうは田地持ち、こちらは水呑百姓の出じゃったから、わしの母さは、まあ雇い者ンみたいじゃった。ほんでな……姉さがこちらへ嫁いでから、父さは卒中で死んで、あととりの兄さは、嫁ももらわぬうちに出水の水防で死に、あちらの家は隣村の親戚から人が来てついで、わしはほり出されたみたいになって、しかたなしに、十九の年にこちらへおいてもろたんよ」

学生たちの間に、しん、とした雰囲気がたちこめた。――老猫が喉をごろごろ鳴らす音と、テープレコーダーが、かすかにきいきい軋む音だけが、いやにはっきりきこえた。「兄さは、やさしい人じゃったが、姉さはな……きついお人じゃった。年もちがうし、あちらの家におる時から、わしの事を、つぶれ百姓の子、ちゅうて、つろうつろう当りなさった。――こっちへ来てからも、一層つろう当りなさって……姑はいなさらんかったし、舅は隠居所の方じゃから、姉さはらくじゃったが、わしが来たので朝から晩までこきつかうわ、御飯は土間で食べさせるわ、寝るのは裏の藁小屋よ。ここらの冬はなあ、雪深いけえ、さむいんじゃ……」

まあ……というような声にならない声を、眼鏡の女子学生が発した。

「その上、婿どんは、飲んだくれで女ぐせの悪いお人での……。酒のんで姉さの眼をぬすんでは、わしの尻をおいかけまわすんじゃ。それを知って、姉さがますますおこっての……。婿どんは、わしがいう事きかんと、ぶんなぐるし、姉さは折檻するし、わしはもう、毎日なま傷の絶え間がなし、泣きくらしとった……」

「警察に訴えればいいのに!」と眼鏡の女子学生は、憤懣やる方ない、といった声音で低くさけんだ。「そんな虐待をするなんて……」

「明治二十年代の、こういった地方農村の状況を考えなきゃいかん」と講師はたしなめた。「そんな事したら、一村の恥になる……」

「学校もろくに行ってない小娘じゃったから、つろうても、ここを出て、どこへ行くという知恵もなし、何度死んでしまおうと思うたか知れん……」老婆はつづけた。

「ある日、酔っぱらった婿どんが姉さの留守にかえって来てわしをおいかけまわし……あんまりわしがすなおに言う事きかんちゅうので、腹たてて、手足しばって天井から吊して、下の村の達磨屋へ行ってしもうた……」

「まあ、なんてひどい！」眼鏡の女子学生は眼に涙をうかべた。「けだものだわ！」

「そこへ姉さがかえって来たけど、天井からつるされてるわしを見ても、ふん、というだけでおろしてくれん。手足はちぎれそうにいたむし、わしが泣いてたのんでも……。横眼で見ながら、それでも次の日、村の祝儀事があったので、粟餅つきはじめた。いつも身なりはきれいにする人じゃったが、力がないで、すぐつかれてしもうてな……そこでわしが、手つだうから、どうかおろしておくれ、ちゅうと、そんなら婿どんにあやまってやるから、粟餅三臼つけ、というて、やっとおろしてくれた……」

「それで？」老婆の言葉がとぎれたので、マイクの女子学生がうながした。

「婿どんは、次の朝、酒のにおいをさせてかえって、姉さがおらんで、どこへ行った、ときいた。わしは知らん、わしをおろしてくれて、どこか行ってしもうた、ちゅうて、熱い味噌煮を何杯も婿どんに食べさせた。好物じゃったからの……」

「ふーん……」と大学生は不思議そうな顔をした。「それからどうなったんですか？」

「それだけじゃ……」老婆は、ていねいにていねいに、猫の背をなぜた。「姉さはそれっきり……二度とかえってこなかった。一年たって、わしは正式に、その婿どんの嫁になった。わしと連れそうてから、飲んだくれもやめさせ、ええ婿どんになった……」

「お姉さんはあなたを天井からおろして……本当にそのまま出て行ったんですか……」マイクの女子学生は、かすれた声できいた。――何か、一種の不気味さを感じたように……。

「もう……七十年もたったんじゃから……」老婆は深く頭をさげたまま、ききとれないような声でつぶやいた。「わしも、おむかえがちかいし……言ってしまおうかいの……。実は……天井からおろされて、痛む手で泣き泣き粟餅をついているうちに……横で、やすみなしに、ひどい悪態をついてる姉さが、どうにも憎うてたまらんようになり……後から、粟餅をついてる杵で……」

「お婆さん！」講師はまっさおになって、しゃがれ声で叫んだ。「ほ、ほんとうなんですか？　お婆さん……」

「もう、言い出してしもうたら、うそをいうてもしかたのない事じゃ……」老婆はうつむいたまま、ゆっくり、表情のない声でいった。

「姉さ殺してしもうてから……えらい事をしたと思うて……なきがらをかくそうと、藁切り庖丁を持ち出して……まあ、あの時はくるうていたんじゃな……。かっとして、鬼になっていたんじゃ。……姉さの肉を……婿どんに食べさせてやれ、と味噌煮をこさえて……」

「やめて！」マイクの女子学生は金切り声でさけんで立ち上った。「やめてください！」

「先生！」長髪の大学生も土気色になって、唇をわなわなふるわせた。「ど、どうしましょう？」

「どうしましょうって……い、い、七十年前の殺人事件なら、とっくの昔に時効だし……」

「でも、とにかく、もし本当なら一応警察にとどけないと……このテープを証拠に……」

「でもお婆さん、それ、本当なの？　本当に、本当なの？」眼鏡の女子学生は、泣かんばかりにして、老婆の肩をゆさぶった。

「本当じゃ。今さらうそいうても、どうなるものかな……」老婆は猫の背をなでながらかすかに視線を奥にはせた。「姉さの骨はな……今もこの家の……流しの下の……昔、大きな穴があった中に埋まっているわな……。掘れば出てくるぞ……」

「おかね婆さん……」庭先で自転車をおりた駐在が、奥の間で茶を飲んでいる老婆に大声でよびかけた。「また、調査に来た学生たちをからかったんじゃってな。——まああんたもあんたじゃが、村の奴も村の奴じゃ。そりゃあんたが、村一番の年寄りちゅう事はたしかじゃが、〝ほら吹きおかね〟っちゅう事は教えてやらんのじゃからな。ほんにこの村の奴らっちゅうのは、人が悪い。あの連中も、あの連中じゃ。戸籍謄本しらべりゃすぐわかる事を……もうちょっとで、新聞社に電話される所じゃった」

「まあ、このごろ学問やら何やら知らんけど、わずらわしいからの……。ちいとからかってやろうるさい事きく若いもんが多うて、この年よりに機械つきつけて、いろいったんじゃが……」おかね婆さんはクスクス笑いながら、猫の背をなぜた。「それにしても、このごろの学生は呆れたもんじゃないかいの。まあ、大学の先生にしてからが、かちかち山の話さえ、ちゃんと知らんのじゃからの。洒落も何も通じやせん」

隠し芸の男

城山三郎

城山三郎（しろやまさぶろう）

一九二七－二〇〇七

名古屋生まれ。海軍特別幹部練習生となり、訓練中に終戦。軍国少年の体験は『生命の歌』『大義の末』にうかがえる。一九五七年、『輸出』で文学界新人賞、五九年、『総会屋錦城』で直木賞、七四年、『落日燃ゆ』で毎日出版文化賞、吉川英治文学賞、九六年、『もう、きみには頼まない』で菊池寛賞、二〇〇二年には朝日賞を受賞している。実在の人物をモデルにしたノンフィクション風の小説を数多く著わし、リアリティのある描写は定評がある。

根上は、恒例の課の新年宴会を、箱根小涌谷に在る銀行の山の家でやることに、自分の一存で決めた。

課長として新任とはいえ、根上はすでに四十五歳。新年宴会の場所ぐらい、課長の権威でとり決めたい。また、とくに山の家にしておきたい事情があった。

「冬の箱根では——」と、文句の出ることを予想したが、十一人の若い男女の課員たちは、ささやき合いながらも、おとなしくうなずいた。

根上は拍子抜けして、主任の南にいった。

「みんな、意外に素直だな」

「さあ、素直かどうか。どうも、このごろの若い連中の考えてることはわかりません」

南は素直でない返事をしてから、

「ところで、宴会の趣向はどうです」

「趣向?」

「久しぶりに、お得意のへそおどりを見せてもらえるんでしょうな」

「……うん、やってもいいな」

根上はもったいぶって答えたが、実は、山の家を選んだのも、課員たちにそのおどりを見せたいためであった。

根上は、無趣味、無風流。自分でも、おもしろくない人間と認めている。ただ、Q銀行の行員としての生涯を全うするためには、隠し芸のひとつぐらいおぼえておかねばならぬと、下腹に墨で顔を書いておどる裸おどりをけんめいにおぼえ、にがい思いをかみ殺して演じてきた。

根上としては、それは、苦しい保身術のひとつであった。それだけに、料理屋や温泉宿など、他の客の目に触れそうなところで演じたくない。まして、この歳になり、課長になってのへそおどりである。場所を選びたかった。

これまでの二十年、根上はどんぐりの背比べの一員となって、上役の歓心を買うため演じ続けてきたが、今度は、はじめて、新しい部下たちのためにやる。

おもしろくない課長と見ている課員たちをあっといわせ、認識を改めさせるためのでへそおどりである。よけい、水いらずの場所が欲しかった。

「わたしが根上さんのへそおどりを見たのは、もう十五年も前、二人とも出納の窓口に居たときの新年宴会ですね。たまげましたよ。いつもぶすっとして、几帳面そのものの根上さんの芸ですから。あのころは、根上さんのへそおどりを見ないと、正月でないような感じでしたよ」

「……」

「監査役の福原さんが、当時、われわれの部長でしたね。部長命令だからといって、たしか三度もアンコールされたことがありますね」

南はそこまでいってから、思い出したように、

「そういえば、今日、福原さんが床屋へきてましたよ」

「まだ銀行の床屋へ来るのかい」

「シブチンですからねえ。行内の床屋なら、百円ですむ。時間はいくらでもある非常勤の身だからといって、わざわざ地下鉄にのってやってくるんです」

「……」

「もっとも、あれだから財産を残すんですねえ。いま福原さんの持ってるアパートの家賃収入だけでも、月百万に近いそうです」

「かなわないな」

「昔から、そういう心掛けでしたからねえ」

部長だった福原は、月に一回、Q銀行に置いてある自分の普通預金を全額下して郵便貯金に移す。郵便貯金の利子が毎月きまった日の預金残高に対してつくので、その日の前日、郵便局に入金し、利子がつくと、すぐまた銀行の普通預金へ戻した。こちらは毎日毎日の残高について利子を計上するからである。

こうして福原は、恥も外聞もなく、こまめに預金を出し入れすることで、同じ預金で郵便局と銀行の両方から同時に利子をとっていた。

そうした利殖がつもりつもって、福原の資産家としての晩年があった。それにくらべれば自分は——と、根上は寒々した思いにもなった。ただまじめにつとめたというだけで、格別の実績もなく、出世もおそく、また資産らしい資産もない。

「福原さんは元気そうだったか」

「ええ、いい歳をして相変らずテニスをやってるらしく、よく陽灼けしていました。……テニスには金がかかりませんしね」

「……」

「そういえば、福原さん、『きみらには新年宴会があっていいなあ』と、うらやましそうでした。けど、考えてみりゃ、あの人は、何人でも芸者をあげて、自分ひとりで宴会をやれる人です。それを、いかにも未練そうにいうんだから。やはり、シブチンはシブチンで徹底してるんですな」

根上は、そうした福原がうらやましい。自分の人生には何ひとつ徹底したものはなかったと、またしても、さびしい気分に襲われた。

出世なら出世でいい。なぜ徹底して心掛けてみなかったか。たとえば、同期の小早川のように。

小早川は、根上と同じ大学の出身で、親しい仲だった。

だが、入行後、小早川はみるみる変わって行った。

軽蔑していたはずの英会話の勉強をはじめ、同期でいちばん早く海外研修に出た。上司がゴルフ好きと知ると、いち早くゴルフをおぼえ、日曜ごとにお伴（とも）をし、その上司の口ききで、重役の娘と結婚した……。

以下、根上にいわせれば、出世のためには手段を選ばずで、おかげでいまは、ロンドン支店長。今度帰国するときは役員に迎えられるだろうとの下馬評であった。

最も陽の当たらぬ職場である用度の一課長に息も絶え絶えの形でたどりついた根上とは、雲泥の差ができていた。

この二十年、自分は何をしてきたか。

毎年正月の宴会になると、少しずつせり出してきた下腹をのぞきこみ、筆をとってもっともらしい顔を書く。そして、満場の拍手。

次々に仕えた上役たちは、だれもが根上の芸に腹を抱えて笑い、大きな拍手を送ってくれた。毎年、毎年……。

しかし、ただそれだけであった。

へそおどりには、年期が入っている。いや、いまとなっては、年期だけでなくうだつの上らぬサラリーマン根上の二十年のうらみつらみもこもっている。

それだけに、根上のへそおどりには、凄みと哀しみがこもっているはず。その凄みと哀しみで、はじめて持った部下たちをゆさぶり、その心をつかんでやるのだと思った。

土曜日の午后おそく、根上たちの一行は、箱根小涌谷に着いた。

冬の日が、黄色く山肌を照らしている。杉の林を切り開いた一画に、Q銀行の山の家があった。

入口近くにテニスコートが二面。そのひとつを使って、白髪長身の年輩の男と、若い小柄な男が、ボールを打ち合っていた。

〈好きな男たちだ。山の冷気も、運動していれば気にならないのか〉

ろくに顔を見ず、その横を通り過ぎようとしたとき、

「根上くん！」

コートの金網の向うから、呼びとめられた。

ふり返ると、思いもかけぬ福原監査役であった。黄ばんだ日を浴び、長い顔が笑っている。

「監査役、どうしてここに」

「不思議はないだろう。ぼくだって、行員用の保養施設を使う権利はある。それに、ちょっと、娘の出産の介添に、うちのばあさんが関西へ出かけている。四、五日、どこかで過してきてくれといわれてね」

「しかし、わざわざ冬の箱根山中まで……」

「いや、人出のないところの方が、静かだし、安上がりでいいからね」

福原は腰に手を当てて背をのばし、「管理人がテニスの相手もさがしてくれるし」

そういってから、根上の連れている一行に目をやり、

「新年宴会かい、たのしいだろうな。例の隠し芸もやるんだろう」

「まあ……」

「拝見したいな」

「いや、もう監査役にお目にかけるものではありません」

「そういわずに、きみ」

「いえ、課の中だけで内輪でやりますから」

根上は、珍しくきっぱりといった。

〈タダで芸を見ようといったって、許しませんよ〉

と、続けたいところであった。

根上の計画は狂った。

入浴してから、二間通しの八畳に集まり、まず根上の挨拶。短かく、わざときまりきったもの。根上にしてみれば、その分、隠し芸で若い連中をぐっとつかむ算段であった。

適当に酒とビールを出し、ゆっくり時間をかけて夕食を終った。そして、そろそろ余興というときになって、課員たちがいっせいに腰を上げた。

近くに大きなホテルがあり、ボウリング場やホールもある。課員たちは二手に分かれ、ボウリングと、ゴーゴーをおどりに出かけたいという。

「きみたち、新年宴会なのに……」

「だから、たのしく過したいと思います。課長もいっしょにいかがです」

「しかし、余興を……」

「余興なんて、つまりませんよ」

主任の南が、根上に目くばせしながら、課員たちにいった。

「うんと変った隠し芸が出るかも知れんぞ」

「変わったといったって、知れてるんじゃないかな。テレビで世界中の変わった芸を色々と見せてくれるけど、それ以上に変わった芸ですか」

根上は黙った。もはや、いうべき言葉もなかった。

それに、課員たちは、すでにボウリング場の時間の予約をしていた。そして、人数の関係だといって、主任の南までボウリング組に加えて出て行った。

座ぶとんの下に、根上は太いマジックペンをしのばせておいたが、もはや用はなくなった。

ひとりになって、その黒い筆先を眺めていると、ふすまが開いて、福原が入ってきた。

「隠し芸は中止のようだね」

事情を話すと、福原はうなずき、

「これからは、部下の気持が大事だからね。いや、昔も今も、本当は上役よりも部下が大切なんだよ」

その言い方には、どこか根上の人生を皮肉っているようなところがあった。

黙りこんだ根上に、福原は慰めるように続けた。

「しかし、きみのへそおどりは天下一品だ。若い連中も、見ておいて損はなかったのにな」

「……」

「きみは、あのおどりを、ふだんから練習しているのかね」

「とんでもない。正月だけです」

「そうかなあ」

気にかかる言い方であった。

「どうしてそんな風にいわれるのです」

「きみは、銀行に入ったとき、『これから三十年のひまつぶしがはじまる』といったそうだね」

「えっ」

「きみと同期の小早川が教えてくれた。若い人は考え方がちがうと、当時上役のぼくらはびっくりしたものだ」

「あいつ！」

根上は舌打ちした。それは半ば冗談、半ば自嘲をこめていったセリフで、小早川も気に入って、相槌を打ったはずであった。

福原監査役は続ける。

「年末になると、部長会できみの芸が話題になった。もっとも、『あの芸ぐらい仕事ができれば』とか、『仕事はさっぱりだが、あのおどりは』などという口のわるい部長もいたね。おどりはおどりでたのしんでおいて、後でそういうのだから、ひどいやつだよ」

根上は耳をふさぎたい気がした。

他人事のようにいう福原もまた、そうした悪口をいい、また、根上をそんな風に勤務評定してきた一人かも知れなかった。

それとも知らず、根上は正月の来るたびに、けんめいにおどりをおどり、そして、いよいようだつの上らぬ人生の中へ舞い落ちてきたかのようであった。

気落ちした根上を、福原が勝利者の目で見つめている。おどりの代りに根上の落胆ぶりをたのしんでいる。

そう思ったとき、根上は着ているものを脱ぎすてていた。

マジックペンをにぎると、手練の手さばきで、へそを中心に顔を書き上げた。

「さあ、おどりますよ、福原さん。炭坑節をうたってください」

「やってくれるのか。ぼくひとりのために」

「そうあなたのために」つられて答えてから根上はいい直した。「わたしのためにも」

今宵は、上役のためでも、また部下のためでもない。これは、根上自身への挽歌、おそすぎたおどり納めだと思った。

根上は、がらんとした座敷のまん中へ進み出た。

「さあ、参るぞ」

掛声一番。腹に全神経をこめる。へそが笑う。

「音楽！ 元気が足りんぞ」

福原を叱りとばしながら、根上はおどりの中へ溺れこんで行った。

少女架刑

吉村 昭

吉村昭（よしむらあきら）

一九二七―二〇〇六

東京生まれ。学習院高等科在学中、喀血、胸郭手術を受ける。療養後、学習院大学入学、同人誌「赤絵」に参加。大学中退。一九六六年、『星への旅』で太宰治賞受賞。同年発表した『戦艦武蔵』が一躍脚光を浴び、史実と証言の徹底的な取材と検証でノンフィクション界に独自の手法を築いた。七三年、『戦艦武蔵』『陸奥爆沈』『関東大震災』などで菊池寛賞、七九年、『ふぉん・しいほるとの娘』で吉川英治文学賞、八四年、『冷い夏、暑い夏』で毎日芸術賞、『破獄』で読売文学賞、芸術選奨文部大臣賞、八七年、〈作家としての業績〉で日本芸術院賞、九四年、『天狗争乱』で大佛次郎賞を受賞。日本芸術院会員。

一

呼吸がとまった瞬間から、急にあたりに立ちこめていた濃密な霧が一時に晴れ渡ったような清々しい空気に私は包まれていた。

澄みきった清冽で全身を洗われたような、爽やかな気分であった。

私は、自分の感覚が、不思議なほど鋭く研ぎ澄まされているのに気づいていた。家の軒から裏の家の軒にかけて、雨滴をはらんだ蜘蛛の巣が、窓ガラス越しに明るくハンモックのように垂れているのが眩ゆく目に映じている。

蜘蛛の巣は、家の裏の小暗い庇の下に固着している。その庇の下に、雨を避けた小さな蜘蛛が、ひそかに身を憩うているのを私の視覚は、はっきりととらえることができた。新芽のように小気味良くふくらんだ華麗なその蜘蛛の腹部に、繊細な毛が無数に生え、その毛の尖端に細やかな水滴が霧を吹きつけられたように白く光っているのさえ見てとることができた。

私の聴覚も、冴え冴えと澄んでいた。

軒端から落ちる雨滴の音——それが落下する個所でそれぞれ異った音色を立てていることも鮮明に聴き分けることができた。

弾けるような乾いた単調な音は、勝手口の石の台の上に落ちる雨雫の音。明るいなんとなく賑やかな音は、窓ガラスの下の砂礫の浮き出た土の上に落ちる水滴の音。水滴が土を掘り起し、その小さな水溜りの中で細やかな砂礫が、雫の落ちる都度互いに身をすり合わせ洗い合っている気配すら、私の耳には、はっきりときとれた。

突然、私の感覚が、かき乱された。

家の前の露地から、軽快なしかし鋭く突きささるようなクラクションの音が、澄明な楽の音にも似た雨滴の音を消してしまった。

迎えの自動車が来たのだ。

私は、耳を澄した。

自動車の鈍い開閉音がきこえ、そして水溜りをとびながら私の家に近づいてくる靴の音がした。私は、入口のガラス戸を凝視した。と、曇りガラスに白いものが薄く映った。そして、ガラス戸のふちに肉色の指頭が色濃く密着すると、ガラス戸が軋みながら引き開けられた。

「水瀬さんは、こちらですね。病院から参りました」

短い薄汚れた白衣を着た痩身の男が、顔をのぞかせた。

父も母も、一瞬放心した眼を入口の方へ向けたが、急に気づくと立ち上り、あわただしく部屋の中を取り片付けはじめた。六畳一間きりの空間を私の仰臥した体が占めているので、母が内職に彩色している白けたお面の山は、乱雑に部屋の隅にうず高く積み上げられた。

母が区役所に行って手続きをして帰って来たのは、わずか十分ほど前。すぐに迎えが来ようとは、母も父も予測すらできなかったのだろう。

「むさくるしい所でございますけど……」

母は、淀みのない慇懃な口調で、着物の衿を病的なほど指先でいじりながら男を促した。

男は、遠慮する風もなく、すぐに靴を土間に脱いで、茶色くなった畳の上に上って来た。頬の赤い骨ばった顔の男だった。

「いつお亡くなりです」

男は、私のふとんの近くに坐ると、それが習性らしくすぐに口をきいた。

「九時一寸過ぎでございました」

母は、大きな眼を媚びるように見張った。

男は、髪も乱れ衣服も垢じみている母が、思いがけず丁重な口をきくことに少し戸惑っているようだった。

「まだ、お若いようですね」

男は、面映ゆ気な表情で、手拭をかぶせられた私の方を見つめた。

「はい、十六でございました」

「それはお気の毒でしたね」

男は、わざとらしく眉を曇らせてみた。

男の着ている白衣は、何度も洗い晒されたものらしく織り目も浮いてみえ、ボタンも半分かけて糸が今にもとれそうに垂れ下っている。

「では、早速で恐れ入りますが、埋火葬許可証を見せていただきたいんですが……」

母は、一瞬その意味が判らぬらしく、「はい？」と、目を見張ってみせた。

「区役所でたしかくれたと思いますが、書類を……」

母は、漸く納得がいったらしく頻りとうなずきながら、身を少しよじるようにして着物の衿元から幾つにも畳んだ書面を取り出し男の前につつましくさし出した。

父は、眼を赤く濁らせながら、部屋の隅に身を竦ませて坐っている。

「それから、これに捺印していただきたいんですが……。もしなければ拇印でも結構です」

男は露骨に急いでいる風を見せて、解剖承諾書と書かれた紙を畳の上にひろげた。

「はい、はい」

母は、愛想よく返事をすると、すぐに立って押入れの下段に嵌め込まれた茶箪笥の前に膝をつくと、曳き出しから紐のついた古びた小さな印鑑をとり出して来た。朱肉がないので、母は、何度もその印鑑に息をはきかけた。

「御参考までに申し上げて置きますが、病院では丁重にお嬢さんのお体を調べさせていただきましてから、火葬し、きちんと骨壷に納めてお宅の方へお返しいたします。勿論その間の費用は、すべて病院持ちです」

男の声は、何度もいい慣れているらしく殊更荘重さをこめた淀みのないものだった。

母は、神妙な表情で伏目になって何度も相槌を打っていた。

「それから……」

男は、白衣のえりから手をさし入れ、内ポケットから、白い紙に包んだものをとり出した。

墨で、香奠料と記されている。

「これは、病院からのものです」

男は、あらたまった表情で母の方へ押しやった。

「さようで御座いますか、御丁寧に、……では、遠慮なく頂戴させていただきます」

母は、一寸面映ゆ気な表情を顔に浮かべながら、指を揃えて深々と頭を下げた。

身を縮ませていた父も、母にならって頭を下げた。

「それでですね」

男の声が、一層事務的になった。母は如才ない表情で少し頭を傾けながら男の顔をうかがった。

「これは病院の規則で最低一カ月はお嬢さんのお体をお預りすることになっているのですが……、お骨は、いつ頃お返しいたすことにしましょうか」

男は、母の顔を探るような目つきで見つめた。

「さようでございますね」

母は、少し身を退くようにしてなんとなく照れたように愛想笑いをしながらも、返答のしようがないらしくわずかに困惑の色を顔に浮かべた。

「どうでしょう、二カ月ぐらいでは……」

男は、母の思案を封ずるような口調で言った。

母は、どう返事をしてよいのかわからぬらしく、一寸顔をこわばらせて父のいる部屋の隅の方をなんとなく振り向いた。

父は、母と視線が合ったが、ただ眼を臆病そうに瞬いているだけであった。

母が父に、微かながらも縋りつくようなこんな視線を向けたのを見たことは、私にとって初めてのことだった。父も、母の視線に戸惑いを覚えているようだった。

「よろしいですか、それで」

男のせかせかした声に、慌てて男に顔を向けると反射的に、はい、と母は、うなずいていた。

そうですか、それでは二月後——男は、書面に万年筆で書き込むと、

「では、運ばせていただきます」

と、立ち上り、すぐにガラス戸を開けて外へ出て行った。

男が出て行くと、母は急にいつもの疲れたような険しい表情にもどり、すぐに香奠料と書かれた包みを手にすると、私の枕もとに置かれた蜜柑箱の上に置いた。中身の

金額を推しはかる不安な表情が、母の疲れた顔に汚みのようにひろがった。

父も、その紙包みの方をじっと見つめている。

「いいかい」

ガラス戸の所で妙に明るい男の声がして、後向きになった白衣の男が節だらけの寝棺を持って入って来た。もう一方の隅は、髪の濃い若々しい白衣の男が持っている。部屋が狭いので、棺は処置に困るほどひどく大きく見えた。棺は、私の寝床と平行に部屋一杯にひろがって下された。

棺の木蓋がとられ、私の薄い掛ぶとんがはがれた。

私は、マニキュアをした指を母に組まされたままの姿勢で、シュミーズ一枚で仰向けに横たわっていた。

瘦せた頰の赤い男の骨ばった手が、私の腋にさし込まれ、若い男の肉付きのよい手が、私の両腿をかかえた。私の体が冷えているためか、二人の男の手が、私の体にはひどく温いものに感じられた。

私の体は、二人の手で持ち上げられ棺の中にそのまま納められた。鉋をかけていない粗い板なので、私のシュミーズからむき出しになった肩のあたりにかなり大きな木の節目が当っていた。しかし新しい板らしく、棺の中はむせるような木の香で満ちていた。

蓋がはめられ、棺は二人の手で前後して持ち上げられた。

「お父さん、手をお貸しして」

母の声に、父が部屋の隅から慌てて立ち上ると、私の棺の脇を不器用に持った。

父が片側を忠実に持ち上げているので、棺はひどく不安定に揺れながら部屋を出た。

棺が軒を離れると、いきなり棺の蓋に雨が音を立てて白い飛沫をあげた。棺の中は、雨音で満ちた。

家の前に停車している自動車は、黒塗りの大型車で、雨にボディが洗われ、雑然と軒をさし交している家並が、緻密に映って美しく光っていた。

後部の扉が左右に開けられ、私の棺は、男の手でその中に押し込まれた。

不思議なことに、私の眼は、四囲が棺にさえぎられ更にその上自動車の車体にさえぎられているのに、雨に濡れたその細い露地の光景が、妙に明澄に、丁度水を入れかえたばかりのガラス張りの魚槽の中を透し見るように水々しくすきとおって見えるのだ。

露地の両側に並んだ家からは、好奇心や羨望やそして蔑視とが奇妙に入り混った人々の顔が無遠慮にのぞいている。これほどの高級車が、この露地に入り込み駐車したことは未だ嘗てなかったことなのだ。

後の扉から、白衣を着た男が二人、身をかがませて勢いよく私の棺の脇にとび込んで来た。

「おい、いいよ、出してくれ」

運転台に声をかけた。

「ひどいね、この雨は……」

男たちは、ハンカチを出すと、頭を拭き、腕を拭った。

自動車が、静かに動き出した。

家の戸口で見送っている面長な母の顔、臆病そうに半分だけガラス戸から顔をのぞかせている父。その二人の姿が雨の中を次第に後ずさりはじめた。

さよなら、私は、小さくつぶやいた。

露地は狭く、自動車は、緩い動きでわずかずつ進んだ。

女や子供たちが軒の下に立って、近々と過ぎる自動車のガラス窓を伸び上るようにしてのぞいたり、濡れ光った車体に指をふれさせ筋をつけたりしていた。

「全くひどい貧民窟だな」

運転手は、慎重にハンドルを操りながらつぶやくように言った。クリーナーが、せわしく動いている。ガラス窓は、雨滴で一杯だ。

漸く露地を抜け出ると、自動車は、わずかに速度を増した。が、道が狭いために自動車は、時々徐行することを余儀なくされた。

道に、板張りの箱車が置いてあった。自動車は、停車してホーンを鳴らした。

低いバラック建ての家から、つぎだらけの雨合羽を着た老人が大儀そうに出て来て、箱車を引いて道を開けた。

ふと、私は、道の片側に番傘を傾けて身をすりつけているようにしている色白の若い男に気がついた。その顔には見覚えがあった。それは藤原富夫という、中学の同級生であった。

富夫は、紺の作業衣を着ていた。そして胸には、セロファンで包んだ花束を大切そうに抱いていた。

道の両側につづいた薄汚れた家並の中で、セロファン紙に透けたその花の色が、対照的にひどく清らかで美しくみえた。

自動車が、ゆっくりと動きはじめた。

富夫は、家並の板壁に一層身をすり寄せた。

番傘の骨が、自動車の片側を鳴らして通り過ぎた。

私は、自動車の後方を眺めた。富夫が番傘を肩にかつぐようにさして、雨に濡れた道を遠くなって行くのが見えた。

さよなら、私はまた小さくつぶやいた。

花の色が、目にまだ残っていた。富夫と花束——それはなんとなく不似合いな取り合わせのように思えた。中学生の頃の富夫は、他の生徒と同じように貧しい衣服を身につけていたが、いつもきれいに洗われた清潔なものを着ていた。顔立ちも華奢で、髪を刈ると、その坊主頭が、淡く緑色に染って、爽やかな感じであった。

私は、雨の中を茸のような傘がすっかり見えなくなるまで見つめていた。

自動車は、身をくねらせるようにして走りつづけている。

「この死体（ライヘ）は、何時頃死んだものなの」

若い男の声がした。

「九時一寸過ぎだってさ」

「じゃ、まだ二時間ぐらいだね」

「そうなんだ。全く得難い獲物だよ。研究室の連中、喜ぶぜ」

痩せた男は、煙草の脂のついた歯を露わにして微笑した。

「村上さん」

男は、ポケットから煙草を取り出しながら運転台に声をかけた。

「これ、新鮮標本をとるだろうからね、急いでやってくれよ」

「あいよ」

運転手は、背を向けたまま気さくに言った。

自動車は、町中を抜け、土手に上ると、せわしく車の往き交う長い木の橋を渡った。

若い男は、すっかり曇ったガラス面に指で二筋三筋曇りを拭って、白く煙った広い川筋を見下していた。

繁華な町並を、自動車は進んだ。

雨勢が漸く衰え、雨脚も急に細まってきた。

街の一角に、明るく日が射した。雨の音が、急に消えて、それと入れ代りに自動車の警笛や街の物音が活き活きと湧き上ってきた。

自動車は、大通りから石塀のつづいた住宅街の坂を上りはじめた。

塀から坂の上に覆いかぶさるようにせり出した樹の繁りに日が当って、自動車のガラス窓は、緑一色に染った。風があるのか、時折葉のふり落す大粒の水滴が、自動車の屋根に音を立てて落ちてきた。

若い男が、窓を開けた。

「あがったね」

若い男は、窓から外をまぶしそうに目を細めて眺めた。その瞳に、葉の繁りが凝集して映っていた。

「願ってもないことだ。こう雨気がこもっちゃ、死体の変化が早まるからね」

痩せた男は、煙草を口にくわえたままもう一方のガラス窓を開け、そして私の棺の蓋を取り除いた。

急に、冷え冷えした空気が棺の中に入ってきた。

私のシュミーズだけの体が、男の視線にさらされた。

「若い娘だね」

「そうだ、まだ十六だってさ」

男は機嫌が良いらしく、魚籠の中の魚を見定めるように私の顔をのぞいた。

「顔は稚いけど、十六にしてはいい体をしているな」

痩せた男は、私の体を無遠慮に眺めた。

若い男は、返事をしなかった。

痩せた男は、私の体から眼を離さず煙草を短くなるまですいつづけた。

その視線に、私は、身の竦むような羞恥を覚えた。そしてまた、自分の曝された軀を一方的に眺め廻されていることに侮蔑をも感じた。

母がさげすまれている、と、私は、咄嗟に思った。

「美恵子は、若い頃の母ちゃんに似てきた」

父が、何気なくそんなことを言ったことがあった。

母は、一瞬ぎくりとしたらしく、不快そうに眉を顰めて私の体を一瞥しただけであった。母は、育ちのいやしい父と結ばれ父の子を生んだことに強い自己嫌悪を感じているのだ。

母は、地方の神官の末娘として育ったが、嫁いだ資産家の夫が精神薄弱者で、そんなことから実家に逃げ帰った。経済的な支援を婚家先から受けていた実家では、その都度母を婚家先に戻したという。一年ほどして、母は遂に堪え切れずに家を飛び出し、ある鳥料理屋に住込女中として住み込んだ。

板前をしていた父とは、そこで知り合ったのだ。

私は、自分が母に似ていることは知っていた。私の肌は白く、顔立ちも面長で、鏡をのぞくと母との濃厚な類似がそこにあった。

が、私は、母に似ていることに実はひどく当惑をおぼえていたのだ。些かでも似ているなどということが、僭越な分に過ぎたことのように私には思えてならなかったのだ。

母の生れのよさを、父は始終私にいいきかせた。事実、私の眼にも、母は、私や父とは全く異った世界で生れ育った人間のように映じていた。容貌にも言葉遣いにも、そして立居振舞にも品位が感じられ、手をついて挨拶するときなど母の指は繊細に撓(しな)って幼い頃からの厳しい躾けを連想させるものがあった。

父には、ひどい賭博癖があってそのため勤めもしくじり、二、三年前からは朝ゲートルを几帳面に足に巻いては、日雇い労働者として家を出て行く。金が少しでも入ると、父は賭け事にその金を悉く費消してしまう。家はそのためひどく貧しく、母は、険しい表情で面を彩色しつづけている。

父が無一文になって帰って来ると、母は憎々し気な顔で、物差しで父の体を容赦なく打った。黙ったまま物差しを振りつづける母の姿には、やはりある風格があった。父は、畳に額を伏し、じっと身を竦めて母の打擲に堪えていた。

「素人じゃなさそうだね」

若い男が、男の肩越しにのぞき込みながらつぶやくように言った。

私の髪は薄い小麦色に染められ、指にも足指にも朱色のマニキュアが施されていた。

「親のために働かせられるだけ働かされて、死んでしまうと体を売られる。親の食い物にされたんだな」

男は、私の体を眺めつづけている口実のように少ししめった口調で言った。

私は、急に不快な気分になった。自分の親を、男に悪しざまにいわれていることが腹立たしくてならなかった。

親のために働いてきた……ということは事実にちがいはなかった。が、働いて親に貢ぎたいと希ったのは、私自身の意志から発した行為だったのだ。

私は、中学を出てから働きに出た。給与のよい職場を転々として移り歩いた。勿論経済的な理由からであったが、私は、母が貧しい生活の中に身を浸していることを不穏当な罪悪のようにすら感じていたのだ。

一月ほど前、私がウエイトレスをやめてヌードチームに入ったのも、母に対する私の奴婢的な感情がそうさせたので、幾らかでも多くの金を母に捧げたい自発的な行為であったのだ。

そのヌードチームは、ローラースケートを使うということで特色があった。

不器用で自転車にも乗れなかった私は、練習中、気の遠くなるほど顚倒しつづけた。そして両腿が痼（しこ）って痛く、夜も眠れぬほどであった。

練習をはじめてからわずか四日目で、私は半強制的にチームの一員として初めて出演させられた。

……音楽がはじまると、ローラースケートをつけた私たちは、一人ずつ色光の漂うフロアーに滑り出て行った。私の傍らには、チーム四人の中のただ一人の男、胃弱で固形物を決してたべたことのない初老の団長が、くまどったような厚いドーラン化粧をした顔に始終にこやかな笑みを浮かべながら、それでも慎重に、私が転倒しないように手をもち腰に手を廻してくれた。照明が変ってスウィートな曲が流れると、新顔の私から、腰にまきつけた紗をはずし、ブラジャーを脱いで行く。転ばぬことだけに神経が使われて、私は、初めてのときでも恥しさということは忘れていた。ローラースケートは、フロアー一杯に客席すれすれに滑って行く。ぶつかりそうになり客席から女の嬌声が上った瞬間、スケートは、弧を描いて反転しフロアーに戻る。スケートの車は、曲のリズムに乗って、波のような音をしきりとたてながらフロアーの上を往き交う。曲が終りに近づく。私たちは、思い思いに最後のポーズをし、そして客席ににこやかに挨拶をすると、一人一人、カーテンのかげに滑り込む。

楽屋に入ると私たちは、競うようにスケートをボストンバッグの中にしまい、衣裳を抱え、体に簡単なものを羽織ってキャバレーの従業員出口から走り出る。そして、タクシーを拾うと次のキャバレーに駈けつける。

私の貰い分は、一回のショーごとに平均三百円の割で、一夜に、千円は越える収入になった。

「あの団長は、女に全然関心がないのよ、体に欠陥があるらしいね」

古顔の三十を過ぎた女が、不服そうな表情で言ったことがある。女の話では、団長は年に二、三回必ず男のことで事件を起すという。その相手は、バンドマンであったり、ボーイであったり、行きずりの若い男であったりするという。薄い髪をきれいに撫でつけている団長が、その時は頰もこけて面変りするほど焦ら立った表情になるという。

団長は、いつも女のような声をさせて、チームの女たちには不自然なほど優しい。ただ、突然休んだり、集合時間に一分でも遅れると自分の感情を抑え切れぬのか、額に血管を生々しく浮き上らせて痙攣した手で容赦なく女たちの頰を叩いた。そして、その上懲罰として出演料からも幾許かの金を差引いた。

いたたまれずに退団する女もいたが、団長は、すぐに代りの女を連れてきて、素人の娘を三日もあれば出演させられるような、特殊な技術指導の才を持っていた。

一昨夜、私は、家を出るときすでに体が熱を帯びているのに気づいていた。が、欠勤すればかなりの金額を罰として引かれてしまうことを知っていたので、約束の場所へだるい足を曳きずりながら出掛けて行った。

キャバレーから、キャバレーへの目まぐるしい駈け持ち。そして遂に最後のキャバレーで、急に意識が薄らぎ、演奏しているバンドのステージに勢いよく腰を打ちつけ顚倒してしまったのだ。団長に頰を強く打たれたのも朧気ながらであった。

家へ戻されても、私の熱は下る気配もなく、額に当てた濡れ手拭もすぐ湯気を上げて乾いてしまった。胸をしめつけられるような息苦しさで、私は、ただ目を据え喘いでいた。

医師がきて診察を受けたとき、すでに私の体は手遅れになっていた。

死因は、急性肺炎であった。

「簡単に助かったものを、なぜこんなになるまで放って置いたのです」

眼鏡をかけた若い医師は、腹立たしそうにきつい語調で言った。

母は、拗ねたように横を向いていた。そして、医師には、茶も出さなかった。

家には、私の持ってきた稼ぎの金が少なからずあったはずであった。が、私は、医師を最後まで呼ばなかった母を恨む気持には全くなれなかった。

「美恵子が死んでしまう」

父が、おびえたようにふるえ声で言った時も、母は、

「風邪ですよ」

と、不快そうに眉をしかめるだけで素知らぬ振りをして取り合おうとはしなかった。

手遅れにしろ、母が私のために医師を呼んでくれたというだけで私は、恨むどころか涙の出るほど感謝せねばならなかった。私が物心ついてから、ともかくも医師が私の家にきたことは、その時が初めてのことであったから……。

それにしても、団長が、出演中私が不仕末をしたことで損害金を請求しに家にやってきた時、私が熱に喘いでいる枕許で母が団長に浴びせた怒声は激しかった。

想像も及ばぬ野卑な言葉が、母の口から絶える間もなく迸り出た。

私は、この母の罵詈（ばり）を金銭ゆえにとは思いたくなかった。

「娘をいいように食い物にしやがって」

この母の言葉に、私は、朦朧とした意識の中で涙ぐんだ。

母の愛情が、その言葉の中に十二分にこもっているように私には思えた。

団長は、体をひどく痙攣させて戸も閉めずに帰って行った。

……自動車が、ゴーストップの近くで停止した。

それきり、自動車は停ったままになった。自動車の前方には、広い舗装路に、雨の名残りを残した自動車が、兜虫のように濡れた車体を光らせて間隙なく詰っている。

警笛も、しきりと湧き起っている。

「どうしたんだい」

痩せた男が、いぶかしそうにフロントガラスを透し見た。

運転手も、窓から身を乗り出して伸びをするようにして前方を見渡している。

「事故でもあったのかな」

運転手は、ひとりごとのようにつぶやいた。

自動車は、全く動き出しそうな気配も見せない。都電も数台止り、後部の窓から制帽をかぶった車掌が身を乗り出している。

「弱ったね、動きだしそうもないな」

痩せた男は、焦ら焦らした声を出した。

「標本がとれなくなったらなにもならなくなるからな。どうだい、バックして迂回したら」

男の声に、運転手は、ハンドルを握り首を曲げて後部のガラス窓をうかがった。

「駄目だ、もう出られない」

たしかに自動車の後尾には、すでに十台近い車がぎっしり詰り、さらに続々とその台数を増している。

痩せた男の顔に、漸く焦りの色が浮かびはじめた。

「なにをしていやがるんだろうな」

痩せた男は、腹立たしそうに舌打ちした。

窓から一心に外を見ていた若い男が、ふと、悠長な声で言った。

「なにか通るようですよ」

運転手も、窓から首を出した。

日の当っている反対側の歩道に、女や子供たちや通行人が歩道から溢れるように並んで、一様に前方の大通りの方向に顔を向けている。

と、その時、甲高い女のマイクを通した声が、レコードらしい埃っぽい音楽の音に混ってきこえてきた。そして、それにつれ、歩道の人波が急に動揺しはじめ、交通整理の緑色の腕章をつけた警官が車道にはみ出した人々に注意を与えはじめた。

「なんだろう」

痩せた男も、急に興をひかれたらしく、ガラス窓に顔を押しつけた。

音楽とマイクの声が近づき、あたりに賑やかな空気が溢れた。いつの間にか、警笛の音は、消えていた。

「あ、ミス××のパレードだよ」

若い男が、突然弾んだ声を上げた。

車内の空気が、急に明るくなった。痩せた男の顔からは、焦ら立った表情は消えて、頬にしまりのない笑いが浮んだ。

初めに、音楽とアナウンスを撒き散らしながら、軽金属の大袈裟な装飾を施した大きな宣伝カーがゆっくりと通った。そして、そのすぐ後に造花とモールで埋った華美なオープンカーが続き、その上に赤いマントを羽織り王冠をつけた若い女が立っていた。

女は、巧妙な美容師の手によって装われたらしく、化粧も髪形もなんの乱れもなく細面の顔にひどく似合ってみえた。女は、疲れた顔に無理な微笑を浮かべながら、しきりと歩道の人、停止している車の中の人々に手を振っている。

私は、キャバレーで華やかな衣裳を身にまとい、にこやかに微笑しながらスケートを走らせていた自分の姿をそこに見たような気がした。

女は、微笑することにも手を振ることにも疲労し切っているように見えた。女の微笑は、固定した一定の表情しかなく、すぐ泣き顔にでも変るような歪みが口許に現われていた。

私の目には、ドーラン化粧をした女の顔に、細かい毛穴が浮いているのがはっきりと見えた。小鼻の脇には、化粧品が少し乾いて固まり、微笑の度に、細やかな亀裂が規則正しく走るのも見た。

あの女が生きているということのために、華美な装いを凝らしてオープンカーに立ち、自分が死んでいるという理由のために、節だらけの棺にシュミーズ一枚で横たわっているということが当然のことながら余りにも差異がありすぎるように私には思えてならなかった。あの女も、ただ内部の臓器が生きているだけのことではないか。……痩せた男が、おどけたように手を振った。自動車の中には、陽気な笑い声が満ちた。

その後から、まだオープンカーは何台もつづいた。ミス××区と書かれた白ダスキをかけた女が二人ずつ乗っていた。微笑もせずに機械的に手を振っている表情の硬い女や、笑みを満面にあらわして疲れも知らぬようにしきりと手を振りつづける若い女もいた。

歩道の人々も、車の中の人々も、一様に笑っていた。そして、その微笑は、申し合わせたように照れ臭さそうな笑いであった。人々は、タスキをかけ自分の容姿を曝して行く女たちに、まず羞恥を感じているようであった。そしてまた、それを人々と共に振り仰いでいる自分に含羞(はにか)んでいるようにも見えた。

やがて、音楽とマイクが遠去かり、パレードは過ぎた。最後尾の少しおくれたオープンカーは、無表情な女二人を載せてスピードを早めて走りすぎた。

歩道の人垣が、崩れた。

急に通りに詰った自動車の群から、沸き返るように警笛が交錯しはじめた。

白衣の男たちが、笑いを顔に残しながら坐り直した。

「御苦労さんなことだね」

車の中には、一頻り落着きのない明るい会話が漂った。

自動車は、少しずつ動きはじめた。が、少し動いては、またしばらくとまった。

痩せた男に、また焦りの色が見えはじめた。警官の笛の音が、鋭く鳴っている。

私は、棺の中で、手を組んだままじっと仰向いて横たわっていた。

二

私の棺は、病院の裏門から入ると、古びたコンクリート造りの建物の一室に運び込まれた。

部屋は、壁も天井も床もコンクリートで固められ、湿気を帯びているらしく燻んだ色をしていた。

部屋の奥には、上にブリキ張りの木蓋のついた二畳敷ほどのコンクリートでふちどられた槽のようなものが六つ床に据えつけられ、部屋の隅の木の台の上には、四角い木の箱や、骨壺のようなものが雑然と載せられていた。

五分も経たぬ間に、白衣をつけた二人の若い男が入って来た。ひどく背の高い浅黒い顔をした男と、髭剃りあとの青々とした色白の男だった。

背の高い男は、大股に近づいてくると棺の蓋を取り、いきなり私の腕を無造作に摑んだ。そして、指を組んだままの私の腕を乱暴に上げ下げさせた。

「大丈夫だ。まだ硬直はきていない」

男は、色白の男に振り返って言うと、部屋の隅にある戸棚からゴム手袋を出してはめ、壁に埋めこまれた電気のスウィッチを押した。

卵の殻のように白く透けた笠を持った電灯が、明るく灯った。

私の体は、係員の手で棺から出され、硯石のようにふちだけ高くなっている石作りのベッドに仰向きに置かれた。

「なかなか綺麗な子だね」

髭あとの濃い男が、手袋をはめながらベッドの傍に寄ってきた。

浅黒い男は、苦笑しながら、組み合わされた私の指をほどいた。そして、傍から鋏を取り上げると、数日前に買ったばかりの私の真新しいシュミーズを脇から真一文字に切り開いてしまった。

下着も悉く除かれ、私の体は、電光の下で露わになった。

「どうだい、素敵な体をしているじゃないか。若いのに勿体ない」

髭の濃い男は、私の体を見廻しながら、私の胸の隆起を撫ぜた。ゴムの手袋をはめた指が、私の細く突き出た乳頭にひっかかりながら上下した。

「さあ、何をとる」

背の高い男は、解剖器具を傍の木の台の上に並べながら言った。

「生殖器と、乳腺と」

「肺臓もとって置こう、新しいし若いんだし、できるだけ取るんだな」

そして、ふと気づいたように、背の高い男が、

「皮膚科でね、新鮮な死体なら、どこでもよいから取ってくれっていってたよ」

「もう嗅ぎつけやがったのか、欲張っていやがる」

髭の濃い男は、わざと下卑た口調で言った。が、それでも、木の台の上にホルマリンの入ったビーカーを秩序正しく並べはじめた。

メスは、まず私の頬に食い込んだ。私の目の上に、瞳を凝らした浅黒い男の顔があった。男の顔をそれほど近くに感じたことは、未だ嘗てなかったことだった。私は、息苦しく顔をそむけたいような気がしきりとした。

メスは、四角く動いて、小さなタイルの石のように皮膚を切りとり、その一つ一つがホルマリンの入ったビーカーの中へ落された。

それからは、私の体の表面至る所にメスが動いた。腕を上げさせられると、腋の下の皮膚も切りとられた。二日置きに使うエバクリームで腋毛は落されていたが、皮膚の表面には、短い毛の先端が細かい胡麻を撒いたように浮いていた。

腿、腹、頭皮、そして唇の皮膚までが、厚ぼったい花弁のように揺れながらガラスの底に沈んで行った。

「こんなところかな」

男たちは、メスを手にしたまま私の体を眺め廻した。

切り削がれた部分には少し血が凝固したままにじみ、私の体は薄い朱色の貼り絵のような模様でおおわれていた。

「さてと、開腹するか」

背の高い男が言った。

「生殖器は俺が受持つか」

髭の濃い男が、少し顔に悪戯っぽい笑みを浮かべながら背の高い男の顔を見つめた。

「いいだろう」

背の高い男は、薄く苦笑した。

首の付け根にきつくメスが食い込むと、下腹部まで一直線に引かれた。

「よくこんないい死体が手に入ったな。何カ月ぶりだろ」

表皮が開かれ、またメスが首の付け根の同じ部分に食い入った。

「あの区役所の課のやつには、十分話がついているんだ。新しい死体が入ったら、優先的に廻してもらうことになっているんだよ。うちの部長、なかなか手腕家だからな」

背の高い男は、体を曲げるように腹部の筋肉を一心に切開している。

髭の濃い男は、私の足部の方に廻っていた。腿に指がふれると、私の両足は、大きくひろげられた。私の体中に、羞恥が充満した。

私の腿の付け根に、男の視線が集中しているのを強く意識した。自分の姿態が、ひどくはしたないものに思え、息苦しくなった。

ふと、私の下腹部の腿の付け根に落ち込んでいるなだらかな隆起に、なにかが触れる気配がした。そこには、まだ十分には萌え育たない短い海藻のような聚落があった。ふれたものが、男の指であることに気づいた時、私は、自分の体が一瞬びくりと動いたような気がした。

私の耳に、指とその聚落の触れ合う微かな音がきこえてきた。それは、体全体に伝って行く繊細な、しかも刺戟に満ちた音であった。

「おい」

背の高い男が、声をかけた。

髭の濃い男は、含羞んだように笑うと漸く指を離した。そして、少し生真面目な表情にもどると、私の下腹部に入念にメスの先端を当てた。

私の乳房は、背の高い男の手で、奇妙なほど敏速にえぐりとられてベッドの傍にある台の上に置かれていた。

それは、大きな血のついた肉塊になって、二ツ台の上に傾いて置かれている。

乳頭の色も紫色に変色している。背の高い男が、大きなケースからよく光る鋏のような器具を取り出してきた。そして、筋肉を押し開くようにしてから、私の肋骨の根本に鋏を当て、一本ずつ入念に骨を切断しはじめた。乾燥した高い音が、部屋の中に響いた。

「ほっとしたよ、この娘ヒーメンがあるよ、素人じゃなさそうだからひやひやしてたんだ」

下腹部を慎重に切っていた男が、顔を上げた。

私は、下腹部が、すっかり切り開かれているのを知っていた。髭の濃い男の顔は、ひどく整っていて、瞼も男には珍らしく二重になっていることにも気づいていた。自動車で棺の中に納められ運ばれてくる途中、脂臭い白衣の男に自分の体をまじまじと見つめられた時とは異って、侮蔑されているという感じはなく、ただ羞恥心だけがあった。

「俺の方はとうにわかっているよ。乳頭を見れば、バージンじゃないかどうかぐらいすぐ見分けがつくんだ」

「負け惜みをいうな」

髭の濃い男は、うっすら笑って反撥したが、悪戯っぽい表情は消えて変にこわばった色がその顔に膠のようにはりついた。ヒーメンとは、なんのことなのか。胸部を処理している男の顔も、思いなしかひきしまって見えた。

二人は、生真面目な表情で黙々とメスを動かしはじめた。

肋骨が外され、台の上に置かれた。肺臓がとり除かれると、胸部が妙に虚ろになった。

台の上にかなりの数の肉塊が並んだ頃、急に入口の戸が荒々しく開かれ、汚れた白衣を身につけた老人が、慌しく部屋に入ってきた。

老人は、私の体の方を見ると一瞬立ち竦んだ。目が大きく開かれ口が半開きになり、歯のない口の中が薄桃色に見えた。

男たちは、老人の気配に気づいて何気なく手をとめ振向いた。

老人は、私の体を凝視したまま私の載っている石作りのベッドに縋りつくように近づいた。そして、私のくり抜かれた胸部を食い入るように見つめると、反射的に台の上に視線を移した。そこには、大小さまざまな肉塊にまじって、私の肋骨が、剣道の面のように一様に弧を描いて血にまみれた骨の肌を光らせていた。

老人の体が、少しずつ痙攣しはじめた。白い肌に所々浮いた薄茶色のしみが、顔の皮膚の顫えで異様な動き方をした。

老人は、血走った眼で男たちの顔を見つめた。

「この死体（ライヘ）は、私のです」

老人の声は、語意が不明瞭なほどひどくふるえていた。

男たちは、呆気にとられて顔を見合わせた。

「部長さんが、女のライへが入ったら私にくれるとおっしゃって下さったのです」

老人の眼には、他愛なく涙が湧いてきた。口許も、泣き出しそうなこわばりを見せていた。

「長い間かかって、漸く動物実験で白い透明な骨標本をとることに成功したのです。その第一号に部長さんが、若い女のライへを使わしてやるといって下さっていたのです」

男たちは、漸く老人の言葉の意味がわかったらしく、一寸二人で顔を見合わせた。少し蔑んだ苦笑が目に浮んでいた。

「それはね、深沢さん。気持はわかりますけどね、このライへは死後二時間という新鮮なものなんですよ。われわれとしても標本が欲しいですからね。骨標本は、どうせ腐らすのだし、古いものでもいいわけでしょう。今度、若いのが入ったら使うことにして下さいよ」

背の高い男は、老人の顔を見下すように落着いた声で言った。

老人は、ただ手を小刻みにふるわせるだけで口もきけないようであった。

「第一、もう肋骨も外しちゃいましたからね」

背の高い男は、その方を見ながら冷い声で言った。

老人は、男たちの顔を見廻したり、私の体に目を落したりして落着かぬように黙って立っていた。が、やがて、老人の眼に、弱々しい光が浮かびはじめた。顔が妙に白けて、皮膚もたるみを帯びはじめてきた。

老人は、漸くその場に佇んでいることに気まずさを覚えているようだった。が、ただ興奮した手前もあって立ち去るきっかけを失っているらしく足を時々わずかに動かしていた。

男たちは、老人の存在を無視するように二人とも私の体にかがみ込んで黙ってメスを動かしはじめた。老人は、暫くその場に未練気に立って男たちのメスの先を眺めていた。が、やがて思い出したように体を廻らすとベッドの傍を離れ、入口の方へ歩いて行った。それは平衡感覚を失ったようなひどくぎこちない歩き方であった。

ガラス戸の不器用に閉る音がすると、男たちは、メスを手にしたまま苦笑した。

「なんだい、あいつ、図々しいじじいだな。こんな新しいものを渡せるものか」

髭の濃い男が、腹立たしそうに言った。

「若い頃からあんなことばかりやってきたから、頭がおかしくなっているんだ。肋骨を外して置かなかったら、この死体（ライヘ）にしがみついて放さなかったかも知れないよ」

背の高い男は、少し眉をしかめると、また黙って手を動かしはじめた。

老人の出現で男たちは、気分を少し乱したらしく、それからは、口数もきかず黙々と作業を続けていた。

「さあ、どうだ。まだいただいておく所があるかい」

髭の濃い男は、ゴム手袋で私の腹の中の内臓を手探りした。

「こんな所だな」

背の高い男が、腰を伸して吐息をつくように言った。

「いいかな」

髭の濃い男が、私の体を見廻しながらもう一度念を押すように言った。

「いいだろう」

それで、漸く二人とも血のついた器具を台の上に置いた。

そして、少し疲れたようにそれぞれ手袋を脱ぐと、消毒液の入った琺瑯引きの洗面器に両手を沈め、水道で手を洗った。

二人は、手をタオルで拭くと、私の体を運んできた棺の上に並んで腰を下した。一人が、ポケットを探って煙草の箱を取り出し、他の一人にも一本抜き取らすと、マッチを擦った。

二人は、煙をくゆらせながら黙ったままベッドの上の私の体と台の上に並べられた肉塊を眺めていた。

しばらくしてから、男達は、私の股を開き大腿部の血管をメスで掘り出すと、そこから多量のホルマリン液を注入した。そして、それが終ると、私の体を白い布で露出部のないほど厳重に包み、黒いゴム張りのシートをかぶせた。

やがて、二人の男たちは、電気を消すと革のスリッパをひきずりながら部屋を出て行った。

急に、四囲に静寂が領した。

私は、白布に包まれ凝っと横たわっていた。自分の体が、奇妙に軽くなったように思えてならなかった。胸から腹部へかけて、私の体は、隙間風の吹き抜けるように冷や冷やした感覚に襲われていた。

女としての臓器や、重要な内臓を取り除かれた私の体は、どのような意味をもっているのだろうか。母の受け取った紙包みが、こうしたことを代償とするものだとは、全く想像もしていなかった。

私の体の臓器が、幾許かの金銭と引きかえに取り除かれたということが、私には奇異なことに思えてならなかった。

私は、妙に虚ろな気分であった。白布に包まれた私は、自分の体の使命がこれで完全に終ったにちがいないと思った。と、森閑とした安らぎが、私の体の中に霧の湧くようにひろがって行くのを感じはじめた。

その午後は、長かった。部屋の壁にくり抜かれたガラス窓には、いつまでも昼の明るさが溢れていた。私は、時間の長さを持て余していた。

漸くガラス窓の明るさが弱まりはじめた頃、急に私は、或る微かな音がシートの上にぱさりと当るのを耳にした。それは、私の首の上部に当るシートの上であった。私は、目を凝した、鬼百合の雄蕊の先端のような頭を持った小さなかまきりが首をもたげていた。

かまきりは、網の目のように透けた薄い華奢な翅をぎざぎざした後脚で時々しごくように緑色の翅の下から引き出しては、翅を小刻みに顫わせている。そして時々、眼の大きく張り出した頭を悠長に立て、セルロイドのような前肢を擬するように宙にかざした。

そんなことを何度も繰り返しながら、それでも、かまきりは、乾いた音をさせて少しずつシートの上を、腹部の方へ移動して行った。下から目近かに見上げると、多くの節のついた膨んだ腹部は、絶えず顫動し、尾部の尖端は、殊に呼吸でもしているように生々しく動いていた。

かまきりは、私の膝頭の上まで行くと、体を直立させ、そして薄く透けた翅を無器用にひろげると、ガラス窓に向って弱々しく翅を羽搏かせながら、戸外に出て行った。部屋の中に、また静寂が戻って来た。私は、じっと身を横たえていた。漸く夕方の気配が、私の体の周囲に漂いはじめていた。

三

翌日、私は、シートを下半身だけ剝がされ、股を開かれて、ホルマリン液を注入した同じ部分から、美しい朱色の鮮やかな液を入れられた。そして、またシートをかぶせられると、私は、その日も一日放って置かれた。

次の日、私は、自分の体中の血管に、前日注ぎ込まれた朱の液が細い毛細血管まで浸み渡って糸みみずのように朱に染ってしまっているのに気がついた。

内臓を取り除かれた私の体の役割は、まだ終っていないのだろうか。私は、美麗な交通図のように彩られた自分の全身を、不安な感情で見廻した。

その日の午後、背の高い男が、解剖室の係員と二人で入って来た。

「脳取りですね」

「そうだ」

男は、興味もないようにゴム手袋をはめた。前夜遅くでもなったのか、男は、眼を充血させてしきりと小さな欠伸をした。

係員は、シートをとり、私の頭部の白布を剥いだ。そして、係員の控室にもどると、解剖器具の入っているセット箱を持って来てその上に置いた。

男は、億劫そうに私の頭部を撫でてから、私の頭の頂点を中心に、後頭部から額にかけて縦に一直線にメスを入れた。そして、左右に頭皮をつかむと、頭髪ごと豆の皮をむくように剥いだ。細かい血管の交錯した下に頭骨が見えた。

男は、台の上から細身の鋸を手にすると、頭骨のふちを円形に挽いて行き、やがて缶詰の蓋をとるように頭の皿を挽き取った。そしてメスを一寸入れると、難なく両手で脳をはがし取った。

「じゃ、これでいいからすぐに入れてくれ」

ホルマリン液の入った大きな円筒形のガラス器の中に、脳が入れられた。白っぽい浮游物や赤い糸状のものが、液の中に漂った。

男は、スリッパをひきずるようにして、部屋から出て行った。

係員が、もう一人出て来て白布をとり除いた。

私の体は、二人の係員のゴム手袋で前後を持たれ、一坪ほどのコンクリート造りの槽の中に入れられた。節約しているためか、アルコール液は極く僅かで表面には茶色い死体が枯木のようにむき出しに重り合って、その上から粗末な毛布がかけられていた。

係員は、死体を幾つか横にずらせて、私の体を液の溜りの中に押し込んだ。そして毛布をかけ、木の蓋をしめた。

私は、液の中に俯伏せになって、口を開いた老婆の顔と顔を密着させていた。顎の所にだれの爪か、白けた爪が突き立つように当っていた。

私の体の役目は、まだ終らないのか……。私は、自分の体が薄茶色を帯びはじめ、アルコール液が脳のない頭部にも開腹された腹部にも、そして口や鼻の中にも深く浸みて行くのを感じながらなんとなく落着かない時を過していた。

——どの位の日時が経過したのだろう、私の体の色が四囲の死体と変りないほど茶色に変化した頃、私は、足を係員のゴム手袋で摑まれ槽の中から引き出された。

茶色い液の中では殊更強く感じられはしなかったが、私は、自分の手が完全に変色しているのを見た。そしてまた、自分の爪が、マニキュアの色を載せたままかなり伸びているのにも気づいた。茶色い指の中で、伸びた部分の爪の付け根だけが妙に白けていた。

私の体は、コンクリートの床の上に放り出された。私は、その時自分の体に伝った衝撃で、自分の体がすっかり硬直しているのに気づいた。

私の体は、片足を少し上げたままのこわばった姿勢のままで、しばらくの間床に置かれたままになっていた。

やがて、私の体は、係員の手で持ち上げられ、その部屋に隣接した大きな部屋に運ばれた。そこには、十台近い石のベッドが一列に並んでいた。

私の体は、その一番手前のベッドに載せられた。

部屋の壁には、ガラス窓が明るく輝いて並んでいた。そして、その奥の方にあるベッドには、タオルを口に結んだ老人が、向う向きにベッドにかがみ込むようにしてしきりと肩を動かしつづけているのが見えた。

その老人の後姿には、見覚えがあった。私の体が欲しい、と唇を痙攣させていた時の老人の血走った眼の色を、私は、はっきりと思い起した。白衣のかげからは、時々メスの刃が閃くように光って見えた。

……部屋の隅の入口から多くの足音がきこえてきた。それは、白衣を着た初老の男と、中年の男に率いられた詰襟服の上に真新しい白衣を眩ゆそうにつけた一団の学生たちであった。女子学生も一人混っていた。

その一団は、私のベッドの近くにくると立ち止った。口を固くつぐんだこわばった表情が寄りかたまっていた。初老の男が、ゆっくり振向くと口を開いた。

「この死体は、今、教場で説明したように死後一カ月。早速これから実習に入る。前列から順々に二人ずつ死体の両脇に立つ。交替にやるから、あとは自分の番が廻ってくるまで見学しているように……」

男に促されて、私の両脇に二人ずつ白衣が立った。その中に眼鏡をかけた浅黒い顔の女子学生が混っていた。

白衣を着た男の学生は、教授らしい男の方に顔を向けていて、私の体からは視線を逸らしていた。が、ただ一人、その女子学生は、私の体を白眼の勝った目でまたたきもせずに見つめている。

急に私の胸に、重苦しい羞恥の感情が湧いてきた。そしてその羞恥という感情の対象は、異性である男子学生にではなく、唯一人の同性であるその女子学生に対してであることが奇妙であった。それは、私の体がこの病院に運び込まれてから、すべて男たちの手によって体を扱われてきたために、男というものに或る程度鈍感になっていたということも、その理由の一つであるにちがいない。が、そんなことよりも私は、茶色くなった私の裸体を同性である女子学生に見られることが、何にもまして苦痛であったのだ。それは、すでにすっかり捨て去られたと思い込んでいた女としての同性に対する虚栄心が、まだ私の心に根強く残っていたためにちがいなかった。

「それでは、メスを執ってまず表皮を剥いでみる。そしてその裏側にある血管の状態、神経系の状況を観察する。今、実際にやってみせるからよく見ているように」

教授らしいその男は、私の腕の上膊部にメスを立てると、きれいに表皮を剥いだ。

「わかったな」

教授は、一歩さがった。

初めにメスを執ったのは、女子学生であった。私の腕の付け根にメスを食い入らせると、微かに唇を嚙んで一直線にメスを引き下した。それは、ひどく大胆な引き方であった。

私は、思わずその女子学生の顔をうかがった。

細いその女の目は、平然と私の体に注がれていた。それは、ほとんど無遠慮な視線ですらあった。それに、その女子学生の口許には、かすかに冷い笑みさえ歪んで浮んでいた。

私の心が凍った。この浅黒い女は、醜く変形した私の体を、同性として優越感に浸って見下しているのではあるまいか。それとも、男性たちの視線を意識して、同性である私の露わになった体を前に女らしい虚勢を張っているのだろうか。それともまた、メスを使って人体を切り刻むことに愉悦を感じる生得的なものが、この女の中にひそんでいるのであろうか。

女は、落着いてメスを動かしつづけていた。表皮を剝ぐことのみに神経を集め、四囲の空気を無視しているように見えた。

女子学生の動きにうながされたのか、私の腕や脚にメスが数カ所弱々しく食い入るのが感じられた。が、それらの中で、女子学生のメスの感触だけが、粗暴なほど敏捷に動くのが際立っていた。

何交替かして実習が終ると、教授は、洗濯物を水から上げるように私の内臓を乱暴に引き出しては臓器の説明をした。そんなときでも、女子学生は最前列に立って、教授のつかんでいる私の内臓を見つめていた。

教授が、白衣の袖をまくって腕時計を見た。

やがて、白衣を着た学生たちの足音が、教授に連れられて波の干くように入口の方向へ遠去かって行った。

私の体は、そのまま石のベッドの上に取り残された。腕と腿の皮はほとんど剝がされ、朱色の浸みた血管や白い神経が露出していた。

部屋の奥では、タオルを口輪にした老人が、体を大袈裟に揺らしながらメスを大きく動かしている。ベッドの傍にある長いバケツには、時々大きな肉塊が音をたてて投げ込まれている。

係員が、二人ガラス戸を開けて出てくると、ベッドの傍に近寄り、車のついた鉄製のベッドに私の体を移した。

車が、軋みながら動きはじめた。

係員は、解剖教室の奥にいる老人の方に目を遣りながらベッドを押して行った。

夕照の溢れたガラス窓を通して、老人の白衣の背に、茜色にふちどられた樹葉の細やかな影が緻密にゆれながらひろがっていた。

槽のある部屋にもどった私の体は、すぐに石のベッドの上に載せられた。そして、粗雑な毛布をかけられ、その上から腐敗止めのカルボール液を入念にふりかけられた。

仕事が一段落すると、係員は、部屋の隅にある縁台に並んで腰を下した。

「どうだい、仕事には慣れたかい」

角ばった地方出らしい顔をした男が、もう一人の眼鏡をかけた華奢な顔立ちの男に訊ねた。

「仕事はなんとか良いんですが、ただ、女房に勘づかれそうで……。私の体が匂うというんですよ」

眼鏡をかけた男は、臆病そうな眼を曇らせた。

「なんと言ってあるんだね」

「薬品会社に勤めはじめた、と言ってあるんですが……」

「それは困ったね。死臭というのは特殊だからね。私は、帰るときには、下着から靴下まで衣服を全部更えて帰ることにしているよ。大学病院に勤めていることは最初から言ってあるし、解剖教室にいることも薄々は知っているらしいんだが、まさか死体を抱いて運んだりしていることは口には出せないからね」

角ばった男の顔には、沈んだ苦笑が浮んでいた。

二人は、そのまま口をつぐんだ。弱々しい色が、それぞれの眼に漂っていた。

二人の視線は、自然と隣室の奥まった一角でベッドにかがみ込んでいる老人の方に注がれていた。夕映えの中で、白衣だけが際立って明るんでみえていた。

角ばった顔をした男が、隣室に眼を向けながらつぶやくような口調で言った。

「あの深沢という人は、なぜあんなことに興味を持っているのかね。腐爛した死体の肉を切りとったり内臓をつまみ出したり、匂いだけでも堪らないだろうに」

「なにをしているんですか」

「骨の標本を作っているんだよ。バラシと云ってね、ああして筋肉や内臓をばらして骨だけにするんだ。そこに甕があるだろ」

男は、壁ぎわに置かれた一メートル程の高さの甕を指さした。甕の表面は茶色く、手垢のついたような妙な滑らかな光沢があった。

「その中に、若い男の骨が一組入っているんだ。骨にまだ残ってついている肉を甕に入れて、わざと腐らしているんだよ」

眼鏡をかけた男は、甕を不安そうな眼で見つめた。

「半年ほど置いてね、それから取り出して、煮たりブラシでこすったり、ともかくいやな仕事だね。ところが、あの深沢という人は、ふだんはよぼよぼの爺さんだが、あの仕事をやりはじめると若い男のように活き活きとした眼になるんだよ。嬉しそうに輝いてね。妙な人だよ。もう四十年もやっているそうだが、その間奥さんも何人か貰って、その都度逃げられているんだ。そうだろうよ。あの人が傍を通るだけで、たまらない匂いがするからね」

男たちは、じっと老人のいる方に視線を送った。

すでに西日も薄らいで、蒼冥と昏れはじめた夕闇が、解剖教室に色濃く立ちこめていた。

老人の手を下している死体は、ほとんど骨だけになって横たわっていた。そして、天井から吊された針金の先に、肋骨が少し傾き加減に白々と吊り下っているのがみえていた。

四

私の体は、週に一度ぐらいの割で解剖教室に引き出され、学生たちの手に握られたメスで少しずつ刻まれて行った。

皮膚は悉く剝がされ、眼球や爪や、両鬢に残っていた髪までがいつの間にかなくなっていた。手足はむろんのこと、脊髄すら一個一個分解された。

私は、長持のような長い木の箱に体の諸部分をまとめて納められていることが多くなった。

係員の移動があった。

眼鏡をかけた男がやめた。男の体からにおう匂いの激しさをいぶかしんだ妻に、尾行されてしまったのだ。

「実家に帰ってしまいましてね。どうしても別れると言ってきかないんです。そういうわけでやめさせていただくことにしました。これから実家へ行って、妻にも妻の両親にもよく話して戻ってもらうようにします。別の職を探してみます」

男は、憔悴した色を顔に浮かべて、角ばった顔の男に匆々に挨拶すると、部屋を小走りに出て行った。

角ばった顔の男は、蔑んだように一寸舌打ちをしたが、その表情には暗い寂しさが濃くはりついていた。

その日の午後、係員が、一人で死体にカルボール液をそそいでいると、若い研究室員が入って来た。

「深沢さんが、骨標本を作り上げてね。部長にここで見せるそうだけど、すまないが運ぶのを手伝ってくれないか」

係員は、うなずくとすぐに手を洗い、その白衣の男と一緒に出て行った。

しばらくすると、係員と老人と白衣の男たちに慎重に持たれた縦に長い木の箱が部屋に入って来た。

「そこでいいよ」

木の箱が、床の上に立ったまま据えられた。

老人は、ふたを取ると、中から白い布につつまれたものを係員の手を借りて外へ抱え出した。

入口にあわただしい人の気配がして、短く銀髪を刈り込んだ小柄な男が入って来た。みな頭を下げた。

老人が、背伸びするようにして白い布を外して行った。白い骨が徐々に現われてきた。

老人は、白布をとり除くとそれをまるめ込むようにして抱え、骨標本を見上げた。

面映ゆそうな表情だった。

「これか」

部長は、骨を見上げるようにした。

白衣の男たちも、骨をみつめた。係員も、白衣のかげからのぞいた。

「きれいだな」

腕を組んでいた若い白衣の男が、感嘆したように言った。

「女の人体だね」

銀髪の男が、骨を見上げながら言った。

「はい、さようでございます」

老人は少し額を上気させ、身を固くして立っていた。

骨は、白味を帯びてはいたが、どの部分もギヤマンのように透き通っていた。殊に、骨の薄い部分は、その後の物の色を淡く映すほど透けてみえた。

骨すべてが、滑らかな眩い光を放ってみえた。ただ、骨の厚い部分だけが、卵を孕んだ目高の腹部のように仄かな黄味を浮かべていた。

その人骨は、たしかに少女の骨であるらしかった。骨標本は、少し羞じらっているように、額の部分をかすかに傾けて伏し加減にしていた。

その姿態が、ひどく初々しくみえた。

私は、その人骨が、自分のものであるかのような錯覚をおぼえた。人々の視線を受けて、私が、恥しさで顔を伏して立っているような気持であった。

が、今の私は、茶色い肉塊と、薄汚れた骨片の集積でしかなかった。あの背の曲った老人の手にかかれば、目の前にある美しい骨標本が私で、これからかなりの年月、医学部の教室で立ちつくしていなければならないはずであった。

私は、その人骨より自分の方がまだ恵まれていると思った。危く老人の手を逃れた私の体は、すでに分解されつくしてこれ以上人間の役に立とうとは思えない。

自分の体の使命は、漸く終りに近づいているらしい。

役割が完全に終れば、私にも、漸く死者としての安息がもたらされるだろう。深い静寂に包まれた安らぎが――

骨標本は、悲んでいるように見えた。面を伏し泣きむせんでいるようにも見えた。

部屋の中には、少しの間沈黙が流れていた。

「大したものを作ったね、深沢さん」

銀髪の男は、老人を振り向いた。

老人は、眩しそうな眼をした。

「日本では勿論、外国でもこんな美しい骨標本はないだろうからね」

銀髪の男は、人々に言いきかすように少し声を高めて言った。

老人の顔に血がさした。老人は、じっと骨を見上げていた。

少女の骨は、老人の視線に射竦められて燻んだ部屋の中で肌を光らせながら立っていた。

やがて、白衣の男たちは部屋を出て行った。

骨標本は、係員の手で隣りの小部屋に移された。

夕方になった。

係員が、ホースの水で床を洗い流していると、研究室員が入ってきた。

「まだ、じいさん見惚れているのかい」

白衣の男は、係員に声を低めて言った。

「そうなんですよ、あれからずっとですからね、もうそろそろ私も帰らなくちゃ」

係員は、箒の手をとめ眉をしかめてみせた。

それから間もなく、入口のガラス戸の所で焦ら焦らした係員の声が聞えた。

「深沢さん、鍵を閉めますから」

その声がきこえたのか、漸く小部屋の電気を消す音がした。そして、しばらく木の蓋を閉める音がして、やがて、暗い廊下に老人の白衣が浮んだ。

老人は、係員に挨拶もせず黙って夜の闇の中へと出て行った。

五

「さあて、この死体(ライヘ)もいよいよお払い箱にするか」

長い箱の蓋を持ち上げた研究室員が、私の体を見下しながらつぶやいた。

骨という骨は悉く切断され、内臓もいくつにも切られて、大きな形をしたものはなに一つとしてなかった。

「こいつは、いつ入室したんだい」

その男は、ふたを持ちながら、係員に声をかけた。

係員は、台帳を繰った。

「九月二十七日ですね」

「すると、二カ月半は経ったわけだな。たしか、これは親元へ返す死体だったね」

「二カ月の契約です」

「そうか、じゃ、今日、焼骨だ」

白衣をつけた男は、係員にそう言うと、ふたを音を立てて落した。

男が部屋を出て行くと、係員は、ゴム手袋をつけてふたを開けた。そして、ビール箱のようなものを持ってくると、私の体の諸部分をつかみ、がらくたを投げ込むようにその中へ入れはじめた。

小さい箱ではあったが誂えて作りでもしたように、私の体は不思議にもその中に過不足なく納ってしまった。

しばらくすると、部屋の入口から新しい寝棺が入って来た。棺の前後を持っているのは、私を家から運んできてくれた痩せた男と、若い男の二人だった。

係員が、声をかけた。

「なんだい、それは」

「養老院のだよ、身寄りがないんだ」

二人は、棺を床の上に置いた。係員は、すぐに二人に声をかけた。

「早速だけどね、その箱、火葬場行きなんだ。二カ月一寸前に新鮮標本をとったろう、若い女の……」

「ああ、あれか、じゃ、焼いたらすぐ親もとへ返せばいいんだね」

「そう、火葬場へも親もとへも今連絡したから……」

「わかった」

痩せた男は、気さくに言うと私の箱を持ち上げた。

木蔭に駐車している黒塗りの自動車のフロントガラスに、落葉が一枚落ちていた。見上げると、どの樹の葉も枯れていて、乾いた枝が肌をむき出しにしているものもあった。

私の箱が、自動車の中に入ると、自動車はすぐに動き出した。

久し振りに目にする街のたたずまいであった。歩道を歩く男も女も、冬の服装をし、大通りの片側の商店の家並に当っている日射しも、冬の気配をみせて柔い色を漂わせていた。

火葬場は、近かった。自動車は、燻んだ煙突の立っている火葬場の門をくぐった。

煉瓦作りの建物の前の空地には、喪服を着た男や女たちが、気怠るそうに立ったりしゃがんだりして所々に寄り固まっていた。

自動車は、建物の横に停車した。そして、白衣の男の手で私の木箱はすぐに建物の裏手へ運ばれた。

「これ、頼むよ」

痩せた男は、建物の裏口から入ると、長い鉄の棒をもって火の具合を見ていた青い詰襟服の男に、慣れ慣れしい口調で言った。

詰襟服の男が黙ってうなずくと、白衣の男は、暗い通路の片隅に私の木箱を置いて出て行った。

しばらくそこで待たされた。詰襟服の男が何人も傍を通った。が、どの男も、私の木箱の存在には気づかぬように目を留めることすらしなかった。

火の色を見ていた男が、鉄棒を壁に立てかけると私の方へ近づいて来、無造作に私の箱を持ち上げた。

焼却室の中は、燻で黒くなっていた。円型の小さな窓のついた鉄の扉が閉ると、すぐにごおッと音がして、私の木箱は、たちまち炎に包まれた。

木箱が燃え崩れて、私の体は、焼却室の中にひろがった。

火の色は、華やかで美しかった。

初めは単純であった炎の色が、私の体に火がつくと、にわかに多彩な紋様を描きはじめた。脂肪が燃えるのか、眩ゆいほど明るい黄味を帯びた炎が立ち、時々弾けるような音がして、その都度金粉のような小さな炎があたりに散った。

炎の色は、さまざまだった。骨からは、ひどく透明な青い炎が微かな音を立ててゆらめき、なにが燃えるのか、緑、赤、青、黄と、美麗な色の炎が、私の周囲をきらめきながら渦巻き、乱れ合っていた。

私は、色光と色光とが互いに映え合い交叉しているのを、飽かずにじっと見惚れていた。それは、一刻の休みもない目まぐるしい変化のある紋様であった。

いつか炎の勢いが落着きを見せはじめた。それにつれ、火の色も少しずつ単純な色になって、オレンジ色の柔い炎になった。

私は、自分の骨に目を据えた。それは、よく熾った良質の炭火のように赤い透明な光を放っていた。細長い宝石のように鮮やかに輝いてみえた。

炎の乱舞が急に熄(や)んだ。周囲の壁が、心持ち黒味を帯びてきた。

床が急に揺れ、私は下の平たい鉄製の箱に落された。私の周囲は、所々薄紫色に染まった灰とさまざまな形をした骨だけになっていた。

骨の赤みは薄れ、いつの間にか白々した色になっていた。

鉄の箱が曳き出され、青い服を着た小柄な男が、鉄箸で、私の骨をつまんでは素焼きの壺に落した。そして乱暴な手つきで、壺の中を箸で二、三度突つくと、灰を壺の中へ空けふたを閉めた。

壺の中は、ぬくぬくとしていて温かった。地虫の鳴くような微かな音をたてている骨もあった。

骨壺は、白い布に包まれ、痩せた男の手に渡された。男は、骨壺を手に自動車の中へ入った。

自動車が動き出した。門の所で、しばらく停った。

自動車は、火葬場の門の所で派手に彫刻された葬儀車と、それにつづく何台もの乗用車とに静かにすれちがって外に出た。

自動車は、街中を走り、やがて見覚えのある長い木の橋を渡った。川岸の草も、土手の色も、落着いた色で枯れ研がれていた。

自動車は、土手のたもとから低く密集した家並の聚落の中に下りて行った。

自動車は、頻繁に警笛を鳴らし、曲りくねった路を進んだ。たばこ屋の赤い看板がみえた。私は、その角から露地の中をのぞきこんだ。はっきりとは知らないが、富夫は、その露地の奥に住んでいるらしい。

露地には、箱車が置いてあるだけで、小さな女の子が、一人地面にうずくまっている姿だけしか見ることができなかった。

ききなれた機械の音がしてきた。自動車は、その音の前でとまった。

黒く燻けた男の眼鏡が、鉛筆芯製造所と記された木札の掛った家の奥からこちらに向いた。眼鏡の玉だけが鍍銀されたように鈍く光っていた。

薄汚れた子供たちが、どこからともなく湧いてきて、自動車の周囲を取り囲んだ。自動車の中から骨壺を手にした白衣の男が降りると、子供たちの眼は、さらに好奇の色を漂わせた。

子供たちの幾人かは、男の後について露地を入った。露地は、雑然としてひどく狭かった。が、私には、小ぢんまりとした落着いたものに思えた。

男は、私の家のガラス戸の前に立った。そして、細い木の札に書かれた薄い墨の跡を目でたどると、

「ごめん下さい」

と、ガラス戸を引き開けた。

父は、いなかった。部屋の中央に、母が一人坐っていた。母の周囲には、白けたお

面が積まれ、母は、鉛筆でお面に色を塗っていた。

母の顔が入口の方に向けられた。髪はいつものように乱れ、目が疲れたように光がなかった。

「お骨を持ってまいりました」

母は、彩色の手をとめて、白衣の男と私の壺を目を細めてじっと見つめた。高く薄い鼻梁が白けてみえた。

「お骨を焼いて来ました。お受け取り下さい」

白衣の男は、私の壺を胸に抱いて言った。

男の背後には、後からついてきた子供たちの目が重なり合って家の中をのぞいていた。

ガラス戸の桟に指を置きながら、私の骨壺と男の顔を交互に見上げている女の子もいた。

母は、凍結したように身じろぎもせずこちらを眺めていたが、ふとつぶやくように、

「いりませんよ」

と、物憂げな声で言うと、男を無視したようにまた絵筆を動かしはじめた。

男は、呆気にとられたらしく口を半開きにしたまま口もきけない様子だった。

男は、漸く気をとり直して、

「いらないんですか、お骨を」

と、少しせき込んで言った。

母の顔が、こちらを向いた。眼がきつく見開かれていた。

「二千円いただいただけで、その上お骨をお返しいただいても仕様がございませんものね。寺へ持って行きましてもお布施は安くは済みませんしね」

母は、男にさとすような口調で言った。

「実は、失礼なお話かも知れませんが、後で開けてみて余り僅かなのに驚いてしまいましたの。あれが、病院の規則なのでございましょうか?」

男は、私を抱いたまま白々とした顔で黙っていた。

「ともかくそちら様へ差し上げましたことでございますから、よろしいようになさって下さいませ、とやかくは申しませんから」

母の顔には、慇懃な微笑すら浮んでいた。

「本当にいらないんですか」

男の顔は、少し青ざめていた。

「はい。いただきましても御覧の通り手前どもでは置いてやる場所もございませんし」

そういって母は、また絵筆を取り、つつましく面を拾い上げて色をつけはじめた。

男は、顔を顰めてガラス戸を閉めた。子供たちが道を開けた。

「どうしたんだい」

路を戻ってくると、若い男が、男の胸に抱えられた私の骨壺に目をとめていぶかしそうに訊ねた。

「どうもこうもねえや。骨なんかいらないっていうのさ」

男は、自動車の中に入ると、荒々しく扉を閉め、床の上に私の壺を落すように置いた。

「薄気味の悪い女でね。上品ぶった声でさ、金が少いっていうんだよ。いらねえから持って帰ってくれっていうのさ。しゃくにさわるから、家の前にこの骨をぶちまけてやろうかと思ったよ」

男は、唇を白くしていた。

自動車は、家並の間の曲りくねった道を戻った。

私はひどく萎縮した気持になっていた。白衣を着た男たちにも、又、母にさえも全く役に立たない物に自分がなってしまっていることを痛く感じた。自動車に乗せてもらっていることさえも肩身の狭い思いであった。

自動車は、長い木の橋を渡った。

平たい達磨船が数隻、ロープで連って橋桁の下を河下の方へゆっくりと流れているのが見下された。

……骨壺の表面に、九月二十七日歿、水瀬美恵子と、茶色いペンキで書き記された。

「困ったものだな、納骨堂は超満員だというのに」

研究室の男は、筆を持ったまま顔をしかめていた。

夕方、係員は、新入りの若い係員に私の骨壺を持たせると、大きな鍵を下げて部屋の裏口から外へ出た。

私の骨壺は、西日の華やかに満ちた芝生の中の路を若い男の胸に抱かれながら進んだ。

芝生の行手に、常緑樹のかなり繁った樹の聚落が見えた。すでに、その林は、夕色に包まれて樹立の中は黒味を帯びはじめていた。

その林の上から、丸い塔のようなものが、夕日を受け華やかに光り輝いて突き出ていた。林の暗冥さと対照されて、それはひどく眩く金色に光ってみえた。

林を抜けて、塔の下に出た。それは、石造りの円筒のような形をした建物であった。

その建物も、またその周囲の枯草も夕照を溢れるように浴びていた。

係員は、塔の下部にある大きな鋲の浮き出た扉の方へ近寄った。

「身元不明のものや、引取り手のないものは、この中へ納めるのだ」

係員は、新顔の男に言うと、大きな鍵を鳴らしながら錠前の穴へさし込んだ。金属的な錠の外れる音が甲高くして、厚い鉄の扉が開かれた。

若い男は、係員の後からおそるおそる中へ入った。

建物の内部は、ひどく広く見えた。そしてそれは、丸い壁で囲まれていた。

若い男は、立ち竦んで堂の中を目をあげて見まわした。

堂のゆるく弧を描いた壁には、おびただしいほどの木の棚が、壁に沿って幾重にも張られ、それが円天井に向って高々と重ねられている。そして、その棚の上には、無数の白い骨壺が整然と隙間なく並べられ、円天井に近いものは鶏卵のように遠く小さく見えた。

「あそこに井戸のようなものがあるだろ」

係員は、堂の中央を指さした。

コンクリートでふち取られた正方形の穴が、堂の床にうがたれていた。

「一年に一回、古い壺から整理してあの穴に中身を捨てるんだ。もっともそんなのは、壺の底に少ししか粉が残っていないけどね」

係員は、興味もなさそうに言うと、堂の壁に立てかけてある梯子を持って来た。そして、扉に近いまだ新しい棚に、梯子をもたせかけた。

係員は、若い男から骨壺を受け取った。そして、器用に私の壺を片方の掌に載せて梯子をのぼり、私の名前を表に向けてその棚の上にのせた。隣りにあるまだ真新しい壺の表面には、氏名不詳女八月三十日歿と書き記されていた。

男たちは、梯子をもとの壁にもどすと、前後して扉の外へ出て行った。錠をかける音が、意外なほど大きくきこえた。それは、教会の堂の中に響きわたる重々しい音響に似ていた。

音は、堂の中に韻々として反響し合い、いつしずまるとも知れなかった。やがて、余韻が徐々に弱まると、入れ替りに深い静寂が霧のように湧いてきた。

堂の中は、冷え冷えとしていた。所々に夕闇が色濃く立ちこめている。

が、その中に数条の光の箭が堂の空気をさし貫いていた。高い円天井の近くに四角い明り取りの窓がくりぬかれ、西日の方向にある窓から、夕日の強い日の光が、スポットライトのように堂の中に放たれている。

その光の先端に照らされている数個の骨壺は、眩ゆく輝き浮き出している。

余韻が全く消え、堂の中に物音一つしなくなった頃、その強い数本の光の箭も少しずつ上向きになり、骨壺を照らしながら徐々に動きを早めると、やがて円天井の壁に光の輪を寄せ合ってそれを最後に消えてしまった。

堂の中に、急に闇がひろがった。

明り取りの窓にはまだかすかに明るみが残っていたが、それもやがて漆黒の夜の色が、鉱物のようにびっしりと貼りついた。

私の骨壺は、ひっそりと微動だもしていなかった。

黒々とした窓に、星が数箇光り出した。

堂の中は、静寂そのものだった。ただ、白い骨壺の列が、ほの白い帯のように幾重にも流れているのが見えるだけであった。

私の骨は、音のない静寂に包まれていた。

これが、死の静けさとでもいうことなのか。私は、漸くにして安らぎの中に身を置いている自分を感じた。

と、私は、なにか微かな音の気配を感じたように思った。私は、じっとしていた。

空耳か。

堂の中は、静まり返っていた。

と、また音がした。たしかにそれは音にはちがいなかった。

床を虫でも這っているのか。

私は、耳を澄ました。

微かではあったが、また、きこえた。

私は、音のした方向に耳を傾けた。

ぎしッ、それは、あきらかに音であった。かなりはっきりとした音であった。

その音は、古びた棚の方向からきこえてくる。それは、虫の身動きする音ではないようだった。

私の耳は、いつか研ぎ澄まされた。

ぎしッ、ぎしッ、ぎしッ、その音は次第次第に数を増した。

私は、漸く納得できた。その音は、あきらかに古い骨壺の中からきこえている。

……古い骨が、壺の中で骨の形を保つことができずに崩れている……。

音は、堂の中、いたる所でしていた。それは間断のない音の連続であった。そして、時折、一つの骨体が崩れることによって、骨壺の中の均衡が乱れ、突然粉に化すらしい凄じい音がきこえることもあった。

堂の中には、静寂はなかった。それは、音の充満した世界であった。

骨のくずれる音が互いに鳴響しあっている、音だけの空間であった。

私の骨は、その凄じい音響の中で、白々と身を置いていた。

あしたの夕刊

吉行淳之介

吉行淳之介（よしゆきじゅんのすけ）

一九二四－一九九四

岡山生まれ。父モダニズム作家吉行エイスケ、母吉行あぐりの長男。東京大学中退。「モダン日本」の編集者として奮闘しながら同人誌に作品を発表。一九五四年、『驟雨』で芥川賞を受賞。安岡章太郎、庄野潤三らと共に第三の新人と呼ばれた。六六年、『星と月は天の穴』で芸術選奨文部大臣賞、七〇年、『暗室』で谷崎潤一郎賞、七五年、『鞄の中身』で読売文学賞、七八年、『夕暮まで』で野間文芸賞、八六年、『人工水晶体』で講談社エッセイ賞を受賞。沈鬱な目を持って人の生のあり方を追求し続けた。

一

村木徹は、家を出て、理髪店へ行った。散髪などしている場合ではないことは分っているのだが、出かけたのである。彼は小説家で、注文された小説の締切が、目の前に迫っている。しかし、まだ原稿は一枚も書けていない。何を書こうか、ということ自体が曖昧で、焦って苛立てば苛立つほど、一層とりとめなく曖昧になる。頭が朦朧となり、くしゃくしゃして鬱陶しい。そういう按配なのは、頭の中なのだが、頭の外側に鬱陶しく生えている髪の毛を整理したならば、すこしは良い考えが浮ぶのではあるまいか、という溺れる者が藁をも摑む気持である。

そこで、彼は理髪店へ出かけた。

椅子に坐ると、理髪店の青年が、白い布を彼の首まわりに巻きつけながら、耳もとで言った。

「お忙しいですか」

その言葉は、挨拶がわりのものと分っているが、その青年に苦衷を訴えたい気持になる。動かすことのできない締切が、明日の朝に迫っている。しかし、まさか、そうもできないので、彼は答える。

「忙しいといえば忙しいが、まあ、ねえ……」

愚痴っぽい、曖昧な返事になった。

「それはそうですね」

と、青年はもの分りよく、

「われわれは、忙しく働けばそれだけハカがいきますが、小説というのはそういうわけのものでもないでしょうからね。書けないときは、仕方がありませんからねえ」

しかし、その言葉はなんの慰めにも救いにもならない。明日の朝までに、一篇の小説が出来上って、机の上に載っていることが必要なのだ。

「しかし、小説家には締切日というものがあるんでね」

「なるほど、でも、出来なければ仕方がないんでしょう」

「仕方がないといえば、仕方がないわけだが、しかし……」

村木徹は、青年との受け応えはいい加減にして、自分の家の飼猫の顔を思い浮べている。黒い雄猫で、猫だからもちろん口の左右にピンと張り出したヒゲが生えている。人間では、ああいうヒゲの生え方は起らないな……、とおもう。

だが……、と、彼は途方もないことを考えている。

あの猫が突然小説を書きはじめないかな、とおもう。猫という動物には、妖怪染みたところがあるのだから……。小説くらい書いたっていいじゃないか。いつか化け猫映画を観ていたら、猫が旗本の母親を喰い殺し、その老婆に化けた。そして、池の鯉を取って口にくわえ、ゆっくり食べるつもりで縁の下に入ってゆく。その情景を偶然見ていた家来が、おどろいて主人に報告する。

「たいへんでございます、ご隠居さまが池の鯉をおくわえになって、縁の下に這い込まれました」

「なに、お母上が、池の鯉をくわえて、縁の下に這い込まれた、とな」

その会話がことのほか面白かったのを、彼は思い出して、

「しかし、上品な老婆に化けても、いざとなると、魚をくわえて縁の下、では、とても小説を書くのは無理かもしれん」

と、おもう。

二

理髪店から戻って、玄関の戸を開けた瞬間、物凄い勢で猫が飛び出してきた。彼の体のすぐ傍をすり抜けると、表へ走り出して、姿を消してしまった。その猫の口には、たしかに青い、生の、細長い魚がくわえられていた。

「ああいうことでは、とても小説を書いてくれることなど、期待できそうもない」

とおもいながら、三和土（たたき）に落ちている新聞を拾い上げた。折目のあたらしい、印刷インクのにおいのする新聞で、投げ入れられたばかりの夕刊である。

その日付を見て、彼は反射的におもった。

「おや、きのうの夕刊が入っている」

それは彼の勘違いで、その夕刊は今日のものだということは、すぐ分った。なぜ、そんな勘違いをしたのか、理由がよく分らない。

もしも、折目もインクのにおいもあたらしい昨日の夕刊が配達されたとしたら、いささか異様な気分になるかもしれない。無気味、というほどではないにしても……。

それが、明日の夕刊だったら。明日の夕刊が今日配達されたとしたら、これははっきりと異常であり、無気味といえるが……。

そこまで考えたとき、彼は自分の勘違いの原因に思い当った。

その夕刊の日付は、「十月二十五日、火曜日」で、今日は十月二十五日の火曜日である。十月二十五日の夕刊に二十五日の日付が印刷されていることに、なんの不思議もない。いまではそれが正しい日付なのだが、彼が幼少年時代には違った。

十月二十五日火曜日の夕刊の日付は、「十月二十六日、水曜日」とあるのが慣例になっていた。したがって当時では、「十月二十五日、火曜日」という日付のある夕刊は、実際に発行されるのは十月二十四日の月曜日なのである。

それが勘違いの原因といえるものだが、その原因の中には、まだいろいろのものが含まれている。三和土に落ちている新聞紙と、そのほかのいろいろのものとが微妙に絡まり合っている。

すでに故人であるが、林不忘という小説家といえば「丹下左膳」の作者であることを知っている読者はすくなくないだろう。その小説家が、林不忘のほかに、牧逸馬、谷譲次という合計三つのペンネームを持って、旺盛な創作活動をしていたことを知っている読者もすくなくはないだろう。

しかし、三十五歳で急死したその小説家の最後の小説についての記憶を持っている人は、きわめて寡(すくな)いとおもう。

村木徹は、その最後の小説について、かなり鮮明な記憶を持っている。林不忘の死んだのは、昭和十年だから、村木が小学校六年生のときのことだ。

林不忘の最後の小説は、未完のまま、絶筆となった。それが、別の小説家の筆によって結末を付けられて、発表されたのだが、その小説家が誰だったか、その作品の題名が何というものだったか、彼は思い出せない。その小説は牧逸馬の名前で書かれていて、発表誌はたしか、「日の出」だったような記憶がある。

そういう記憶の曖昧さに比べると、内容についての彼の記憶は余程たしかである。幼い日の読書が、なぜそんなはっきりした形で残っているかといえば、それは作中に出てくる夕刊の日付のせいなのだ……。

その小説の骨子は、主人公の男の家に、明日の夕刊が配達される、というところにある。

その男のところにだけ、ある夕方、翌日の夕方に発行される筈の夕刊が配達される、という無気味な設定である。

たとえば、十月二十五日の火曜日の今日、十月二十六日水曜日の夕方でなくては手に入らぬ筈の夕刊が配達されてくる。したがって、その新聞には、明日起る筈の出来事がすでに印刷されている。明日の午後起る交通事故も、地震も、強盗も、人殺しも、あるいは遺失物を交番に届けた正直な運転手のことも、みんな既に今日の夕方に分ってしまっているのである。

小学生だった彼にとって、その設定は無気味な魅力に溢れているようにおもえ、たちまちその作品世界に引入れられたのであるが、一つ奇妙なことに気付いた。

作者牧逸馬は、明日の夕刊の日付について、誤りを犯している。たとえば、その夕刊が十月二十五日火曜日に配達されたとして、その日付を、

「十月二十六日、水曜日」

と、書き記しているのである。

当時では十月二十五日の火曜日に、万一翌日の新聞が配達されたとしたら、その印刷された日付は、

「十月二十七日、木曜日」

でなくてはならない。

そして、その誤った日付が繰返し作品の中に出てくる。しかも、異常さを強調しようとして、

『なんとも奇怪なことに、その夕刊の日付は、十月二十六日、水曜日、と印刷されているのだ。十月二十五日の今日、彼は十月二十六日水曜日の日付のある夕刊を、いま手に持っているのである』

というような表現で、主人公の手の中にある夕刊に照明を当てる。しかし当時としては、十月二十五日に十月二十六日の日付の夕刊が配達されるのは、当り前のことである。そこにいささかの異常もない。

あまり、そのことが繰返されるので、小学生の彼は異様な心持になってきた。たんなる不注意の書き違えと考えて済す気分になれなくなった。絶筆の作品であり、作者の死はたしか病死と発表されたが、その尋常でない急死の印象と、その夕刊の日付とが絡まり合い、一層異様な印象を与えてきた。間違う筈のない事柄が、間違えられて堂々と活字になり、繰返し、執拗なほどしばしば書物の上にあらわれてくるのである。

三

ついでに、その小説について、もう少し説明しておこう。

明日起る筈のさまざまの出来事が、前もって分ることになった場合、最初にどういう種類の記事に眼をつけるか。それは各人各様であって、なにに眼をつけるか、によってその人物の性格やそのときの生活環境を知ることができる、といえよう。

その主人公が、まず探したのは、金になる記事である。大金を摑む材料にすることのできる記事である。そして、男は明日の午後催される競馬で、大穴が出たという記事を見付ける。いや、探したあげくに見付けたのではなく、新聞紙を拡げたとたんに、その見出しの活字に吸い寄せられたのである。

その記事には、もちろん、大穴を出した勝馬の名も出ている。

明日、競馬場へ行って、その馬の馬券を買えば、多額の金を摑むことは、間違いようのない事実なのである。

その男は、念のために近所の家に探りを入れてみるが、明日の夕刊の配達されたのは、彼の家だけである。それはその筈だ。もしも、あらゆる家に同じ夕刊が配達されていたとしたら、沢山の人間が明日の競馬でその馬の馬券を買うことになる。そうすれば、穴馬は穴馬でなくなり、本命の馬程度の配当金しか手に入らなくなるわけだから……。とても、大きな見出しで記事になる勝ち方ではなくなってしまう。

その男は、その夜のうちに金に替えられる品物はすべて売り払い、できるだけの借金もして、翌日競馬場へ出向いてゆく。半信半疑の気持で、内ぶところに入れてある夕刊を、そっと掌でおさえてみる。

だが、やはりその夕刊の記事とまったく同じことが起った。彼が買った馬券の馬が優勝し、それが大穴となったのである。

……そこまでが、たしか牧逸馬が書いた部分だった、と村木徹は記憶している。それ以後は、別の小説家の筆によるものだが、その作品には次のような結末が付いていた。

主人公の男は、紙幣のぎっしり詰ったボストンバッグを提げて、競馬場を去って電車に乗る。内ぶところからそっと例の新聞を取出し、大金を掴むもととなった競馬の記事をゆっくりと読み直した。そして、後味をたのしむ気持で、隅から隅まで舐めるように読んでゆく。

突然、電車の窓の外が薄暗くなり、大粒の雨が降り出した。しかし、薄暗いのは、走ってゆく電車の左側の窓の外の風景で、右側の風景は明るく日の光に照らされている。

夕立である。

いったん窓の外へ向いた男の眼が、また新聞に戻った。その眼が三面記事の片隅に移ったとき、

「あっ」

おもわず、彼は叫び声を上げた。

三面記事の片隅に、小さい記事が出ている。競馬がえりの男が、電車の中で心臓麻痺のため急死した。大穴を当てたショックのためか、金の詰ったボストンバッグを抱えたまま死体となった……、というような意味の記事である。

その記事に出てくる男の姓名に、まぎれもない自分の名を、彼は見た。年齢も同じである……。それからその男がどうなったか、その小説の結末はここには書かない。

四

理髪店から帰ってきた村木徹が、玄関の三和土の上に投げ入れられてあった夕刊を眺めたとき、その夕刊に触発されて頭の中を通り過ぎていった事柄は、以上のようなものであった。

彼は机の前に戻ったが、依然としてよい考えは浮んでこなかった。

あきらめて、夕食の膳に向った。食べ終って、さっき三和土から拾い上げておいた夕刊を眺める。べつに特別な記事は載っていない。変哲のない、その日の夕刊である。

その夕刊を眺めているうちに、晩めしの量を過したためか眠くなってきた。明日の朝に迫っている締切が、彼の気持を切羽詰らせ、苛立たせている。しかし、眠気はどうしようもないほど強い。半ばやけくその気分で、彼は布団にもぐり込んだ。

以下のことは、村木徹の夢の中の出来事なのか、あるいは現実に起ったことなのか、曖昧なのである。もし現実に起ったとすれば、SFの世界といえようが、ともかくその出来事を報告しておこう。

村木徹は、布団の中で目が覚めた。ずいぶん長い間眠ったような心持である。部屋の中には、朝の光が満ちている。

「今朝が締切だ」

と彼はおもって、布団から出た。

「しかし、一日か二日は延ばしてもらえるかもしれないが……」

そう呟きながら、朝刊を取りに行く。

政治面は見出しだけ眺めて、次をめくる。二頁、三頁、四頁と眺めてゆくが、平凡な記事が並んでいるだけである。その新聞自体にも異常はない。いや、異常があるかもしれない、という考えは、彼の頭の中にはなかったのだが、八頁目のスポーツ欄の記事に目を移したとき、これまでの紙面と違和感のあるのに気付いた。

その違和感は、紙の色とか活字の形とか紙面の構成などからくるものではない。それがなにかは、すぐに分った。

そのスポーツ欄に大見出しで、「ジャイアンツ優勝」と活字が並んでいる。プロ野球のセントラル・リーグで、ジャイアンツの優勝は、もう何日も前にきまっていた筈だが、と不審におもいながら、よく見ると、それは日本シリーズの優勝がきまったことを報じている記事なのだ。パシフィック・リーグの優勝チームであるブルーソックスとのあいだでおこなわれた日本シリーズで、ジャイアンツが四勝二敗で優勝を摑んだ。その第六戦目の記事である。

「日本シリーズは、まだはじまっていない筈だが」

彼は厭な予感がした。いそいで、欄外に印刷されてある日付を調べると、「十一月八日、火曜日」と印刷されてあった。

今日は十月二十六日の水曜日の筈だ。彼はいそいで、その新聞の一頁目から日付を調べる。一頁から六頁までは、たしかに二十六日の日付である。それが不意に、七頁目になって、十一月八日に変っている。七、八、九、十の四頁分だけが、「十一月八日、火曜日」となっていて、十一頁から最後の十六頁までは、二十六日の日付に戻っている。つまり、朝刊のまん中の四頁分だけに、未来の新聞がまぎれ込んできているのだ。

村木徹が、そのことにそれほど驚かなかったのは、どういうわけか。

「おや、さっきの違和感はこれが原因だったのだな」

とおもいながら、そのスポーツ記事を熱心に読みはじめた。すると、その記事の一部に、ジャイアンツの強打者である山田外野手の怪我のことが出ていた。五回裏ブルーソックスの打者の打った大飛球を捕えようと背走して、フェンスに激突して転倒、右脚を骨折したことを報じた記事である。この一打でブルーソックスは二点が入ったが、結局、ジャイアンツが四対二で勝利をおさめている。

「これは、山田選手に教えておいてあげたほうがいいな」

彼は、山田外野手の電話番号を調べて、電話をかけた。電話に出たのは、手伝いの人らしい女の声だったが、ぜひ本人に話したいことがあると彼が強く言うと、やがて男の声に変った。

「もしもし、山田さんですか」

「そうですが」

「わたしは、ファンのものですが、今度の日本シリーズは、あなたのチームが勝ちますよ」

「それは、応援してくださって有難う。勝つように、しっかりやりますよ」

「いや、勝つことにきまっているのですよ、四勝二敗でジャイアンツがシリーズのペナントを握ります」

「いやあ……」

相手は、狂信的ファンからの電話とおもっているようだ。

「いや、これは予言ではありませんよ。たしかな事実です」

「ありがとう」

「ところで山田さん、あなたは第六戦のゲームには、出てはいけません」

「なぜ、出てはいけないのですか」

相手の声が、いくぶん気色ばんだ。

「出ると、フェンスにぶつかって、脚を折りますからね」

「おい君、なんでケチをつけるようなことを言うんだ。分った、君はブルーソックスのファンだな。おれを出場させないように、そんな子供だましみたいなことを言うんだろう」

「違いますよ、ジャイアンツが勝つと、さっきから言っているではありませんか。ただ、山田さんの身をおもって……。そうだ、どうしても出たければ、四回まではかまわない。五回の裏がいけない」

電話が、あらっぽく切れた。無理もない、スポーツ選手が、怪我をすると予告されては、気分を害するのは当り前だ。これで、山田外野手の右脚骨折は避けられないことになった……、と彼は考えて、ふと気付いた。

山田外野手の怪我は、すでに十一月八日の新聞紙上に活字で定着してしまっている。それは、避けられぬ運命なのだ。予防できることではない。

五

彼は、山田外野手の骨折の記事をもう一度眺め、その頁を指先でめくった。目の前にあらわれた十頁目は、全面広告の頁である。

「おや」

おもわず彼は声を出した。

十一月八日火曜日の新聞のその広告頁の中に、彼は自分の名前を見たのである。

それは雑誌の広告で、村木徹がいま締切で苦しんでいる原稿を依頼してきた雑誌である。

『疑惑　村木徹』

という題名で、彼の小説はその雑誌に掲載されている。

「疑惑という題で、小説を書きはじめれば、たちまち書き上げることができる、というわけか」

そうおもって机に向ったが、一向に考えは浮んでこない。前の日とまったく同じ状態なのである。彼は煙草に火をつけて、煙を吹き上げると、

「そうだ、山田外野手の怪我も予防することはできなかった。おれの小説が雑誌に載るのも、同じように既定の事実なんだ。たとえいまおれが原稿を書かなくたって、なにか不思議なプロセスで、その雑誌に原稿が載ってしまうにちがいない。やめた、やめた。もう原稿を書くのはやめた。なんとかなるに違いない。ここに、こうやって広告が出ているのだから」

彼はそう呟いて、机の前を離れた。

ふしぎなことに、前の日まで、幾度もかかってきた雑誌社からの催促の電話のベルが、その日以降ぴたりと鳴らなくなった。

もっけのさいわいとおもい、彼はそのまま机に向かわなくなった。

六

十一月八日の朝、彼の家に配達された新聞の七頁から十頁までは、十月二十六日の朝刊とまったく同じものだった。

ジャイアンツは四勝二敗で、シリーズに優勝していたし、山田外野手は五回裏の守備で、右脚骨折全治二ヵ月の怪我をしていた。そして、十頁目の広告頁には、村木徹の名前が印刷されてあった。

彼は書店へ行って、その雑誌を買ってきた。『疑惑』という題のその小説の内容は、彼にとってはまったく未知のものだったが、なかなかの出来栄えだった。満足して、彼は街に出かけてゆき、映画を観て、コーヒーを飲んだ。

街で、知人に出会った。

「やあ」

と彼が声をかけたが、相手は怪訝な顔で、返事をせず、そのまま擦れ違って行ってしまった。それは、顔を背けるという感じではなく、村木徹を見てもそれが誰か分らない、という目つきであった。

その日の街で、そういうことが幾度も繰返された。最後に出会ったのは、かなり親しい友人だった。その友人も、彼に気付かずに行ってしまおうとするので、彼はたまり兼ねて声をかけた。

「やあ、川上くん」

「え」

立止って振向いた川上の顔には、曖昧な表情が浮んでいる。

「ぼくだよ、村木だ、村木徹」

「村木……」

川上は首をかしげ、

「村木徹という友人はいるけれど、あなたは……」

「だから、ぼくは村木徹じゃないか」

川上の曖昧な表情がやがて薄気味わるいものを見るものになった。精神異常者を見る目つきである。踏ん切りわるく立止っていたが、やがてすっと傍を擦り抜けて、川上は立去ってしまった。

彼は掌で顔をつるりと撫でおろし、近くのショウウィンドウのガラスに自分の顔を映してみた。そこには、見慣れた顔が映っている。すくなくとも、村木徹自身の眼には、前と同じ顔が映っている。

「おれは、村木徹ではないのか。いったい、村木徹はどこへ行ってしまったんだ」

彼は、心細い声で、そう呟いた。

穴——考える人たち

山口 瞳

山口瞳（やまぐちひとみ）

一九二六―一九九五

東京生まれ。国学院大学卒業。編集者を経て、寿屋（現・サントリー）に入社。PR雑誌「洋酒天国」でコピーライターとして活躍。一九六三年、『江分利満氏の優雅な生活』で直木賞受賞。同年、「週刊新潮」にコラム「男性自身」の連載開始、死去まで三一年間、一度も休むことなく続けられた。世相・風俗・身辺の出来事などの一こまを抑制のきいた文章に哀歓を交えて描写する作風は多くの読者に支持された。六四年サントリーを退社。七九年、『血族』で菊池寛賞受賞。「男性自身」シリーズの単行本のほか、『結婚します』『わが町』『小説・吉野秀雄先生』『酒呑みの自己弁護』『迷惑旅行』『家族』などがある。

穴を掘っていた。

偏軒は穴を掘るのが好きだ。それが、自分でも、上手だと思っていた。偏軒は、穴を、まっすぐに掘る。そのときに、一種の快感がある。狭く深く掘る。

彼は、考古学者に褒められたことがある。それで、気をよくしている。考古学をやっている人の発掘も、小さい穴で深く掘るものらしい。

偏軒は、彼の妻のイーストのために穴を掘っているのである。しかし、イーストに頼まれて掘っているのではない。自発的に掘っているのだ。

穴を掘ればイーストが喜ぶ。

なぜならば、そこへ塵埃を捨てることが出来るからである。台所の食物の残滓を捨てる。茶殻を捨てる。

イーストは、ものの腐った臭（にお）いが嫌いだ。そうかといって、いまは、塵埃の処理が大問題になっていて、おいそれとどこへでも捨てるというわけにもいかない。市の清掃車も、なかなかやってこない。また、ゴミ当番になっている週は、遠くまで隣近所の塵埃を捨てに行かなければならない。

穴を掘ればイーストが喜ぶ。穴を掘ること自体が偏軒の楽しみでもある。つまり、非常に具合のいい労働であるわけだ。しかも、運動になる。

偏軒の家の庭には、もう、穴を掘る余地がない。掘れるところは、何度も何度も掘ってしまった。それに、樹木の植わっていないところは苔（こけ）の庭になっている。そこを掘るわけにはいかない。

彼の趣味は、穴を掘ることと、庭を掃くことと、掃いたものを穴に捨てて、それを燃やすことである。すなわち、焚火（たきび）である。そのために、樹木をすっかり駄目にしてしまった。

庭には穴を掘る余地がない。そこで、彼は、裏庭に穴を掘ることにした。裏庭といっても、そこが玄関に近いほうであって、通りに面している。偏軒とイーストは、それを北の庭と呼んでいる。

北の庭に、穴を掘っていた。

ドストエフスキイが、子供用の自転車に乗って通りかかった。偏軒を訪ねてきたのか、単にそこを通りかかったのか、誰か別の人を訪ねに行くところなのか、それとも、町内を見廻っているのか、あるいは散歩なのか、そこのところはわからない。

「穴ですか」

と、彼が言った。

「穴です」

と、偏軒が答えた。

ドストエフスキイは、自転車に乗ったまま、片足を地面につけて、偏軒が穴を掘っているのを眺めていた。

「風船が」と、ドストエフスキイが言った。「風船がいなくなってしまいましてね」

風船というのは、ドストエフスキイの妻である。

「へえ……」偏軒はかまわずに穴を掘り続けていた。

「困るんですよ」

「しかし、帰ってくるんでしょう」

「もう帰ってきました」

「……」

「風船は寝坊でしてね。朝、起きないんですよ」

「夜が遅いからでしょう」

「夜が遅いからです。麻雀なんかをやりに行ってしまうもんですから」

「いいじゃないですか」

「いいんですけれどね、朝御飯は、ターキーが炊くんです」

「どうして？」

「弁当をつくらなくてはなりませんからね」

「なるほど」

「ターキーが、ジャンと自分の弁当をこしらえるんです」

「中学へ行くと、弁当がいりますからね」

「ジャンは高校です」

「ああそうですか。しかし、学校には食堂があるし、パン屋もあるでしょうから、お金を渡せばいいじゃないですか」

「そうはいきませんよ。女の子ですからね。女の子は、やっぱり、弁当でなくちゃいけない。それも、ちょっと凝ったものをこしらえるんです。綺麗にね……」

「卵焼きかなんか」

「そうです、そうです」

「いいじゃないですか。それが悪いということはありませんね」

「そうです。でも、可哀相でね」

「そんなことはないですよ。いい勉強になりますよ。いい女性になりますよ、ターキーは。それは、いいな」

「……」

「だってね、母親が子供に影響をあたえるとすれば、もっと幼いときのことですよ。せいぜい、小学生のときまでですよ。風船は、やることはやったんですよ」

「ターキーも、そう言っていました。当人は別になんとも思っていないようです」

「それなら、それでいいじゃありませんか」

「でも、可哀相でね」

「そんなことはありませんよ。ターキーは、いいお嫁さんになりますよ」

「そうでしょうか」

ドストエフスキイは、そう言って、自転車を漕いで、どんどん行ってしまった。

偏軒は、穴を掘れば、腕とか腰とか足とかが痛むだろうと思っていた。それは、その通りに痛んできた。しかし、腕とか腰とか足とかではない、もっと別の部分も痛んでくる。それは、どことは言いきれないような、体の全体としか言いようがないのであるが、つまり、どこもかしこも痛くなってきた。たちまちにして疲れてしまった。ずいぶん長いあいだ作業を続けているようであるが、多分、十五分も経っていないのではあるまいか。

そこへ、トモエさんが来て、

「偏軒先生、お早うございます」

と、言った。いつものように、小ざっぱりした服装で、腰に手拭（てぬぐい）をはさんでいる。トモエさんは公務員だった。いまは、退職して、一人で、四畳半一間のアパートに住んでいる。

「岡田茉莉子（まりこ）に会ってくれましたか」

「ええ、会ってきました」

「彼女、何て言っていました？」

「出るって言ってたよ。喜んで出させていただきますって言ってたよ」

「それはよかった」と、トモエさんが言った。そのわりには嬉しそうな顔になっていなかった。「当り前の話ですね。先生と岡田時彦とはあんなに親しくしていたんですから。当然のことです」

トモエさんは、むずかしい顔で、緊張した面持で、手製の手帳を取りだして、何か記入した。

「岩下志麻は、どうでした？」

「このほうは電話だった。はっきり出るとは言っていなかったけれど、多分、大丈夫だと思うよ」

「色気十分ですね」

「そうなんだ。自分では出るつもりなんだ。だけど、いまからそれを公表してしまうと、会社のほうがうるさいんだね。だから、トモエさんも誰にも言わないようにしておいてほしいんだ」

「わかってますよ、それくらい」また、手帳に何か書いていた。「わかってますよ。しかし、いいとこあるなあ。思ってた通りだ」

「いそがしい人だからね」

「ところで、脚本のほうは、どうしましょうか。ぼくは小説家を使いたいんですけれどね」

「それはいい考えだな」

「迷っているんですよ、誰にしたらいいか。芝居を書いたことのない人のほうがいいんだけれど」

「そのほうがいいな」

「ぼくは、二、三、候補があるんですけれど、この次に言いましょう」

「研究しておいてくれよ」

「といって、ぜんぜん芝居のわからない人でも困る」

「そう、そう」

「じゃ、吉永小百合の件、お願いします」

「あ、それも、やっているんだ。ある筋を通さないとね」

「わかってますよ。素人（しろうと）じゃあるまいし。それくらいのこと、わかっていますよ」

トモエさんは、怒ったように早口で言い、いそぎ足で行ってしまった。

北の庭には、石が多かった。ちいさな石だと思っていると、それがそうではなくて、手でさわってみると、ビクともしない、といったようなことになる。前の家を壊して、こんどの家を建てたときに、前にあった敷石とか土台石やらセメントやらを投げこんだのだろう。これだから困る、いまの大工でも植木屋でも、これだから困る、と偏軒は呟いた。

偏軒は、小さい穴で深く掘るのが好きなのだけれど、ゴミを捨てる穴なのだから、大きければ大きいほどいいわけである。はじめ、小さく深く掘って、それを、だんだんに拡げてゆくつもりである。だから、大きな石があっても、そのために格別に困るということはなかった。石は、まとめておいて、前の道路の水溜りに埋める予定だった。

小さな穴を少しずつ拡げていって、深く大きな穴にする。そうやっていると、掘っているのではなくて、穴を埋めているように思われる時もある。穴の周囲を削るときに、穴は浅くなってしまう。

イーストは、源来軒の大盛りのタンメンを食べるときは、いくら食べても少しも減らないで、食べれば食べるほどふえてくるように思われると言うが、偏軒の掘っている穴も、それに似ていた。掘れば掘るほど浅くなる。しかし、穴のなかの土が、外へ出ていっていることは間違いがない。

「穴掘りですか」

駅前の居酒屋の長男のジュニヤが言った。偏軒は、ジュニヤが見ているのに気づかないでいた。

「穴を掘って、どうするんですか」

「ゴミを捨てるんだ」

「へええ。このへんはチリンチリンは来ないんですか」

「来るよ」

偏軒は、すこし、むかっ腹をたてて言った。

「じゃ、どうして掘るんですか」

「どうという訳はない」

偏軒は説明するのが面倒になっていた。イーストは、汚物のはいっているポリバケツの蓋(ふた)をあけるのが厭(いや)なのである。うッとなってしまうという。

「先生は、変ってるね」

「……」

「ご苦労さまなこってすね」

「うるせえな」

「むかし、支那では、捕虜に穴を掘らせたんですってね。それで、その捕虜を銃殺して、そこへ埋めたんですってね」

「……」

「自分で自分の墓穴を掘るんですってね。当人はそれを知らないで掘っているんですってね。それとも、知っていたのかなあ。……いや、やっぱり、知らなかったんでしょうねえ。知っていたら掘れませんものね」

偏軒は、だんだんに、自分の墓穴を掘っているような気分になってきた。

「おい、集金か……」

「いえ、ちがいますよ」

ジュニヤも行ってしまった。偏軒は、そのへんでやめようと思った。

夜になって、偏軒は、穴を見ようと思った。家のなかから見ようと思ったのだけれど、窓からでは見えなかった。はめころしの窓である。暗くて見えないのだけれど、それよりも、穴が家に近すぎて見えないのだった。偏軒は、懐中電燈を持って、イーストに見つからないように、そおっと北の庭へ出た。穴は小さくて、ひどく見窄(みすぼ)らしいものに思われた。なんだ、こんなものかと思った。

翌日は、十時から掘りはじめた。

コーガンが来た。実は、偏軒は、コーガンが来るのを心待ちにしていた。きっと来ると思っていた。コーガンは日雇い労務者である。彼は、白虎隊の歌が好きだった。紅顔可憐の少年が、というところで必ず泣くのである。それでコーガンになった。

偏軒は、彼が、どこでどうやって働いているのかを知らない。月のうち、十日から十五日だけ働く。日当は二千四百円。危険な仕事だと三千円になるが、ふつうはニコヨンである。

「掘ってくれるかね」

と、偏軒が言った。

言わなくてもコーガンは手伝ってくれるにきまっている。コーガンは、金網の塀を一挙動で乗り越えて庭に入ってきた。

コーガンの作業は、偏軒の作業とは、まるで違っていた。同じく穴を掘るにしても、別の種類の労働であるように思われた。コーガンは、プロフェショナルだった。

たちまちにして、穴は拡げられ、深くなっていった。第一、穴の側面の、スコップの跡が、まるで違う。殺ぎ取ったようになっていた。それは作品だった。確乎たる何物かであった。他人様から銭を頂戴できるという代物だった。

コーガンは、自分の胸の深さまで掘った。偏軒はバケツを持ってきて、コーガンの掘った土を受けるようになる。それを南側の庭へ運んで、ぶちまける。

「もうすこし掘ると、バケツを穴のなかにいれて掘るようになるね。スコップが上まで届かないようになる」

「もういいよ。それで充分だ」

偏軒は、しかし、それで充分だと思っているのではなかった。満足していない。ものには限度があると思っていた。コーガンを使うにしても限度がある。これだけの穴を掘るのに、自分一人だったら、三日間ぐらいかかるだろうと思った。それをコーガンは、三十分足らずでやってしまった。

「これ、どうしたらいいかな」

偏軒が、穴のまわりに盛りあげられた土を見て言った。そういう言い方が、偏軒の狡猾なところである。

コーガンは、だまって、そのあたりの土を平均に均した。すっかり綺麗になった。

「わ、凄い」イーストが来て言った。「これで一年間は大丈夫だわ」

「一年は、もつね」

コーガンも言った。

偏軒は満足していない。コーガンが帰ってから、昼食を食べ、また一人で掘りはじめた。偏軒が穴に入ると、胸の深さよりもっと深くなって頸(くび)のあたりまでになる。穴のなかにバケツをいれ、掘った土をバケツのなかにいれ、それが一杯になると、穴から出し、よいしょと言って穴の外へ出て、バケツを持って南の庭に土を捨てに行く。だから、なかなか捗(はかど)らない。

「吉永小百合はどうなりましたか」

と、トモエさんが言った。

「朝、事務所へ行ってみたんだけれど、すぐにはOKにならないぜ」

「それはそうでしょう。で、彼女、いましたか?」

「いたよ。私にコーヒーを淹(い)れてくれた。それと、ビスケットだ。自分で焼いたんだって言っていた。可愛(かわい)い人だね」

「困ったなあ」

「望みがないわけじゃない。彼女は、このへんで、イメージ・チェンジをしたいような話しぶりだった。脱皮かな」

「それが狙いなんですよ。しかし、吉永小百合が出られないとなると、コンテが狂ってきますからね」

「……」

「吉永小百合の相手役は仲本工事がいいと思っているんです」

「それはむずかしいな。ドリフはナベプロだからね。貸してくれるかどうか……こっちのほうが、もっとむずかしい」

トモエさんは、また手帳を出した。

「じゃ、スマイリー小原はどうでしょうか。吉永小百合の相手役にピッタリだと思うんですが」

「それはいいな」

偏軒は、本当に面白い考えであるような気がした。

「どうです？　ちょっとしたアイディアでしょう？　その線で話を進めてみてください」

「やってみよう」

「お願いします。……監督は山田洋次がいいと思っているんですが」

「さあねえ、承知してくれるかどうか。乗ってくれるといいけれど」

偏軒が顔をあげると、トモエさんは、もう、いなかった。穴の外へ出て、通りを見ると、トモエさんが、角を曲るところだった。腰の手拭が見えた。偏軒は、トモエさんが手拭を使うところを見たことがない。いつでも、手拭は白くて、きちんと折りたたまれていた。

夜になって、コーガンとマチモロとキャッチャーが遊びに来た。マチモロも日雇い労務者である。キャッチャーは、富士見通りの終夜営業のスナックのバーテンダーである。その店はバーテンダーは一日交替で、キャッチャーは休みの日だった。

三人とも、酔っぱらっていた。とくにマチモロは蒼い顔で、何か顔全体が引き攣っているように見えた。

偏軒は、マチモロに絡まれるのが厭だと思ったので、コーガンとキャッチャーにばかり話しかけていた。マチモロは理屈っぽいところがある。

三人が帰ってから、偏軒は、また懐中電燈を持って穴を見に行った。それは、立派としか言いようがなかった。立派な穴だった。

「おい、あんまり穢ないものを捨てないようにしてくれ」

偏軒がイーストに言った。

「そうはいかないわよ。だって、そのために掘ったんでしょう」

「そうだけど、腐ったものを捨てると臭うだろう」

「土をかけるからいいじゃないの」

「それが困るんだ」

すぐに浅くなり、すぐに埋まってしまうように思われた。

偏軒が風呂に入り、猿股一枚で出てきたところで、電話が鳴った。十二時を過ぎていた。

「さっきは、どうも……」

マチモロの声だった。家へ帰って飲み直したらしい。

「俺、先生に言いたいことがあるんだけれどね……」

「なんだ」

「みんな怒ってるよ」

「みんなって誰だ」

「とぼけるんじゃないよ。武蔵野倶楽部のめんめんですよ」

それが、この町の野球のチームの名称だった。

「どうして?」

「なんでも勝手にきめるからさ」

「そんなことはないよ。いつでもコーガンに相談しているよ」

「コーガンなんかに何がわかるもんか」

偏軒にはわかっていた。

彼は、中元とか歳暮とか、会社創立記念日の記念品とか、地方へ旅行したときに貰う民芸品などを溜めておいて、十二月の初めの武蔵野倶楽部の納会のときに分配するのである。最高殊勲選手とか首位打者とか盗塁王とかファインプレー賞とか皆勤賞とかの名目をつける。それを監督のコーガンに相談してきめていた。

マチモロは瀬戸の徳利セットがほしかったらしい。マチモロは野球の技術はすぐれているが、休みが多いのだから、いい賞品に当らないのも仕方のないことだ。

「先生なんか、俺たちのことを虫けら同様に思っているんだろう」

「そんなことはない」

「コーガンの豚野郎が、かげで先生のことを何て言っているか知らないだろう」

「知らないね」

「教えないよ。ひどいことを言っているんだけれど」

「……」

「さっきだってそうじゃないか。コーガンとキャッチャーばかりに酒を注いでいたじゃないか」

「きみは酔っていたからね」

「みんな酔っていましたよ。……さも仲よさそうにしやがって」

「俺は、誰とどうなんてことはないよ」

「嘘(うそ)つけ！」

「きみに悪いことをしたおぼえはないよ」

風呂から出てきたイーストが、偏軒に目で合図した。いい加減にしなさいよと言った。それからガウンを着せかけた。

「ほうらみろ。声が上ずってきやがった。おもしれえや。俺は先生と喧嘩がしたかったんだ」

「だからさ、俺が何をしたって言うんだ」

「気色ばんできやがったな。声でわかるんだ。さあ、面白い」

「……」

「一昨年の九月のことだけんどよ、下部温泉へ行くから、汽車の時間や、道順や、旅館を調べておいてくれって言ったじゃないか。それで、連れて行ったのは、コーガンとキャッチャーの二人だったじゃないか」

「そんなことがあったかな。たしかに三人で下部へ行ったけれど、それは、きみが風邪をひいて行かれなかったんじゃないか」

「とぼけるんじゃないよ。俺は、この十年間というもの、風邪をひいたことなんか一度もないよ」

「忘れちまったな、そんなこと」

「あれだ……。あれだから困っちまう」

マチモロは、さんざんに悪態をついた。時計を見ると、十二時五十分になっていた。

「俺はね。ドストエフスキイだって嫌いなんだからね。あの爺さんは、いつだって、俺のことなんか知らん顔なんだ。それが、わかっているんだ」

マチモロは偏軒を怒らせせようとしていた。ドストエフスキイのことを悪く言えば偏軒が怒るのを知っていた。

また、ドストエフスキイは、人の好き嫌いが激しいから、それは、ありそうな話だった。

「おい。この電話、きるぜ」

偏軒は電話をきった。

その翌日も、偏軒は穴を掘っていた。頭がかくれる深さになっていた。子供がいないから、穴が掘れるんだなと思った。子供がいたら、非常に危険である。それは、ゴミ捨ての穴としては、充分過ぎる深さになっていた。それでも止められない。なにか、単なる穴でなく、工事現場のようになってきた。

「仕方がないんだ。俺にはこういうところがある。やめられないんだ。それで充分ということがない。他人に何と言われようとも……。困った性格だな。どうにも、仕方がない」

偏軒は、そう思い、自分をもてあましていた。

今日は、まだ、トモエさんが来ていないなと思った。

網

多岐川　恭

多岐川恭（たきがわきょう）

一九二〇－一九九四

福岡県北九州市生まれ。東京大学経済学部卒業。毎日新聞入社。一九五三年、「宝石」の懸賞に「みかん山」が佳作入選。五八年、『濡れた心』で江戸川乱歩賞、同年、『落ちる』で直木賞受賞。退職して、作家活動に専念。現代推理作家として活躍。また、『ゆっくり雨太郎捕物控』シリーズなどの時代小説やSFも発表、作風は多彩である。八九年、紫綬褒章を受章。『氷柱』『異郷の帆』などがある。

鯉淵丈夫は、庭のプールで泳いでいた。

ゆっくりした平泳ぎで、二十五メートルの距離を、行きつもどりつしている。ふっう、十回往復してやめるが、体調がよければ、それ以上になることもある。

水泳は、鯉淵が毎晩欠かさない、夏の運動であった。梅雨明けごろから秋口まで、午後八時半から三十分間やり、あがって一休みし、午後十時に就寝という習慣である。

プールの周辺には、だれもいなくて、静かだ。水を掻く音、呼吸音だけが、そのしじまを破っているが、それも騒々しくはない。

庭園灯の淡い光が、プール一帯を照らしていて、泳ぐ鯉淵の体のまわりで、水と共にくだけているのが、涼やかである。

鯉淵はずんぐりした体型で、太鼓腹は脂肪ぶとりを示しているが、肩の筋肉などは、まだ十分に盛り上っていて、なみなみならぬ体力の持主であることがわかる。

ことし還暦を迎えるが、頑健なのが自慢だった。その体力の維持には、非常に気を遣っている。

彼は十回の往復をし終ると、プールの縁に手をかけて休み、深呼吸をし、また泳ぎだした。具合がいいのだ。水を掻く手も、足の動きも、ほとんど疲れを見せていない。

おれはまだ、若い者に負けない。やるべき仕事はたくさんある。働くのが生甲斐だし、息子のために、万全の準備をしてやらねばならぬ……彼は日頃、そう考えている。

ところで、まだ「息子」は存在しないのだ。三年前、田芹譲治と結婚した、娘の不二子は、妊娠の徴候すら見せたことがない。

しかし、必ず生まれると、鯉淵は信じている。夫婦仲はいいし、どちらにも欠陥はない。不二子が病弱そうなのが、気にならないでもないが、病弱と言っても、持病があるのではないから、心配はあるまい。


「相変らず、泳いでおられますね。お元気なもんだな」

と、菜村雪夫が言った。

「ええ、毎晩。八時半から三十分。判で押したみたいよ」

と不二子は答えて、微笑した。

「規則的なのが、健康には一番ですよ。それに、高血圧気味だから、冷たい水は気持がいいんでしょう」

「雪夫さんも泳いだらいかが？」

「いやあ、なんだか肌寒いし、実を言うと、泳げないんですよ」

「そう？　珍しいわね。少しも？」

「金槌です。不二子さんこそ泳いだら？　鯉淵さんも、いつもひとりじゃ、寂しいんじゃないかな」

「父はひとりで、ああやって泳いでいるのが好きなんです。まわりに人がいると嫌います。泳ぎながら、仕事のことやなにか、いろいろ考えるんじゃないかしら」

「なるほど。でも、いつもひとりだと、何かあった場合に、危険じゃないかなあ」

「何かって？」

「つまり……」

菜村はちょっと口ごもって、

「急に心臓発作が起きるとか、脳内出血を起すとか、筋肉の痙攣とかです。お丈夫でも、やはり年ですからね」

「心配ないと思うわ。用心深いし、無理はしないから」

「それならいいんですが」

しばらく会話がとぎれた。この二人の間には、打ちとけた親しさと、妙なぎごちなさといった空気が、入りまじったように存在している。

広い応接室に、二人は向かい合っていた。夜になって、窓を開け放しておくと網戸から自然の風が入ってきて、肌に快い。

鯉淵が泳ぐ水音は、まだ聞こえていた。だが、ごくかすかな音である。

「もうお盆（盂蘭盆）ね」

と、不二子が言った。きょうは七月十日だ。暑い、乾いた日が続いていた。

「そうですね。お母さんのことを思い出すでしょう」

「ええ。でも……」

不二子は言葉を濁した。菜村は、悪いことを聞いたというように、目を伏せた。

不二子の母親の富子は、十五年前に鯉淵と離婚した。その時、不二子は十歳で、鯉淵の許に残った、と菜村は不二子の話で知っている。

富子が不二子を捨てて出て行ったのか、それとも鯉淵が不二子を渡そうとしなかったのか、その辺のことは、菜村にはわからないが、とにかく当時十歳だった不二子に、母親の記憶はそれほど鮮明ではないらしい。従って、なつかしむという感情も、強くはないのかもしれない。

　その後、富子は再婚したが、十年後に病死している。不二子は葬儀にも行かなかった。鯉淵が、行かせなかったと言ったほうがいいだろう。

　富子の生前、不二子は彼女に何度か会っているはずだが、意外に母と娘との間は冷たかったようだ。

　富子にしてみれば、不二子には鯉淵の血が入っているため、愛情が湧かなかったのかもしれない。また、不二子にとっては、事情がどうだったにしろ、わが子を捨てて行った母だから、こだわりがある。……まずそんなところだろうと、菜村は考えていた。

「そろそろ、ぼくは帰らなくちゃ」

　と、菜村は言った。

「まだいいじゃありません？　父にお会いになったら……」

「いえ、あなたから、よろしくおっしゃってください」

「そう？」

　不二子は、ちょっと悲しそうにした。まだ父を怨んでいるのか、という訴えが、その顔色にあるように思い、菜村はあわてた。

「改めてゆっくり伺いますよ。今夜は用もあるので」

「きっとね。その時にはご飯でも用意しますわ」

「そりゃあうれしいな。ところで、田芹さんから連絡がありましたか?」

「ええ。電話が一度、むこうに着いた翌日にあったくらいかしら。いそがしいのね」

「でも……」

「あたし、あまり気にしていないの」

「それにしても、電話がたった一度はひどいな」

不二子は黙っていたが、その白い顔が、次第に火照ってくるのが、菜村にはわかった。菜村の頬も熱くなった。

「雪夫さん、お茶をいれ替えましょうか?」

その場の気まずくなった空気を救おうとするように、不二子が問いかけた。唇がかすかに震えていた。

「いいえ、いいんです」

と断わりながら、菜村は凶暴な衝動を一生懸命におさえていた。テーブルを回って、不二子のそばに腰をおろし、捕えて抱きしめて、唇をむさぼりたい。

だが、何事も起らなかった。菜村は不二子に送られて玄関に出、あいさつをして辞去した。……ただ一つ、彼を喜ばせたのは、タタキに立って不二子を強く見詰めた時、彼女がその視線を避けなかったことだ。遠慮勝ちながら、吸い込むような瞳で、見返してきた。

それは、万事に控え目な、不二子の愛の証しだと解釈してよさそうだった。

水からあがった鯉淵は、プールサイドで、しばらく体操をしたのち、浴室に戻った。プールは広い敷地の西南隅にある。鯉淵の寝室も、家の西南隅にあるから、プールから最も手近に、斜めに向き合った位置になっている。寝室の北隣が浴室で、鯉淵は寝室の横を通り過ぎ、浴室の外に開いたドアから、中に入ったのである。

そこで鯉淵は熱いシャワーを浴び、バスタオルで体を拭いたのち、寝室に入った。パジャマを着てから、テレビをつけ、籐の寝椅子にどっかりとおさまった。テレビは朝と夜と、短時間見るだけだが、いずれもニュース番組である。ドラマや音楽には、なんの興味もない。ニュースのほかに、時たま見るとすれば、野球か相撲くらいのものだ。

ノックがあったが、それは形式的なもので、すぐドアが開き、お盆を捧げた女が入ってきた。

お盆には濃厚牛乳とトマトジュースのコップ、それにチーズクラッカーを少量、皿に入れたのが載っている。コップは普通のものより小型だ。

つまむものはちょいちょい替るが、牛乳とトマトジュースは毎晩同じである。

「菜村さんがお見えになっていましたけど、さっきお帰りになったようです」

と、お盆を寝椅子の横のテーブルの上に置きながら、女が言った。

「菜村が？　何しにだ？」

「さあ……なにか、お土産を持っていらしたんでしょう。旅行なさっていたそうですから」

「あいつ、まだ不二子に未練があるのか。めめしいやつだな」

女は無関心そうで、返事をしなかった。

鯉淵はトマトジュースをうまそうに一気に飲んだ。

いま女が入ってきたドアはダイニング・キッチンに通じていて、そのドアは少し開いたままだった。そこから、スッと不二子が入ってきた。手にしている平たい箱は、菜村が持参したお土産で、九州のお菓子だと、不二子は説明した。

「おとうさんにお会いになってって、引き止めたけど、帰ってしまったわ」

「顔を合わせたくなかろうよ。煙たいのさ。やましい気持があればな」

まじめとも冗談ともつかず、そう言うと、鯉淵はクラッカーを二つ口の中にほうり込み、牛乳と共に飲みくだした。

「おとうさん、そんな……」

不二子はドギマギしたように、チラと女の顔色をうかがった。女は父と娘の会話を聞かなかった振りをし、鯉淵のベッドの掛け毛布を、裾へ下げた。

「マッサージしましょうか」

と、女が鯉淵に声をかけた。

「そうだな。ちょっとやってくれ。背中のほうだけ」

鯉淵はお盆の上のものを、みな平らげると、ゆっくりベッドに上って、うつぶせになった。女は首筋から、マッサージを始めた。

不二子はベッドの裾のほう、壁際に、小テーブルをはさんで向かい合わせに置いてあるソファに腰をかけ、マッサージの様子に目をやっていた。

女の名前は石田蕗子、看護婦と、栄養士の資格をもっていて、鯉淵のお守り役といったものだった。いまやっているマッサージも彼女の役だし、鯉淵の健康に、いつも注意を払っている。料理の献立も、彼女がやる。脂肪分、塩分、糖分などを控えたもので、鯉淵だけ別のおかずになることも、よくある。

不二子はいま二十五だから、蕗子は二十八か九になるだろう。

静かで、口数が多くなく、控え目な点は、二人に共通だが、体格や容貌などは、かなり違っている。

不二子は丸顔のほうで、美しい。体格も過不足がない。ちょっと見ると非常に健康そうだが、実は病気勝ちで、内気さも手伝って、日常の動作は、あまり活発ではない。

蕗子は細面で、頬がこけ加減であり、美しいとまでは言えない。それに、髪形にしろ、着ているものにしろ、あまり飾らなすぎる。化粧もほとんどしていないようだ。

背は高いほうではなく、骨細で、やせている。しかし、見かけほどひ弱くはない。あるいは不二子より、体力的には勝っているかもしれない。

不二子と蕗子とは、うまく行っている。

「石田さん、早くお寝みなさいよ。おとうさん、お寝みなさい」

不二子はそう言って立ち上り、小さなあくびを手でかくしながら、寝室を出て行った。

蕗子はマッサージを続けていた。

「もういいよ、ご苦労」

と鯉淵が言い、あお向けになった。蕗子は毛布を掛けてやり、照明をベッドランプだけにし、あいさつをして出て行った。鯉淵はこのあとしばらく、テレビを見てから、眠ることになる。

石田蕗子は通いだが、都合で泊ることもある。彼女のための部屋は二階にあって、泊り込みでも構わないのだが、あまり泊らない。

彼女のアパートは、鯉淵家から歩いて十分くらいのところにある。

菜村雪夫は、自分の部屋で、秘密の作業を続けていた。

それは投網（とあみ）作りだった。投網は川魚などを捕獲する網で、全体は円錐形をなしている。頂点には手綱がつき、裾回りには錘（おもり）か鎖がついている。

小船に乗り、魚のいそうな淵や瀬をめがけて投げると、網は円形に広がって水面に落ち、裾から沈んで行くから、だんだん絞られた形になる。一方の手には手綱を持っていて、頃合いを見て引上げると、網の中に魚が入っている仕掛けだ。

投網は、どこにでも売っているわけではないが、注文すれば手に入る。それをなぜ手作りしているかというと、彼が投網を買ったことが、バレてはまずいからだ。

いまどき、投網をやろうなどという者は少ないから、すぐ足がつく。彼の投網は、殺人の道具に使われるのだ。

彼の手にかかる男は、鯉淵丈夫である。

三年前、現在の不二子の夫である、田芹譲治があらわれるまでは、不二子と自分ははっきりした恋仲だったと、菜村は信じている。

知り合ったのは東京で、不二子は大学生、菜村は大学病院のインターンだった。不二子の友達の紹介によるものだったが、菜村ははじめて会った時から、彼女にほれこんだ。

美しい容姿にひかれたのはもちろんだが、どこか古風な遠慮深さのある、つつましい態度が、菜村を夢中にさせた。

不二子はいつも素直だった。デートの誘いを断わることはなかったし、会っている間は楽しそうに、生き生きしていた。

どこへ連れ出しても、不二子は尻込みしたり、厭がったりせず、彼に全幅の信頼を置いているようだった。

不二子の体を奪うチャンスは、いくらもあったし、その場合、彼女は拒まないだろうと思われたが、却ってそれが菜村を萎縮させた。彼は不二子の体を奪うどころか、キスさえしなかった。せいぜい、手を握ったくらいのものだった。

そんなふうに紳士的に振舞うことは、菜村の自尊心を満足させた。それはまた、不二子も自分を愛してくれているという、自信の表われでもあった。

おれはバカだったのだ、と菜村は苦い気持で、当時のことを思い出す。不二子は、きっと待っていたのだ、おれが積極的に出るのを。何もかも奪ってよかったのだ。彼女はあんな性格だから、もっとはっきりしてくれと言いたくても、言い出せないでいたのだ。おれが手を出して、引張らなければいけなかったのだ。

二年越しの交際は、突然断ち切られたが、それは鯉淵が田芹譲治を、不二子の婿がねとして、勝手に選んでしまったからだった。

田芹譲治は、ある著名な実業人の三男坊で、あまり出来のよくない息子である。しかし、鯉淵にとって、息子の出来のよしあしなどはどうでもよく、大事なのは、彼の父親と縁続きになるということだった。

むしろ、頭の切れる婿ではないほうがいい。事業を、たとえ一部にせよ、婿に譲る気は毛頭ないのだ。譲るなら、不二子が生む男の子に、である。

だから、田芹と不二子は結婚したが、養子縁組をしたのではない。ただ便宜上、田芹が鯉淵家に移っているだけだ。

田芹を婿に、と鯉淵が決めた時から、菜村は不二子に会えなくなった。菜村の想像によると、不二子が死ぬ思いで、菜村のことを告白し、彼を愛しているのだから、田芹との話は断わってくれと哀願したのに、鯉淵は耳を貸すどころか、激怒して、菜村に会うことすら禁じてしまったのだ。

父親の無理強いに反発して、家出するなど、不二子の性格からは無理だ。特に父親に対して、彼女は絶対服従なのだ。

菜村はなんとか不二子に接触しようと苦心したが、ことごとく鯉淵に妨害された。

「不二子はあきらめてもらいたい。きみがいくらそう言っても、不二子はもう、田芹君と結婚する気になっているぞ。甘ったるい言葉は嫌いじゃが、深く愛し合っていたというのは、きみの独り合点じゃないかね？　とにかく、嫁ぐ気になっている娘の気持を乱されては困る。人間、あきらめが大事だぞ。きみのことは一応調べてみたが、あんまり香しくない。大学病院の内科で、医者の真似をしているのが、不思議なくらいだ。先輩や恩師の受けもよくないし、患者からもあまり信用されていないじゃないか。よく不注意なミスをやらかすというし……近く、どこか地方の病院に追いやられることになっているだろう。そういうきみが、不二子をもらいたいと言うのは、身の程知らずだ。しかし、きみがいさぎよくあきらめるなら、こちらとしても、何かしてやろうと思っている。どうだね、わしの知っている病院に紹介してやろうじゃないか。

院長とはごく親しいんだ。横浜の大病院だぞ」

　東京神田にある、清流社という出版社の社長室に何度か押しかけ、ようやく会ってくれた時、鯉淵はそんなことを言った。

　菜村は怒りにぶるぶる体を震わせ、返事をせずに帰ったが、事態はズルズルと鯉淵が言った方向へ動いてしまった。

　菜村に何ができたろう？　すでに不二子は、手の届かぬところに行ってしまっていたのだ。それに、鯉淵が探偵社かなにかに調べさせた事は、痛いところを衝いていた。全くその通りなのだった。

　病院での不評判は、菜村に言わせれば、不幸な偶然が積み重なったものだが、要するに彼は見放されていて、いまの病院で針のむしろに坐っているよりは、都落ちでもしたほうが楽だ、というくらいになっていた。

　結局、菜村は不二子をあきらめざるを得なかった。そして、鯉淵は約束を実行してくれた。横浜の病院は、設備も整い、待遇も悪くなかった。

　東京では下宿暮しだったが、鯉淵は小田原の屋敷のすぐ側の持ち家を、菜村に提供してくれた。結婚後だから、問題はないと思ったのだろうし、いくらかは気の毒にも思ったからだろう。具合が悪い時に、呼びつけるにも便利である。

本式に網を作る技術は、持ち合わせていないから、最初は困ったが、手製の網は、一度使えば用が済むのだから、それほどしっかりしたものである必要はない。

考えた末、彼はナイロンの釣り糸と、強力接着剤を使うことにした。ナイロンで縦横の網目を作り、結び合わせないで、くっつけようというのだ。

ナイロンの釣り糸や、接着剤はどこにでも売っている。菜村はまず、小さなものを試作してみた。一メートルくらいの長さに切った糸を二十本ばかり、五センチの間隔で平行にならべ、別の二十本を同様にして、前者と直角に重ねると、五センチ四方の目をもった網の形になる。糸が十文字に交わったところに、すべて接着剤を垂らす。一メートル四方の網でも、糸の交点は四百ばかりになるから、気が短くてはできない作業だ。菜村は、なんとかやりおおせた。

それは成功だった。三十分も経つと、かなりの力で引張っても、接着部分は剝がれなくなっていた。それに、網はしなやかである。水中ではもっとしなやかになり、鯉淵の体にまつわり付いてくれるだろう。ナイロンには、そんな性質がある。

菜村は暇を見ては、横浜や東京の釣具店から、材料を少量ずつ買い集めた。

材料というのは、ナイロンの釣り糸と錘である。糸も錘も、中型魚用で、糸を二百メートル、錘を百個ばかり買った。

接着剤も買い、材料一切を書斎に持ちこんで、網作りに取りかかったのが、七月に入ってすぐで、田芹譲治が出張で東南アジアに出発した数日後だった。

田芹は現在、パラダイス工業という製靴会社の、販路拡張部長という職にある。出張は東南アジアを手はじめに、中近東、アフリカ、南ヨーロッパを回り、パラダイス製品を売り込もうというものだった。

もっとも、部長という地位は名前だけのもので、実権は副部長に握られているらしい。副部長は鯉淵の子飼いだから、田芹は鯉淵に首根っ子をおさえられているようなものだ。

こんどの出張にしたところで、大した成果は期待されていない。むしろ、部長という肩書上、何かさせなければ、まずいという配慮によるものだろう。

……そういうことを、菜村は鯉淵や不二子の言葉の端々から、推察していた。

不二子は夫の悪口を、他人に平気で話すような不謹慎な女ではないが、失望感は覆い難いように、菜村には思われる。顔色や、ちょっとした言葉尻から、それが洩れてしまう。

仕事ができない男というだけなら、まだしもだが、夫婦仲にも隙間風が吹いているようだ。電話が一度あったきりだというのも、その証左だろう。

「要するに、あいつはばかだ。そのうち、どんなことになるか、知りもしないで」

というのが、菜村の感想である。

田芹の出張期間は、約一カ月で、この月末か、八月初めには帰ってくる予定になっている。それまでのうちに、「決行」しなければならない。

プールの幅は、約十メートルである。従って、投網の底部の直径は、それ以下でなければならない。大きすぎると、縁にひっかかって、役に立たない。

と言って、小さすぎても、鯉淵は網から抜け出してしまうだろう。

菜村は網の直径を五メートルに決めた。

だが、直径五メートルの円形の網を作ればいいというのではない。立体として、円錐形でなければ、すっぽりと人間を捕えることはできないだろう。

円錐形の網を作るのは、それほどむずかしくない。まず直径五メートルの円い網をこしらえたのち、一部の「扇形」を取り除き、残った両端を合わせて、とじればいい。

錘だが、これはよく投げ釣り用に使う、ナス形のもので、頭に糸を結びつける環がついている。網の縁に三十個もくっつければ、沢山だろう。

網作りの仕事は、だれにも知られてはならず、室内でやるほかはないが、菜村の書斎はせまいので、直径五メートルという大きさは、手に余る。

それでも、工夫すればなんとかなるもので、菜村はまず、一辺五メートルの正方形の網を作ることに専念した。正方形なら、一つの角から、少しずつ網にしてゆけば、やり易い。

その網が完成したあと、四つに折り畳み、底辺になる部分を、目分量ででも、弧に切断すれば、円い網が出来上るわけだ。

それからの作業は、扇形を切り取って、あとを合わせること、錘三十個を結びつけること、中心点に手綱をつけること、という順序になる。

段取りは、それほどとんとん拍子に進んだわけではない。菜村は元来無器用なので、何度も失敗した。投網の完成には、ちょうど一週間かかってしまった。

七月十日に、九州旅行のお土産を持って、鯉淵家を訪れたのは、投網が完成したあとである。そして、もう一つの作成に取りかかったところだった。

一つだけでは不安だという気が、だんだんし始めたからである。一回勝負では、失敗したらお終いだ。二つ使えば、鯉淵に助かるチャンスはないだろう。

二つ目を製作するかたわら、菜村は網を投げる練習に取りかかった。

投網の要領はむずかしい。思うところに、きれいに網を広げて打つ技術は、かなりの訓練を要するらしい。

ある釣具店で聞いてみたところ、ヨリを戻すような感じで打つのだということだったが、菜村はなるほどと思った。

とにかく、実地に練習してみないことには、話にならない。

菜村は深夜に、庭でやることにした。遠くに投げる必要はないので、十五メートル×二十メートルくらいの矩形をした庭で十分だった。

菜村は木造二階建の古い家に、横浜の銀行に勤めている妹の夏代と、二人で住んでいる。菜村は三十半ばを過ぎて、まだ独身だった。縁談はいくらもあったが、その気にならないと、断わってきた。不二子をあきらめ切れないのだ。だがそろそろ、どうにかしなければならないところに、来ていた。

夏代は眠り病ではないかと思われるほど、暇さえあれば眠っている娘で、深夜ともなれば、それこそ前後不覚である。

周囲の家も、夜更かしをする人間はいないようだから、だれにも見とがめられることはない。

最初のうち、網はうまく広がってくれず、固まったまま、グシャリと庭の雑草の上に落ちていたが、少しずつ、うまくなってきた。完全な円形には、なかなかなってくれないが、鯉淵の体にからめるくらいのことはできそうだ。

練習を続けながら、菜村はいつも、不二子の面影を思い描いていた。

「どうして結婚なさらないの？」

と、ある時不二子に聞かれたことがある。

「それをぼくに聞くのはひどい」

と、菜村は言った。日ごろの彼なら、決して口にしないような、大胆な言葉だったが、それは、その場の雰囲気のせいだったろう。

なにかちょっとした用事で、不二子は菜村を訪れていたのだった。土曜日の昼間のことだった。五月の暖かい日で、書斎の窓から、百合の花の香りが漂い入っていた。

夏代は外出中で、ひどく静かだった。

「そんなことを言わないで。辛いわ」

不二子は血の気のさした頬を手のひらでおさえていた。

「……あたしがいけないの。駄目な女ですわ。でも、過ぎたことよ。もうどうにもならないのよ。だから……」

「不二子さん、あなたはいま幸福ですか？」

不二子は、しっとりとうるおったような目を菜村に向けてから、すぐ伏せた。返事はしなかった。彼はたまらなくなり、いきなり不二子の両手を取った。

「いけないわ、理性を失っちゃあ。あたしは田芹の妻よ。幸福よ。ねえ、忘れて」

「まだ取り戻せるよ。ぼくらが勇気を出しさえしたら……やり直そう」

「できないの」

不二子は溜息をつき、泣き笑いじみた顔をしながら、そっと手を引込めた。

鯉淵さえいなければ、と菜村は思った。


二つ目の投網は完成に近付き、投げ方も大分上達した。ある夜、練習していると、東隣の家の中から、日本画家の桜井陽吉が、ひょっこり庭へ出てきた。桜井の家の庭も、菜村のと同じようなもので、境界は杉の生垣である。菜村はギョッとしたが、桜井もびっくりしたようだった。

幸い、桜井は菜村の手許の網には気付かなかったらしい。

「今晩は。いまごろ、庭の散歩ですか」

と、機先を制して、菜村は声をかけた。

「ええ。眠れないものですからね。暑いですな」

と、桜井は返事をした。それから庭を二、三度、そそくさと歩き回っただけで、家の中に入ってしまった。

桜井は若手の日本画家として、かなり著名である。鯉淵がパトロンだということで、ちょいちょい、家に出入りしているのを、菜村は知っている。独り暮しで、妻とは何か事情があって、別居しているようだ。

投網の練習に気付かれなかったことで、菜村は安心した。

投網が、曲りなりにも使えるようになると、新たな不安が、菜村の胸にきざした。二度とも失敗したら？　それは、有り得ることだった。こちらの不手際で、やり損なうかもしれないし、うまく行ったとしても、鯉淵が必死に、網から脱出するかもしれない。

鯉淵は老人とは言えない。体力があり、水泳が達者だ。一分間、潜水していることができれば、たとえ網がからまっても、ほぐして抜け出すことができるはずだ。

不安は次第に大きくなり、菜村の自信は、一時ペシャンコになった。結局、漫画的な発想にすぎなかったのじゃないか？

プールで泳いでいる男に、網をかぶせて行動の自由を奪い、溺死させるという考えは、アフリカあたりで、猛獣を捕えるのに、網を使っているのを、映画で見たのがヒントになった。また、テレビ映画の捕物場面で、捕り手が網を使うのも見た。実際に、そんな逮捕の方法があったのかどうか、わからないが、やれば成功しそうに思われたのだ。

もう一つのヒントは、ある時不二子と交した会話の中にあった。……たしか、安楽死の話をしていたのだったが、それが殺人やミステリーの話に移った。

若い元気な男が、弱い女を絞め殺した場合、犯行はすぐたどられてしまうが、あべこべの場合は、犯跡をくらましておけば、捜査陣は迷ってしまうだろう。つまり、犯人に結びつかないような殺人方法を使った時、例えば地位の高い医者が、得意の毒物注射などをやらず、憎い女を野暮になぐり殺した上、死体を散々にもてあそんだといった場合、やはり捜査陣はまごついてしまうに違いない。犯人に似合わしからぬ手口を、わざと選ぶのは賢明だ。

その話題は、どちらから口を切ったのかわからないが、二人はいろいろな例を考え出し、突飛な殺人方法も、捨てたものではないという点で、意見が一致したのだった。

「突飛な殺人方法」と、網の使用とが結びついたのである。

菜村は気を取り直した。やはり、この方法を選んだのは、間違っていない。ただし、失敗の可能性は大きいから、万全の策を講じなければならない。補完手段が必要だ。

それで思いついたのは、竿を使うことだった。物干し竿なら、鯉淵の邸内にいくらもある。竿で、もがきながら浮き上ろうとする鯉淵を突き沈める。網のために、手足の自由がうまく利かないから、まず無抵抗と同様だろう。浮いてくれば、そのたびに突けばいい。そのうちに、鯉淵は弱ってくる。

あまり強く突いて、傷をつけてはならない。鯉淵の体に外傷がなく、事故死……単なる溺死と診断されなければならないからだ。

竿の先に、手製のたんぽをくっつけよう、と彼は考えた。

七月十九日の水曜日、不二子は夕食に菜村兄妹を招んだ。十日に約束したからだが、父親の健康診断を、ざっとしてもらうためでもあった。石田蕗子がついているし、東京には主治医がいるから、その必要はないようなものだが、早く和解してもらいたいという、不二子の願いが、底にあるのだろうと、菜村は解釈している。もし心からの和解ができれば、田芹との離婚、菜村との結婚も、実現する望みがある……。

しかし、不二子のその期待は無理だ、と菜村は考えている。鯉淵は菜村をすっかり見くだしていて、物の数とも思っていないのだ。鯉淵が生きている限り、二人は結ばれない。

この日は、招かれない客があった。桜井陽吉が、額装の絵をもって、やってきたのだ。和服姿の若い娘の座像で、鯉淵から頼まれていたものだという。役人か、取引先の有力者にでも、プレゼントするのだろう。

「先日はどうも」

と桜井が菜村に言い、菜村は、

「やあ」

と頭を下げただけだった。先日というのは例の深夜のことだが、お互い、深夜に相手が何をしていたのか、不審に思っているはずだが、どちらもそれには触れず、知らぬ顔をした。

夕食には桜井も加わった。菜村はできるだけ平静に振舞おうとしていたが、どうしても落着かず、顔色も悪かった。決行を明晩と決めていたからである。不二子に招ばれたのを幸い、食後に庭に出て、鯉淵の泳ぎをよく見、プールとその周辺、家の回り、家人の動向などについて、綿密にチェックしておこうと思っている。

菜村の変な様子は、不二子にも夏代にもわかったようで、不二子は気遣わしそうに、菜村の顔色をうかがっていた。

「どうかしたの？」

と聞いたのは夏代で、それに対して菜村は怒った声で、

「どうもしないよ」

と答えた。このところ、兄は変だったと、夏代は不二子に言った。

「そう？ どう変だったの？」

「毎晩部屋に閉じこもって、鍵をかけているんです。いない時にもドアが開かないから、お掃除もできなかったわ。お兄さん何してたの？ 何か作ってたの？」

「なんにも作るもんか。仕事だよ」

「だって、見なれない接着剤のチューブが置いてあったし、床だの、あちこちに接着剤がくっついていたわよ」

「プラモデルでも作るんじゃありませんか？ わたしも昔、熱中したことがありました。手のこんだものになると、なかなか大変ですが、面白いですね」

と、桜井が言った。

「いや、あいにくその趣味はありません。無趣味で困りますよ」

「そうですか。でも、あの晩……」

と言いかけ、桜井はあわてて言い直した。

「わたしも無趣味なほうですが、釣りを少しやります。主に川釣りですが、郷里の九州の田舎では、変わった漁法が……」

菜村の心臓が、早鐘を打ち出した。次に出る言葉は「網」「投網」に違いない。それは投網ではなかった。ヤスという漁具で、水中の魚を刺して取る方法のことだった。ほっと安心したのも束の間で、こんどは鯉淵が、

「わたしは昔、網を打ったことがある。あれも面白いぞ。もっとも最近は、魚が減って駄目だろうがね」

と言い出し、それからしばらく、漁の話題が続いた。菜村は針のむしろに坐らされたような気分でいたが、なんとか食卓を離れずに、持ちこたえた。偶然、投網の話が出たところで、なんということもないはずだ。……しかし、菜村の顔には脂汗がにじみ出していた。

「菜村君は、そんなものはやらんのかい」

という鯉淵の声で、菜村は吾に返り、

「いえ、投網なんか全然やりません」

と答えた。

「何を言っとる。そうじゃない。スポーツのことだよ」

「あ、失礼。学生時代にテニスを少しやりましたが……」

菜村の背筋が冷たくなり、汗が吹き出した。

夕食は午後七時半には終り、まず桜井がいとまを告げた。

「最近、菜村さんとお会いになったの？」

と桜井を玄関まで送り出しながら、不二子が聞いた。

「ええ。たしか、さきおとといでしたかね」

桜井はちょっとためらってから、

「真夜中なんですよ。わたしは寝苦しくって、庭に出たんですが、菜村さんもご自分の庭にいて……何をしていたのかな。いま思い出すと、長い縄のようなものを手に持っていたような気がするんですが、縄跳びでもしていたんじゃありませんかね。真夜中はおかしいですが、やはり眠れないとかなにかで……」

と言った。

鯉淵はいつものように、八時半になると、海水パンツ一枚になり、寝室からプールに出て行った。

菜村は、きょうは泳ぎを拝見しましょうと、靴をはいて玄関から出、その右手の木戸から庭に入った。夏代は先に帰り、不二子は菜村についてきた。

南向きの庭は、広々として、芝生が一面に青い。塀際の春日灯籠に灯が入っていた。正面奥の植込みの向うが、プールだ。

庭に面した部屋は、玄関の間、居間、食堂（ダイニング・キッチン）、それに鯉淵の寝室だ。それらの部屋はいま、無人である。

石田蕗子は、もしアパートに帰らなければ、二階の北向きの部屋に引取っているはずだった。二人の女中は、流しのところで、まだ後片付けをしているか、それとも一階の西北の隅に近い部屋に入って、一日の勤めから解放されているはずだ。つまり、八時半から九時という時間帯に、プールを見ている者はいないことになる。蕗子が鯉淵の夜食を用意するとしても、キッチンにおりてくるのは、九時少し前だろう。

不二子の部屋は、二階の南向きにあるが、そこから庭は見おろせても、植込みのために、プールはほとんど見えない。

プールサイドのベンチに、不二子と並んで腰をかけた菜村は、そんなことを考えていた。

鯉淵は悠々と水を掻いていた。コースはまっすぐで、中央である。何度往復しても、コースはゆがむことがない。この速度、このペースなら、網打ちは成功する、と菜村は思った。プールに接近するのは、たやすい。

「何を考えてるの？」

と、不二子が聞いた。楽しそうな声だった。

「いつも、あなたとこうしていたい、と思っているんです。ぼくは決してあきらめない」

不二子は答えずに、吐息をついた。鯉淵が後頭を見せている間、菜村は不二子の手を握っていたが、彼女は振り払わなかった。

一旦帰宅した菜村は、その夜の午前二時ごろ、小型のアルミニウム製の脚立をかかえて、家を忍び出た。鯉淵家のコンクリート塀の下に脚立を据え、塀にのぼった。真下がプールになる。高い椎の木の幹を伝って邸内におり、北のほうへ歩いた。突き当り、西北隅に物干し場があり、竿が何本もかかっている。

そのうちの一本を取り、プールまで運んだ。プールと庭を区切っている厚い植込みの根元に、竿を横たえた。

そこは、伸びすぎた芝生と共に、雑草も生えていて、緑色のプラスチックの物干し竿は、人目に触れないだろう。

あしたの決行時に、物干し場まで竿を取りに行き、さらに一方の端にたんぽを取り付けるという暇はない。たんぽも、いま取り付けたほうがいい。ハンカチーフと、脱脂綿でこしらえたたんぽを、菜村は慎重に竿にくりつけた。

あくる日、二十日の朝、竿が一本足りないと、女中の一人が言い出し、石田蕗子も加わって、あちこち探したようだが、見つからなかった。そのことを、不二子は昼食の時に聞かされた。

「竿がなくなるなんて、変ね」

「そうですね。盗んでお金になるもんじゃなし。でも、無いんです。えーと、あれでいいのかな。勘違いかな」

竿が足りないと言い出した女中は、自信のなさそうな口調になってきた。

「探し様が悪いのよ。そのうちに、どこかとんでもないところから、出てくるわよ」

と、蕗子が言った。

午後八時に、菜村は黒いトレーニング・ウェアを着、二個の投網が入ったスポーツバッグを提げて、家を出た。夏代がいたら、適当に外出の口実を作るつもりだったが、彼女はおそくなるという電話を寄越していた。

家を出て、桜井宅の前を通って東に行くと、鯉淵家の塀まではすぐだ。

菜村は人通りがないのを確かめ、何気ないように、塀に倒して立てかけておいた脚立を起し、きのうと同じ個所から邸におりた。塀と植込みが作っている隅っこにしばらくひそんでいて、八時半少し前に、プール側から庭側へ、植込みを分けて移動した。庭に面した部屋は、すべて無人のはずだ。プール側からも植込みの陰の菜村は、よほど注意しなければ、見えない。

不二子の部屋には灯りが点いている。そしてカーテンがおりている。

ちょうど八時半に、鯉淵が裸で出てきて、準備体操をしたあと、プールに入った。すぐに泳ぎだした。菜村のかくれている位置からでは、こちら向きである。鯉淵がターンした時、菜村は腹這いになり、バッグから取り出した投網を手に、そろそろと動きだし、また植込みを抜けた。

伏せていると、鯉淵がこちらを向いても、菜村の姿は見えない。

菜村は五往復まで待った。鯉淵の泳ぐ速度は、次第におそくなっている。六度目にターンし、三メートルほど泳いだところで、菜村は立ち上って、プールの端までくると、最初の網を投げた。投げるまでに、かなり手間がかかるので、その時鯉淵は十メートルばかりのところにいた。

十分には広がらず、それも左に寄ってしまい、縁にひっかからないかと、ヒヤリとしたが、網はなんとか、鯉淵を捕えていた。

鯉淵は、何が降りかかったのかわからないらしく、あわてもしなかったが、綱が体にからみつきだすと、水音をひどく立ててあばれ始めた。菜村は二つ目を投げた。それも成功だった。鯉淵が出す声は、水にむせて低かった。

もう身をかくす必要はなく、菜村は手綱を一応放し、走って竿を取ってくると、鯉淵があばれているあたりへ回り込み、たんぽを先にして、竿を突き出した。思惑通り、鯉淵はどう仕様もないようだった。彼はたんぽで押し沈められ、浮かんでくれば、またやられた。

鯉淵は急に静かになった。菜村はプールの縁に立って、しっかり竿を握りしめ、鯉淵の腰の辺りをおさえていた。鯉淵は底で、うつぶせになっている。

次の瞬間、鯉淵は勢いよく反転していた。たんぽは外れて底を突き、菜村は及び腰になった。アッと思った時、竿を強い力で引かれていた。

菜村はプールに逆様に落ちこんだ。

鯉淵の呼ぶ声で、不二子が駆けつけた時、菜村はプールサイドに長くなって、失神していた。かなり水を飲んでいるようだった。

「とんでもない馬鹿だ、こいつは。綱なんかで、わたしを殺せるつもりでいたのかな」

鯉淵は息も切らしていず、そう言った。

「網で……」

「手製らしいぞ。ナイロンのやつだ。こっちはあわてなかったからよかったが、下手にあばれると、いよいよからみついて、危なかった。その上、竿で突きやがった。ところがわたしは、並の男じゃない。水の中で二分くらいなら、平気さ。その辺の計算ができなかったようだな。しかし、殺すほどにわたしを怨んでいたとは意外だった。よっぽどお前にほれこんでいたんだろう。お前はどうだ？」

不二子はしゃがみこんで、肩を震わせていた。鯉淵は笑った。

「まあ、そんなことはどうでもいいが」

「この人を許してあげて」

「よかろう。なに、これが精一杯の男さ。家にはもう、おられんだろうが」

鯉淵は浴室へ、不二子は女中の手助けを頼むために、居間に戻った。水を吐かせ、ベッドに寝かせて、介抱してやらなければならない。（『的の男』第一章）

少年探偵

戸板康二

戸板康二（といたやすじ）

一九一五–一九九三

東京生まれ。慶應義塾大学国文科卒業。日本演劇社入社。『わが歌舞伎』『丸本歌舞伎』などで戸川秋骨賞を受賞。退社後、演劇評論家として活躍。一九五九年、『団十郎切腹事件』で直木賞受賞。演劇界を舞台にした推理小説で独自の境地を確立した。七六年、『グリーン車の子供』で日本推理作家協会賞、七六年菊池寛賞、七六年日本芸術院賞、八七年東京都文化賞を受賞。『歌舞伎への招待』『ちょっといい話』『すばらしいセリフ』など、洒脱な随筆家としても知られる。

麹町区富士見町六丁目といっていた町に、安男は小学三年から六年まで、住んでいた。

いろいろな思い出があるが、町内で遊ぶ友達の写真が、毎月読んでいた「日本少年」の口絵に載ったのは、子供ごころに大事件であった。

その写真の脇に、大きな活字で「少年探偵足立君」と出ていて、見馴れた同い年の子の、いつもとちがって、ちょっとはにかんだような顔が出ている。

たまたまこの足立君の隣の家で、正月早々家宝にしている金印（きんいん）がどこかに行ってしまった時、足立君がそこにいて、その金印のある場所を云い当てたのだ。現場に「日本少年」の松原曲水という編集者がいて、記事にしたというわけである。

それは一月三日昼前の出来事だった。

この町内で、前に書いた「異人館」とは別だが、やはり大きな門構（もんがまえ）の家に住んでいる寺本さんには、安男と同級の鉄ちゃんという男の子がいる。

寺本さんの家は、新年三カ日のうち、三日目に、子供の友達を、その親やきょうだいも誘って、大勢招いて御馳走するのが、町内でのしきたりになっていた。

安男も父親か母親と、いつも寺本さんを訪ねる。蜜柑を包んで、その年の正月も、父親と行ったのだが、その時におこったことであった。

大きな丸テーブルの上に、サンドイッチの皿、ケーキの皿、チョコレートやクッキーや飴を盛りあげた皿があって、それを囲んで、お茶を飲んでいた。

その洋間のマントルピースの上の壁には華やかな薔薇の油絵がかけてあり、ストーブには薪が燃え、部屋は暖かだった。

戸口をはいる時、廊下の壁に、習字塾に通っている鉄ちゃんと、友達の勝ちゃんが二日の午後書いた書初の紙が貼られていた。二人とも先生にいわれたのだろう。揃って「一陽来復」という四文字を楷書で書いている。

勝ちゃんも原っぱで安男とよく遊ぶ子だったが、きのうは来ていたのだけれど、まだきょうは姿を見せなかった。

父親が鉄ちゃんのお父さんと、子供たちと別にワインを飲みながら、話していた。

そのうち、父親が「お宅には珍らしい金印があるそうですね」といった。

「ええ、三年ほど前に手に入れたのですが、例の九州の志賀島から出た金印を模造した品物です。ふだんはしまっているんです。しかし何となくめでたいような感じがするので、正月になると床の間に飾ることにしております」そういう返事だった。

「拝見したいものですな」

「お目にかけましょう」と寺本さんが立ち上って、隣の座敷にはいって行ったが、すぐは戻って来ないで、人を呼ぶ声が聞え、なかなか現われない。

廊下を走る音がきこえ、安男にも、へんだという直感があった。

「ちょっとお待ちください」と寺本さんがのぞいて声をかけた。

父親は黙って立ち上って廊下に出る。

安男がついてゆくと、その家で働いている人たちが、ささやいて、首をかしげたりしていた。

寺本さんが近づいて来て、「じつは金印がなくなったんです。元日に、たしかに箱から出して、お供えの脇に置いたのですが」

座敷に行ってみると、富士山の掛け軸の前に、大きな松の盆栽があり、鏡餅があり、その横に低いうるし塗の台があるが、台の上には何もなかった。

「ここに置いていたのですが」

座敷の前は、庭に面した縁側だ。ガラス戸がきょうは晴天で温度もわりに高いからというので、二枚あけ放してあった。

「庭に誰かがはいったんじゃありませんの」と鉄ちゃんのお母さんがいった。

「そういえば、さっき、万歳が二人連れで、お座敷の前に立って、中をのぞいていましたっけ」と、庭師で袢纏（はんてん）を着た老人がいう。

「まさかね、そういう人が、持って行きもしないでしょう」

そんな会話をしている時、新しい来客があった。足立君がお母さんと二人で、それから「日本少年」の松原さんがすこしおくれて来たのだが、騒ぎを知らされ、洋間にゆかずに、座敷のほうに来て、不安そうな人たちを、見つめていた。

「とにかく、貴重な品物だから、盗難だと思ったら、新年早々だけど、警察に届けたほうがいいんじゃないかと思いますがね」

安男の父親が、寺本さんにすすめている。

足立君は鉄ちゃんと小声で話していたが、

「もしかすると、そんなものがありそうもない場所に、誰かが持って行って、その金印を使ったんじゃないのかな」といった。

声が高かったので、みんな振り向いたが、寺本さんは、足立君の前に行き、「何かに使ったんじゃないかと、どうして思うんだね」と訊ねた。

「ぼくね、こないだ、本を読んだんです」と足立君がいった。「〝王子と乞食〟という本を買ってもらいました。ふたごのようによく似た王子様と街の子供がいて、知り合って、ある日二人が着ているものを取りかえてしまうんです」

「ほう」そこにいる大人が三人とも、こんな相槌（あいづち）を打ったのは、読んでいなかったようだ。じつは安男もこの本は見ているので、ちょっと内心得意だった。

「何しろまるでちがうところにいた二人ですから、話し方も習慣も、みんなちがう。まわりの人は入れかわったと知らないから、頭がおかしくなったのだと思って、いろんな事件がおこります。そのうちに、王様がなくなったため、王子様が王様になり、戴冠式がはじまる。街にいるほんものの王子様が、相談相手になってくれた軍人と、宮殿の前の大寺院に行き、中に入れてもらったのは、お堂の中で、新しい王様の頭の上に冠をのせる儀式がはじまるちょうどその時だったのです。ほんものの王子様が見すぼらしい格好で出て行って、自分がほんとうの王子だというんです。王様になりかけていた男の子は喜んでそれを迎え、この人が王子様だといいます。だけどみんなは信用しない。もしお前がほんとうの王子なら、王様がいつも書類に押すギョクジ（玉璽）の金印がどこにあるか知っているはずだといわれた時、王子様がスラスラと答えるので、みんながびっくりします」

「それも金印なんだね」とおもしろそうな顔で、松原さんが足立君に尋ねた。

「その時、王子様にずっとなっていた街の子が、たしかにあったと運ばれて来たギョクジを見て、これがどういうものなのか少しも知らずに、いつも胡桃を割っていたというんです。ぼくは何だか、それと同じように、その金印というのも、誰かが知らずに、何かに使ったんじゃないかと思う」

それを聞いて鉄ちゃんのお父さんが急いで出てゆくと、大きな声で、人を呼び集める。

そして、「手わけして、方々の部屋の中をていねいに見るといい。思いがけない場所に金印があるかも知れない」

鉄ちゃんのお母さんが、脇から云った。

「だってあなた、うちの中の人が、あの金印を運んで、どこかに動かすなんてことは、ないはずですよ」

「しかし、この家の中に、はいった者がいそうもないじゃないか。庭の方のガラス戸だって、さっきあけたんだし、外の者が無断で座敷に上ることはできないよ。隣にみんないたんだし」

「そうだわね」と鉄ちゃんのお母さんが考えて、「きのう御年賀に見えたお客様で、金印を見た方はいないわね。皆さん洋間だったし。あとは、勝ちゃんが書初に来ただけでしたよ」

それを聞くと、足立君は洋間の戸口の脇を見に行き、壁に貼り出されている書初の紙の下をまくって、中をのぞいた。

紙が長すぎて、裾がヒラヒラしていたのだろう。それを動かないようにしようと思って、下を内側に巻いて、重石(おもし)がのせてあったのを見つけ、「これですか」といいながら、足立君がその重石をとりあげた。金色の立派な印であった。

歓声があがり、拍手がおこった。足立君、大手柄である。

「ありがとう、ありがとう。警察に知らせたりしないで、よかった」寺本さんは足立君の頭を撫でて、うれしそうにうなずく。

安男も、父親を見あげて笑ったが、自分も〝王子と乞食〟を読んでいたのにと思ったら、ちょっとくやしかった。

「しかし、誰が金印をあんな所に持って行ったんでしょうね」と寺本夫人が考えこんでいる。そこへ、習字の書初を一緒にした勝ちゃんが玄関から小走りにはいって来た。

「どうしたの、どうしたの」と、せっかちな勝ちゃんが訊く。鉄ちゃんが説明すると、

「ああ、あれか」といった。

「え」

「ぼくがきのう置いたんだ。帰ろうと思ったら、書いた紙が風でヒラヒラしているので動かないほうがいいと思ったから。そのへんを見たら、床の間にちょうど重石になりそうなものがあったんで、置いたんだよ」

みんなが、大きな声で笑い、あんまり反応があったので、勝ちゃんはポカンとしていた。

「日本少年」の松原さんが、現場にいたので、「少年の名探偵」として、足立君が雑誌に紹介されたわけだが、安男としては、「少年探偵」という云い方に、じつは前からなじんでいた。

そのころ、「子供の科学」という今でいうと週刊誌大の雑誌があって、安男は「日本少年」「少年倶楽部」と三冊、毎月本屋から届けてもらっていた。

この「子供の科学」に、小酒井不木が短編をのせていて、謎をとくのが、聡明な少年なのである。探偵小説といえば、殺人だの盗難だの格闘だのがあるものだが、ここで解明されるのは、いつも日常生活の中におこる不思議な小事件だった。

こんどの金印の一時紛失は、その不木の作品に出て来そうな話だから、「少年探偵」

という呼び方が、いかにもふさわしいのだった。

同じ町内に、三階建の宿舎があって、そこには警察関係の家族が住んでいた。近くには警察病院もある。

「そんな人がいるんじゃァ、物騒な世の中だといっても、安心できるわね」なんて、杉並のほうにいる伯母が来て母親に話していたのを、安男はおぼえている。

金印の場合は勝ちゃんがしたこととすぐわかったので、物騒な事件ではなかったが、その正月のおわりごろ、近くにある英文学の出版社で、また妙なことがあった。

研究社というその社の隣の小宮山さんという社長の家には、中学生の兄弟がいて、時々原っぱに来てキャッチボールをしていると、いい球が飛び交うので、小学生たちはびっくりする。みんな、二人の姿に、見とれてしまうのだった。

その弟のほうの小宮山さんが暮に神田の美津濃で買って来て、まだそんなに使いもせずにいたグローブを、うっかり中庭の出窓にのせておいたのが、朝気がつくと、なくなっていたというのである。

庭には木戸を軽く押せばはいれるのだから、通りがかりの者が持って行ったのだろうと、誰でも考えた。

弟の小宮山さんは、宝物を失い、くやしがって、べそをかいていたが、誰かが「少年探偵に知恵を貸してもらったら」と云い出した。

足立君を呼んだ。急に質問されて、目を丸くしている。しかし、やがて、こんなことをいった。

「ぼくは、このグローブを、ここから持って行ったのは、近所の人ではないと思う」

足立君と一緒に原っぱからついて行った安男と鉄ちゃんは、なぜ、そんな風にきめてしまうのか、見当がつかなかった。

足立君は説明する。

「だって近所の人だと、グローブを使って球を投げたりするところを、見られてしまうもの。ほかの町にいる人が、新しいのを見つけて、持って行ったんじゃないかな」

「ふうむ」考えている小宮山さんに、鉄ちゃんが尋ねた。

「そのグローブ、高かったの？」

「高かった。いい革のグローブだもの。夏休みに神田で売っていたのを見て、お父さんにねだって、やっと買ってもらったんだ。クリスマスの前に、とうとう買えたんだ」

がやがや、集ってしゃべっているのを、研究社の三階の窓から見おろして、「どうしたんだ」と、小宮山さんのお父さんが大声で尋ねた。眼鏡をかけたその顔が笑っている。

足立君も安男も鉄ちゃんも見あげて、ピョコンと頭を下げたが、そのあとで、足立君がこういった。

「小宮山さんの家の中に、グローブ、あるんじゃないかしら」

「どうして、そんなことがわかる？」

「一度家を探してみて下さい。もしかすると、お父さんの洋服箪笥の中にでも、置いてあるかも知れない」

「だって、出窓に出していたんだぜ」

「ええ、でも、きっとうちの中にあると思いますよ」と、いかにも自信があるような云い方を足立君はした。

そこで、弟の小宮山さんと一緒に、みんながどやどやと、家にはいった。

応接間の脇の階段をあがってゆくと、二階に三つ部屋があって、右側の戸をあけると、洋服箪笥と桐の箪笥がならんだ部屋があった。納戸というのだろう。

足立君が指さしたので、弟の小宮山さんは、洋服箪笥を開いた。

洋服が三着吊してある。ズボンもかかっている。その下のほうを手さぐりしながら、左のくぼんだ場所に届いた手が、グローブを捕えた。

足立君は、またも紛失物のあり場所を云い当てたのだった。

「ありがとう。しかし、よくわかったね」と小宮山さんが、やはり頭を撫でた。少年探偵は、まぶしそうに微笑していた。

「だけど、どうして、ここにあると君は思ったの」

「うん」と足立君はうつむきながら答えた。「さっき、研究社の窓から顔を出したおじさんが、笑っていたからさ」

「けど、どうしたんだろう」

「おじさんが、ここに持って来たのさ。一生懸命たのんで、買ってもらったこのグローブを置きっぱなしにしていたから、わざと隠したんだろうと思う」

小宮山さんが、照れくさそうに、うなずいている。足立君が続ける。

「ぼくも、時々、やられるんだ。ハーモニカを洗面所にほうり出していたのがなくなった。夢中になってさがしまわったら、洋服簞笥にあったんだ」

足立君と鉄ちゃんと安男は、出て来たお母さんに呼びとめられて、ショートケーキと紅茶を御馳走になって、帰った。

その道々、安男がいった。

「足立君は、何でもわかるんだね。こんどうちでも、何かなくなったら、来て教えてくれよ」

「いつも、うまくゆくかどうか」と足立君は、二つ返事という云い方はしなかった。

その後もあいかわらず、毎日のように、元気な小学生が、小学校と背中合せの原っぱで、駈けまわったり、毬(まり)投げをしたりした。

そんな或る日、安男が足立君を見て、こういった。

「ぼくんところで、ものがなくなったんだよ」

「何がなくなったの」

「玄関のところにかけてあった小さな油絵なんだ」

「ぼくも見たことがある絵かしら」

「ああ、女の子の顔の可愛らしい絵だ。きのうの午後三時になくなったんだよ」

「ふうん。朝はあったのか」

「朝はたしかにあったんだけど」

「ふしぎだね」という足立君の顔は、あんまり真剣な表情にも見えない。

「一ぺん来て、何となく、うちの中を見てくれる？」

「玄関の戸は、いつも鍵がかかっているのかな」

「中に誰かいても、鍵はかけて、しめている。みんなが出掛ける時は、もちろん、かけているよ」

足立君を誘って、安男が中にはいった。額のはずされたあとが、そこだけ色が白くなっている。

階段の脇をしゃがんで見たり、そんなことをしている足立君は、「子供の科学」の小説に出て来る男の子のようだ。

「安ちゃんのところには、いろんな本があるんだろうね」といったので、安男は得意になった。本が好きなのは、お父さんゆずりで、本を買ってとたのむと、いつもお小遣いをくれるのだ。

「見に来る？」

「見せてくれよ」といった。ふだん、下の部屋には来てもらっているのだが、自分の部屋に足立君がはいるのは、その日がはじめてだった。いそいそと、見まわしている。

安男の四畳半の部屋は、ガラス戸の内側に、レースのカーテンを貼った本箱が二つある。壁には美術学校に行っている従兄の勇さんが安男を描いた油絵の額がある。

勉強机のスタンドの脇に重ねてある二冊のアルバムを見つけて、足立君は開いて眺めている。

「これ、君の赤ちゃんの時だろ」と訊いたりする。一冊はこの三年ほどの写真だけれど、もう一冊は、生まれて間もない時からの安男の写真だけを、このあいだ、母親が整理して貼ったアルバムだった。

足立君が、それを長いあいだ見ているのはいいが、玄関の油絵のことに全く興味を持っていないように見えるのが、おかしいと思った。

それで、「ねえ、女の子のあの絵、どうしたと思う」と催促すると、アルバムから目を離して「うちの中に、あるにきまっているさ」とキッパリといった。

「どうして？」

「だって、鍵はいつも玄関にかけてあるんだから、外から人がはいるはずはないよ」

「そりゃそうだ」

「しかし小宮山さんのグローブとちがって、安ちゃんのお父さんやお母さんがはずしたのなら、あとに別の額をかけるだろうと思う」

「うん」

「とすれば、はずしたのは安ちゃん、君さ。その右の本箱の裏に隠したんだろう」とズバリ言った。安男は赤面した。そして、いわれた通りのところから、額を出した。

「わかったんだよ。その本箱を前に動かすために、重い本を何冊も出したのが、そこにまだ残っているじゃないか」と机の下を指さした。「ぼくを試そうと思ったんだね」

「ごめん、ごめん。けど、なぜぼくだとわかったのさ」

「だって、安ちゃん、きのう午後三時になくなったといったよ。犯人でもないのに、どうして時刻がわかるの？」

安男は足立君の頭は、撫でなかった。

誤訳

松本清張

松本清張（まつもとせいちょう）

一九〇九－一九九二

福岡県北九州市生まれ。家が貧しかったために高等小学校卒業後、給仕、版下工などを務め、朝日新聞社入社。一九五三年、『或る「小倉日記」伝』で芥川賞を受賞。以後、『特技』『山師』など次々に発表。五六年退社。五七年、『顔』で日本探偵作家クラブ賞受賞、作家活動に専念する。五八年に刊行の『点と線』『眼の壁』がベストセラーになり、「清張ブーム」を巻き起こす。六七年、広い文学活動に対して吉川英治文学賞、七〇年、『日本の黒い霧』で日本ジャーナリスト会議賞、同年、『昭和史発掘』などの意欲的な創作活動により菊池寛賞、七八年、NHK放送文化賞、九〇年、朝日賞を受賞した。

世界的な詩歌文学賞であるスキーベ賞の本年度受賞はペチェルク国の詩人プラク・ムル氏に決定した。来る三月二十日にコペンハーゲンで授賞式が行われる。副賞は七万ドル。

外語大教授の麻生静一郎は、この新聞外電を読む前にその内報のようなものをロンドンのジャネット・ネイビアからうけとっていた。ネイビア夫人は語学の天才ともいえるひとで、少くとも十カ国語以上には通じていた。とくにいまは衰退し滅亡寸前となっている世界各地の少数民族（曾っては繁栄せる民族であったが）の言葉を研究し会得していた。その意味ではネイビア夫人はすぐれた言語学者でもあった。

《プラク・ムル氏（Pulaque Mur）が本年度のスキーベ賞の受賞者になる可能性は濃厚だと思います。わたしがデンマークに行って審査委員たちと会って得た感触では、ムル氏の受賞はほとんど確定的といえそうです。もしそうなれば非常にいいことです。一九一三年にノーベル文学賞をうけたタゴール Rabīndranāth Tagore 以来の意義ある受賞だと思います。タゴールはその多くの民族詩をベンガル語で書き、その大部分を自ら英訳しました。詩集『ギーターンジャリ』もそれによってノーベル賞となったのですが、ムル氏のばあいはそのペチェルク語が氏自身に英訳ができず、また同国に残るその特殊な方言が難解であるため他国の文学者にも翻訳ができませんでした。ペチェルク語を勉強し、ムル氏の詩業の英訳に長いことたずさわってきたわたしがさきに英訳した氏の詩集『レ・ピア・テクイ・ケラ・ポアレ』("Le piut tekkuig kela poale" 訳名『森と湖にすむ精霊』)がスキーベ賞選考委員会にとりあげられただけではなく、もしこれが受賞ともなれば(前述のようにその可能性は八〇パーセントなのですが)、訳者としてわたしはいつ死んでもいいくらい本望を遂げた喜びに浸るでしょう。すでにその喜びの前ぶれは、いま、わたしの全身をわなわなと震わせています。》

スキーベ賞は一九三〇年に、デンマークのフォン・スキーベ侯爵の意志によりその財産(旧侯国がそのまま広大な荘園となっていたし、先祖代々の海運業により莫大な富をつくりあげていた)を基金に、主として世界各国の詩歌を対象にして創設された。ノーベル賞ほどには有名ではないが、権威と伝統とはそれに比肩するものがあった。

　ネイビア夫人は今年四十二歳であった。麻生静一郎が交換教授としてオックスフォード大学に滞在しているころからの知り合いである。彼女の父親は外交官で、書記官・総領事・公使・大使を歴任したので、子供のころからジャネットは世界各国の首都に住み、成長するにしたがいその国の旧い民族的な伝統に興味をおぼえるようになった。ウイーンの大学とロンドン大学では民族学を専攻した。語学の素質が、さらにここで磨きをかけられた。ペチェルク語という世界でほとんど知られることのない言語を直接に英訳できるのは彼女だけであり、そのほかに独訳者・仏訳者の数人があるだけである。たいていの英訳はそれからの重訳である。ペチェルク語の文法はヨーロッパ語の法則とはまったく違う。代名詞や動詞の変化は複雑で、ことに古語では敬語によってそれが変転するので、まことに多岐である。

　ネイビア夫人はプラク・ムルの詩の訳をここ十数年間の仕事にしてきた。ペチェルク語といってもいまは強大国の保護領となってその独立を失っている。過去五、六世紀のあいだにこの国は強大国の侵略にはさまれ、その攻防間の犠牲となった。ペチェルク民族の歴史は犠牲と屈辱のそれである。そのつど勢力の変る強大国の言語を強いられているうちに、栄光ある母国語は遂に一地方の方言に墜ちてしまった。プラク・

ムルの詩はこの民族の悲哀を雄大な国土を背景にうたいあげた抒情詩であり、愛国詩であり、亡びる民族の宗教詩でもある。すべてその地方の方言をもって書かれたところに歴史と伝統が生かされている。格調があって、密度は高かった。ネイビア夫人が、プラク・ムルをタゴールに比したのはもっともであった。ムルは本年七十一歳だった。

今日の世界の詩歌界は沈潜している。曾つて華かだった十九世紀末から二十世紀中葉にかけての全盛はどこにも見られない。それはこの期の才能ある詩人たちが、従来の絵画的詩歌を音楽的詩歌に置き換え、その音楽も象徴と称する詩人の主観的なものを創造したときにはじまっている。すなわちその象徴は翻訳もしくは解説なしには読者は詩人と完全に共感することのできないものであった。かれらは象徴を強調するためにあまりに造語を過剰に濫用した。その造語の一つ一つには新鮮な感覚があっても、それを全体のトーンなり雰囲気なりに統一することができなかった。論理性を故意に避けることから、造られた語彙を脈絡もなくならべ、ときにはそれが巧妙な難解を誇示するゆえにひとり勝手な、妄想的な気取りに陥る。それより抽象詩世界の混沌がつづき、いかに検討してみたところで分類の基礎となるべきものを提供してくれないという評論家の当惑となった。難解はますます硬度なものとなる。ヴァレリのような若くて才能ゆたかな詩人でさえも、その評判の簡潔な字句とともに難解が核のように残っている。
独自な言語と音韻の複雑な構成を心がける結果、抽象詩は在来の詩の法則から解放されたのではなく、それを恣意的に破壊した。十九世紀末の頽廃派も、ボードレエル、ヴェルレーヌ、ランボー、マラルメらの象徴派による耽美主義も、いかにそれが当時革命的ではあっても、まだそこには従来の詩型が遺されており、読者はそこに抒情詩の感興をうけとることができる。けれども、それらを「古臭い」過去のものとして訣別してしまえば読者の理解や共感を超えることになる。といってフランスのサマンのように、はじめ明快でだれにでもわかる象徴詩を書いていたが、やがて古代の様式をとり入れた描写詩人に転向するのは、だれにでもできることではない。かくて、新しい現代の詩人たちはその後にとびぬけて才能ある詩人が出現しないせいもあって、栄光ある建設ができずに途方にくれ、一方の抒情詩人たちを軽蔑しながら、現在の衰退を招いている。

このような詩の現状であるから、プラク・ムルの詩がスキーベ賞選考委員会の注目を浴びたのであるとネイビア夫人は麻生への手紙に書いた。

夫人は三年前にムルの長編詩集「森と湖にすむ精霊」を完訳し、一年半前にそれが出版されたあと、しばしば北欧を旅行した。ムルにスキーベ賞が与えられるよう運動するのがその目的であった。これはあながち非難されることではない。ノーベル文学賞に対しても事前運動がさかんであるのは一部に知られているとおりである。そして選考委員たちに原文が理解できないばあい——たとえば日本語や中国語などのほかアラビア語・チュルク語（中央アジア）・ベオスック語（カナダの東端のニューファウンドランド州）・アラワタ語（キューバ、ドミニカそれにベネズエラの北部）・エスキモー語・パプア語・トゥピグヮラニ語（南米の大西洋沿岸と奥地）・ドラヴィダ語（インド南部）などといった原住民の言語で詩歌が書かれると、選考委員たちはどうしても英・独・仏語の訳文にたよるほかはない。そのようなとき、訳者が中心となって原作者の受賞に事前運動を起すものだ。なぜなら、訳者は原作者を敬愛し、なんとかして原作者とその労作とを世界の栄光の中に引張り出したいからである。それは原作者と訳者との一心同体的な親密関係から生れたものであり、かつ世界的な賞が与えられることによって訳者もまた紹介者の栄誉を受けることができるからである。

ジャネット・ネイビアの訳文は、他のペチェルク語を知る翻訳者や言語学者の言葉によると、完全に正確だということだった。ことにプラク・ムルの詩は、原文を読んでも文脈がよくとおらないものが多く、それがムルの一つの特徴といえば特徴だったが、そのために文章の曖昧さはまぬがれない。それは彼が技巧的に難解を志しているのではなく、詩そのものはわかりやすいのだが、この詩人の中に瞑想的な性質と古典主義的な精神とがあり、それがまたペチェルク語特有の複雑な文法と言いまわしによく相応してはいても、それゆえに表現の急所がはっきりつかめないていのものだった。が、他のペチェルク語の文学者がみんなそうかというと決してそういうことはなく、いずれも文章は明快でただちに要領が得られる。してみればムルの詩はその文脈の乱れ、文章秩序の分解がその独自性といってもよく、そこから彼の伝統性にもとづく神秘主義が渺茫と立ち昇っているのである。

しかし、原詩にはその味があっても、翻訳となるとまことにむずかしい。ネイビア夫人の英訳はそこのところを実に巧みに処理している、原詩の文脈の乱れを上手に整理し、語順の分裂をつなぎ合せ、曖昧模糊とした表現から適切なポイントをつかんで明瞭な訳語にし、しかも原詩の雰囲気を損わないで、それをよく伝えている、と専門家は彼女の訳業に見る才能と努力とを賞讃した。

努力といえばネイビア夫人はこれまでもしばしばロンドンから飛行機を何回も中継ぎして遠くて不便なペチェルク国に行き、プラク・ムルを訪ねている。敬愛の心をもち、ことに彼の詩の英訳を思い立ってからはその人に親しく接し、詩人の精神をくみとろうとしたのである。

《プラク・ムルは七十歳を超えていますが、たいへん元気です。その長くて真白い口(くち)髭(ひげ)と頬髯(ほおひげ)とはかれの純粋で崇高な精神がそのまま風丰(ふうぼう)に現われている感じです。感動的なのはプラクが吶々(とつとつ)として語る言葉がそのまま彼の詩文となっていることです。》

と、ジャネット・ネイビアは麻生静一郎に送った手紙の中で書いている。

《ペチェルク語は、ヨーロッパ語からするとまことに複雑で、それに敬語がはさまるとさらに厄介なことになります。それにプラクが語るときは古典的な語彙(ボキャブラリー)が多くなるので、前もってその勉強もしておかなければなりません。彼の話し方は、その詩と同じように脈絡がとれないことが多く、そのため他の人には曖昧に聞えます。それに彼の低くて、ぼそぼそとした声ともあい俟(ま)って、よく耳をすましておかないと何を言おうとしているのかよくわからないと人は評します。でも、わたしはすでに馴(な)れているせいか、プラクの言葉はスコットランドの古語よりもよく理解できるのです。それは彼の詩の数々を訳してきたためだけではなく、もう十回以上彼と会って語り合ってきた賜(たま)ものです。訪問のたびにわたしは彼の家に三日ないし五日は滞在します。プラク・ムルはその国内の名声にもかかわらず、経済的にはそう豊かでないようです。うちあけた話が、わたしが訪問のたびに出版社からことづかった翻訳権料、それも一回が三百ポンドにも足りませんが、ムル夫人にはたいへんよろこばれています。プラクは詩人らしく家計のことにはまったく頓着(とんちゃく)ないようで、すべては夫人に任せきりです。夫人は、プラクはお金のあるなしにかかわらず、よく旅行に出かけたり、高価な物——それは彼の瞑想的な民族詩に役立ちそうな伝統的な品ものばかりですが——を買いこむので浪費家だと夫をきめつけています。もちろん愛情をこめた非難ですが。けれどもそういうプラクの超俗的なところがわたしはたまらなく好きなのです。》ジャネット・ネイビアがプラク・ムルの詩の翻訳で第一人者となっているのは理由のないことではなかった。

○

プラク・ムルへのスキーベ賞決定が報じられると、麻生静一郎は日本の新聞と文芸雑誌の三、四からムルの詩についての寄稿を依頼された。それは彼と訳者ネイビア夫人との交遊がジャーナリズムの一部に知られていたからである。麻生はムルについての知識をほとんどネイビア夫人からの受け売りで原稿に書いた。新聞の文化欄では五枚くらい、文芸雑誌では七枚くらいの枚数で、ムルの紹介という程度にとどまったが、二、三の出版社からはネイビア夫人の訳を底本にして邦訳詩集を出したいという話もきたりして、麻生はなんとなく日本におけるプラク・ムル研究家のように扱われた。

　三月二十日の授賞式当日に到着するよう麻生は会場となっているコペンハーゲンの市庁舎宛に、プラク・ムルとジャネット・ネイビアとに祝電を打った。ムル氏からはその夫人と連名で謝電が寄せられた。晴れの授賞式にはムル氏は夫人同伴で出席したのであった。もちろんジャネットからは喜びにあふれた感謝の返電がきた。
　三、四日経って新聞に載ったコペンハーゲン発の外電には、プラク・ムル氏は記者会見の席で、スキーベ賞の副賞七万ドルをペチェルク国の福祉施設に全額寄附すると声明した、とあった。外電にはこの言明に対する現地の非常な賞讃の声も共に載っていた。
　さすがは、民族詩人ムルだと麻生は感動した。ペチェルク国は強大国の保護領で、その福祉施設もきっと貧しいにちがいない。というのはその強大国じたいが斜陽で、近ごろ経済事情がうまくいっていないからである。七万ドルはペチェルク国の老人や子供や病人らをきっと喜ばすにちがいない。これまでスキーベ賞の全額をそうしたことに投げ出した受賞者がいたであろうか。いや、ノーベル文学賞の受賞者にだってあるまい。その言明を記者会見で通訳したジャネットの誇りに満ちた顔が麻生には眼に見えるようであった。彼女の長いあいだの訳業はそれによっていっそう輝きを増すのである。

ところが、翌日の新聞に出たコペンハーゲン発の外電を見て、麻生はわが眼を疑がった。

《本年度スキーベ賞の受賞者プラク・ムル氏は本日二度目の記者会見をして、昨日、スキーベ賞の副賞七万ドルをペチェルク国の福祉施設に全額寄附するとの声明は、通訳の誤りであって、そのようなことはまったく言葉にしなかった、と改めて訂正の言明をした。》

通訳とはいうまでもなくジャネット・ネイビアである。ジャネットがそのような誤訳をしたというのだろうか。それが初歩的な誤訳としても、影響するところは大きい。一日前のムルの声明発表はペチェルク国にはもちろん即日に届いて国内に絶大な喜びを与えたにちがいなかろうから。

それにしてもジャネットともあろうものがどうしてそんな迂闊なミスをしたのか。彼女は国際的な晴れの場所で多数の国際的な報道陣を前にしてアガっていたとしか考えられない。プラク・ムルの言葉は、彼女のこれまでの手紙によれば、そのペチェルク語による詩のように文脈が乱れ、曖昧で要点がつかみがたい上に、口の中でもそもそと呟くような瞑想的な低い声だという。だから、つい昂奮のあまり、誤った英語に訳したのかもしれない。そうとしか考えられない彼女の誤訳であった。麻生はジャネットに同情した。しかし、もとよりそれによってネイビア夫人がプラク・ムルの詩の英訳に関してはその第一人者だという地位にいささかの揺るぎがあるものではなかった。日常的な言葉をうっかりとり違えることは、一笑に付せらるべき瑣事であったから。

それから一カ月ほどして、ある出版社からスキーべ賞受賞者プラク・ムルの詩集を出したいという話が麻生のもとに正式に持ちこまれたので、彼はネイビア夫人訳より邦訳することにし——実際、ムルの英訳は彼女のものしかなかった——その許可を求める手紙をロンドンの彼女のもとに出した。

ジャネットからはいつもだと二週間ぐらいで返事がくるのに、その申し入れの手紙に対しては三週間経っても四週間経っても何の音沙汰もなかった。どうしたのだろうと思っていると、五週間目になってようやく返事が来た。タイプライター紙一枚のものだったが、意外な内容であった。

《プラク・ムルの詩の拙訳は、都合によって今後絶版にしますので、したがってそれによる日本語訳を望まれるあなたのご希望には残念ながら副いかねることをご諒承ください。なお、今後ともわたしはムルの詩の英訳はしないでしょうし、ふたたびぺチェルク国にムル家を訪問することもないでしょう。しかし、わたしはプラク・ムルとその詩をいまでも敬愛しています。このことは従来と少しも変りません。貴意に副えないことをふかくお詫びします。——ロンドンにて。ジャネット・ネイビア。》

ムルの詩のこれまでの英訳をすべて絶版にし、今後もその英訳にはたずさわらないというジャネットの意志がどこにあるか麻生には容易に推量ができた。原因は、七万ドルの賞金をペチェルク国の福祉施設に全額寄附するといった例の誤訳にあると思われる。そこからどうやらムルと彼女との間に不協和音が生じているようである。

しかし、これはすべてジャネットの責任なのだ。ムルはその誤訳のために母国の国民に企図せざる喜びをいったん与え、次にはそれを裏切る不必要な失望を与えてしまった。ペチェルク国の民族詩人、スキーベ賞に輝く国民的詩人は彼女の不用意な誤訳によってその声価がいささか傷ついたであろう。ムルは大きな迷惑を受けたのである。ジャネットのことだから、そのことの責任を痛感し、自分にはプラク・ムルの詩を翻訳する資格のないことを自覚して、これまでの英訳書もぜんぶ絶版にすると決心したのであろう。

むろんそれは彼女の思い過しである。ネイビア夫人の英訳はペチェルク語を知るどの翻訳者も言語学者もひとしく賞讃しているところだ。だからこそ彼女はムルの詩の英訳の第一人者として認められているのである。

けれども謙虚なジャネットは、自分が落度をおかしたことでムルにたいして必要以上に恐縮したのである。プラク・ムルを尊敬し愛情を抱いていればいるほどその気持は大きいにちがいない。彼女はこの償いをどのようにしたらよいかと深刻に悩んだことであろう。その結果が従前の訳業を絶版にし、今後もそれを断念するという自らの謝罪処分に出たのだと考えられる。ジャネット・ネイピアは普通の翻訳者よりは良心的であり、己れを責めることにきびしかったのである。

麻生はジャネットにむけて遠まわしに慰めの手紙を書いた。しかし、彼女からの返書はなかった。そのことでも麻生は彼女の悲しみと懊悩が痛いほどわかった。ああ、うかつな、ちょっとしたはずみからの誤訳。それが控え目で、純粋な彼女にとってとり返しのつかない痛恨事となってしまったのだ。それが今後の彼女を藻抜けの殻のようにしてしまうかもわからない。ムルの詩の訳業にあれほど情熱をもち、その全生命を燃やしていたのだから。――さらにこれはプラク・ムルにとっても不幸なことであった。

そのことがあって半年ほど経った。

日常の生活は、曾つての関心事とは全然因果関係のないところで流れる。日常生活の些細な出来事は、それぞれを想起させるような思惟なり対象なりと呼応しない。各個がてんでんばらばらである。あたかも曾ての象徴派の詩が言葉に相互の脈絡がなく、分断した語彙だけが自己主張しているように、日常生活においては連絡のない刹那的な出来ごとに気を奪われる。

ある日、麻生のところにある外国文学者団体から事業計画をおこすについて寄附の申込みがあった。妻の居ないときだった。麻生は十万円を提供すると即座に勢よく回答してしまった。

そのあと妻が帰ってきた。麻生がそのことを話すと、妻は激しく彼を非難した。家計が苦しいのにそんな金はないというのである。彼は妻の攻撃に屈し、翌日、たいそう体裁の悪い思いをしながら昨日の寄附の約束は取消して欲しいと電話で申入れた。先方の声はあきらかに不機嫌であった。暗に一晩にして生じた彼の違約を責めていた。

麻生はまことに後味の悪い数日を過した。妻の非難がもっともなだけに、自分のその場での思いつきで寄附を言った軽卒を悔いた。団体と約束したのだから、半ば公約であった。いまごろはみんなで自分の悪口を言っているだろうと思うと、身体じゅうが汗ばんだ。学校で授業していても、家に帰って下調べや仕事をしていても、そのことを思い出すと毒物が効いてきたように胸に痛みを感じた。

教室の黒板にチョークを走らせているとき、麻生の頭に突如として閃きが通過した。ジャネット・ネイビアの誤訳の真相である。

スキーベ賞の授賞式にはプラク・ムルは夫人同伴であった。ムルが報道陣と会見の席上で賞金七万ドルをペチェルク国の福祉施設に寄附すると言明したのは、まさに事実であったにちがいない。どんなにムルの声が低かったにしても、彼の文脈もよくとれない詩をペチェルク語で読み、よく理解して翻訳してきたネイビアがかんたんな発言を誤るわけはない。その翻訳の正確さは定評があるのだ。

だいいち、賞金を寄附する意志もないムルに、福祉施設に寄附云々の言葉がはじめから出るわけがないではないか。彼が口に出したからこそジャネットは通訳したのである。

事実は、ムル夫人があとで夫の声明を知っておどろき、はげしく非難してその撤回を求めたことであろう。ジャネットが前にくれた手紙にも、ムル家は経済的にあまり豊かでなく、ジャネットが持参する三百ポンド足らずの翻訳権料にムル夫人は大よろこびだったとある。それに夫人はムルが「浪費家」だと非難していたというではないか。

たぶんムルは賞金提供のことで夫人の抗議に遇い、窮したであろう。外国の報道陣を前にして公式に声明したことである。その外電は世界の有力各紙に掲載されている。いまさら引込みがつかない。声明を一夜にして撤回すれば輝くスキーベ賞詩人の栄光に翳(かげ)りがさす。そこで詩人は自分のよき理解者であるジャネット・ネイビアに懇願した。あの声明はあなたの「誤訳」ということにして欲しいと。

ネイビアはプラク・ムルを尊敬していた。彼女が最後にくれた手紙にもそう書いてあった。彼女は敬愛するムルのためにその申出でを承諾したのだ。他に一切釈明することなく、ムルの詩ではその翻訳第一人者ネイビア夫人を自ら沈黙のうちに引退させたのである。

これが「誤訳」の真実の姿ではなかったろうか。——

考える人

井上　靖

井上靖（いのうえやすし）

一九〇七―一九九一

北海道旭川生まれ、郷里は伊豆湯ヶ島。京都大学卒業。毎日新聞入社。一九四九年、『闘牛』で芥川賞受賞。五一年退社、以後創作活動と取材・講演のための旅が続く。五八年、『天平の甍』で芸術選奨文部大臣賞、五九年、『氷壁』で芸術院賞、六〇年、『敦煌』『楼蘭』で毎日芸術大賞、六一年、『淀どの日記』で野間文芸賞など数々の賞を受賞。六四年には芸術院会員、七六年、文化勲章を受ける。八一年、『本覚坊遺文』で日本文学大賞、八五年、朝日賞、八九年、『孔子』で二度目の野間文芸賞を受賞。また、日本ペンクラブ会長、日中文化交流協会会長など多くの役職を務めた。

私が初めて木乃伊というものを見たのは、終戦後間もない頃のことで、三重県南部の小さい漁村に於てであった。当時私は大阪の新聞社に勤めていて、将来小説を書いて生活の資を得ようなどとは夢にも考えていない時代で、その三重県南部の漁村へ出掛けて行ったのも、女性名前の颱風が吹き荒れたあとのその地方の災害の状況を、復活したばかりの夕刊に書くためであった。

宿は小さい入江に沿っていて、がたぴししている縁側からは、颱風のあととは思えぬ静かな海面と、壊れた堤防と、流木の散乱している浜の一部と、少し高処になっているために流失を免れたひと固まりの漁師の家々が見えた。私は午後二時頃この村へはいり、村役場で原稿を書き、役場の自転車を借りて電話線がやられていない隣り村まで行って電報を打ち、そして五時少し過ぎに宿に落着いたのであった。

漁村らしくない干物と油揚げの煮付けの粗末な夕食を済ますと、いつかもう夜になっていた。私は少し無理をしてもこの災害の村を引き上げるべきだったという悔いに取り憑かれていた。宿の女中から寝具が濡れてしまって使い物にならないので、寝具なしで寝んで貰いたいということを申し渡されたからである。十月の初めで、夜寒はそれほどでないにしても、茣蓙の上に着のみ着のままで横になってひと晩を過すのは余り有難いことではなかった。畳の上に茣蓙を敷いてあるところから推せば、畳も濡れているに違いなかった。

私は薄暗い部屋に仰向けに寝転んで煙草を喫んでいたが、

「ごめんやす」

という声で体を起した。ごめんやすと言ったのに違いなかったが、それは「ごめんしやす」というように聞えた。こちらが返事をしないうちに直ぐ襖は開けられ、五十年配の目のすわった男が部屋へはいって来た。

「あんた新聞記者だということだが本当かね」

相手は入口に立ったまま言った。そうだと、私が答えると、

「じゃ、頼まれて貰いたいことがありますんじゃ。ちょっくらお邪魔します」

男は部屋へはいって来ると、私から三、四尺離れたところへ坐った。

「どういう御要件です」

私は切口上で訊いた。本能的に弱気を見せまいという気持が働いていた。肌シャツの上に背広の上着を引っかけている風体からしても、また角刈りの頭、狭い額、鋭い眼、四角に張った顎骨などから推しても、どうみても堅気の商売とは思われなかった。

「なあに、たいしたことじゃない。コウカイさんのこと、ちょこちょこと五、六行書いて貰いたいと思いましてな」

コウカイさんのことというのが如何なることか理解できなかったが、それはそれとしておいて、

「書くって新聞にですか」

「いいや、新聞になんて、あんた。――コウカイさんがどこで生れ、何をしてどういうわけで木乃伊になったかということを、チラシに書いて、それを参拝者に配りたいんじゃ。その文をあんたに書いて貰いたいと思ってな。あんたなら商売柄そんなことは朝飯前ですわ。こちとらが書いたんじゃ、折角お詣りに来た爺さまも婆さまも、なあんだということで帰っちまうが」

男は笑った。声はかすれていた。

「一体、そのコウカイさんって何ですか」

「何ですかって、あんた、まだ知らんかいな。玄関はいって来る時、見なさりなんだ

か。木乃伊が置いてあろうがの。即身仏って言うてな、コウカイ上人さまは五穀断ち、十穀断ち、われとわが身を仏さまになされた方じゃ。わしらはコウカイさんを連れて方々廻っとるが、どこへ行っても、少しでも御利益にあやかろうという人が押しかけて来て、そりゃあ、大変なもんじゃ」

相手は煙草を一本背広の上着から取出すと、それに火を点けた。私は玄関に置いてあるという木乃伊には気が付かなかったが、そう言われてみれば、何かそんなものでもはいっていそうな異様な感じの厨子様の大きな箱が、上がり框の横手の方に置かれてあったような気がする。

相手は煙草をひと口吸うと、また口を開いた。そして自分はもうここ一年というもの、コウカイ上人の木乃伊を持って、四国から九州へ廻り、山陽方面へ出て、そこから最近この地方へ抜けて来た。天気のいい時はその土地土地の寺の境内を借りて御開帳し、善男善女に拝ませている。収入は賽銭のあがりだが、近く参拝料を取ることにしようと思っている。本当は参拝料は取りたくはないが、しかし、こっちも人間だから食わなければならぬ。チラシは参拝料を取るようになってから配るものだが、ここであんたに文を作って貰ったら、来月名古屋にはいるから、そこで印刷屋に渡すつもりだ。男はそんなことを喋った。コウカイ上人なる木乃伊の由緒書きを私に書いてくれということなのである。

「一体、コウカイ上人のコウカイはどういう字なんですか」

私は訊いてみた。

「さあね」

男はちょっと困惑の表情を取ったが、

「コウカイのコウカイですかな。物をコウカイする」

男はそんなことを言って、自分の膝の上に右の手指を動かして字を描く恰好をしてみせたが、それにも自信がない風で、顔を上げて私の方を見た。

「後悔の後悔!? そんなことはないでしょう」

私は言った。木乃伊というものがどういう名前を持つものかは知らなかったが、それにしても後悔上人はおかしいと思った。

「おかしいかね。じゃ、そこを何とかよさそうに頼みまさあ」

「名前は名前として、大体どんなことを書くんですか」

「生れたのは湯殿山の麓(ふもと)の雪深いところでな」

「何という村です」

「あんた、そんなことが判るかいな。文化何年とかに生れたというからずいぶん昔のことじゃがな。当時の村が今まで続いている筈はないし、続いていたとしても、とっくに名前は変ってましょうが」

相手は言った。

「そして？」

私は男に次を語ることを促した。

「若い時人をあやめてな。それがきっかけで出羽三山の一つである湯殿山の何とか言う大きな山伏の寺へはいって出家し、難行苦行を積んで、いろいろと世のため人のために尽し、最後は、あんた、十何年か五穀断ち、十穀断ちの木食行をやり、六十二歳で入定（にゅうじょう）なさった。そして木乃伊になんなすった」

それから、男は、

「これだけじゃがな。これだけのことをあんたに書いて貰いたい」

と言った。

「人をあやめたって？」

「人をあやめたってことしか判っとらん」

「修行した寺の名も判りませんね」

「判らんじゃろうな」

男は他人事のような言い方をした。

「木乃伊になったのが六十二歳だというのは言い伝えですか」

「さあね。――ともかく、あんた、そういうことになっとるがな」

それから、これだけのことでは書けないかと、少し開き直った言い方をした。

「書けますよ、あなたの言うのをその通りに書くなら。しかし、それ以外のことは書きようがありませんね」

私は言った。実際、コウカイ上人なる人物についても、木乃伊というものについても、私は何の知識も持っていなかったので、書いてやりたくても書いてやりようがなかった。

「書けんかいな」

「何か少しでも知っていたら書くんですが」

「そうか。駄目ですかい」

相手は落胆した顔付きになったが、すぐ表情を改めると、

「いや、結構じゃ。こういうものはやはり坊主に頼まんと無理じゃろな。新聞記者ではあかんか」

そんなことを言った。それから例の乾いた声で笑うと、男は、いや、お疲れのとこ

ろをどうもと、案外諦めのいいさっぱりした態度で腰を上げ、そのまま部屋を出て行った。

その夜、私は夜半烈しい寒さで眼を覚ました。時計を見ると一時だった。昼間の気温から考えて夜になっても左程のことはあるまいと思っていたが、それはとんでもない間違いで、まるで真冬のような寒さが体を氷のようにして、到底このままでは一夜を明かせそうもなかった。私は暗い中を半ば手探りで階下へ降りて行って、宿の人を起すために大きな声を出した。すると内儀さんらしい女性が起きて来た。私が一枚でもいいから寝具を借りたいと言うと、

「じゃ、私の使っている毛布ですが、それを上げましょう」

と言って、いったん奥へ引込んだが、すぐその毛布を持って来てくれた。そして、

「気を付けて下さい。そこに木乃伊が置いてありますから。——ほんとに厄介な物を持ち込まれちゃって」

と、そんなことを言った。私は闇の中で眼を見据えたが、木乃伊を抱いている闇は深く、それの置かれてある方角の見当さえ付かなかった。私は毛布が木乃伊の厨子に引っかからないように注意して、毛布を頭の上に捧げ持つようにして階段の方へ引返した。

翌朝、私が八時頃宿の勘定をして玄関へ出て行くと、昨夜の男が六十歳ぐらいの老人と二人で丁度コウカイ上人の半ば壊れかかった古ぼけた厨子を戸外へ運び出そうとしているところだった。見るからに慎重な運び出し方で、厨子が少しでも左右に傾くと、二人はそれをすぐ畳の上に置いた。そしてひと休みしてから再び厨子に手を掛けた。

厨子が上がり框のところまで運ばれて来た時、丁度私は靴を履き終えて土間に降り立っていた。男は私を見ると、

「ゆうべはどうも」

と軽く頭を下げてから、

「どうです。拝みなさるか」

と言った。

「拝まして貰いましょう」

私は木乃伊というものは初めてだった。すると、男は厨子の前に垂れている布を無造作にめくり上げて、早く拝めというように眼で合図した。古い厨子の中に、コウカイ上人は少し前屈みの姿勢で椅子に腰掛けていた。法冠をかむり、緋色（ひいろ）の衣を着、左手は膝の上に置き、右手は折り曲げて顎を支えるような形を取っている。

私は木乃伊に当てた視線をすぐ外した。長く見ていられぬような痛々しいものを、その物体は持っていた。物体と言うほか仕方なかった。確かにそれは人間の肉体が乾燥したものに違いなかったが、肌は茶褐色を呈し、体軀は木片か何かのような固さと、触れればすぐ崩れそうな脆さを併せ持っていた。顔は眼も鼻も口もちゃんと具えていたが、皮膚が骨にへばりついている感じでひどく不気味だった。

私は二、三歩退がってもう一度木乃伊に眼を当てた。この二度目に眼を遣った時、私は木乃伊がロダンの〝考える人〟と同じような姿勢を取っていることを知った。勿論〝考える人〟ほど前屈みにはなってはいず、手の折り曲げ方もあんなにはっきりしたものではなかったが、何となく総体の感じが〝考える人〟と同じものだった。そのようなことを感じながら、私はもう一度コウカイ上人の顔に視線を投げた。すると、私の立っている場所が移動しているためか、今度はコウカイ上人の顔は前ほど不気味には見えず、生きた人間の顔からは決して発見できない一種言いようのないひたむきなものがその面からは感じられた。コウカイ上人は確かに何かを考えているのであった。二つの眼は何かを見詰め、半開きにした口は息を止め、全身でじっと何か一つのことを考えているように見えた。

「拝みなされ」

男は半ば命令的に言った。私は周章（あわ）ててコウカイ上人の木乃伊の前に頭を下げた。

私は宿の玄関を出ると、バスの停留所の方へ向って歩いて行った。秋晴れの気持よい日和（ひより）で、颱風のあとの埃のない空気の中に、人家と人家に挟まれた空地に咲いている早咲きの菊の黄が、ひどく鮮かに見えた。

私はバスが来るまで、軽い昂奮に襲われている自分を感じていた。その自分を襲っている昂奮が初めて木乃伊というものを見たことから来ていることは間違いなかったが、それを更に詳しく分析して自分に説明することは難かしかった。

私は一人の未知のコウカイ上人という人物と顔を合せたのであったが、その顔の合せ方は対面という言葉が一番相応（ふさわ）しいものであった。まさしくそれは対面であった。男が言った文化生れということをそのまま受取れば、私とコウカイ上人とは百何十年も隔たって生を享（う）けており、普通なら会うべからざる関係にあったが、しかし、私はコウカイ上人と会ったのであった。このような対面という言葉の持つ最も正当な意味に於てのコウカイ上人との対面が、私の心を平静の状態とは違ったものにしたのかも知れなかった。そしてまた一個の木乃伊の持つ表情が、生きた人間のそれからは決して発見できぬ妙なひたむきな物悲しさを湛（たた）えていて、そのことのためにも私の心は一種の昂（たか）ぶりを見せていたのかも知れなかった。恐らくはそのいずれでもあったろうと思われた。

私が二度目に木乃伊を見たのは、コウカイ上人の木乃伊の時から十三、四年経過した昨年のことである。昨年の春、私はM新聞社から、W大学とN大学の学者たちで木乃伊学術調査団を組織し、それを新聞社の後援で東北地方へ派するが、もし希望なら特別参加という形で加わってみないかという交渉があった。使いにやって来たのは、私も前から知っている学芸部記者の松谷であった。

どういうわけで私のところへ白羽の矢が立ったか判らなかったが、私は以前、松谷にコウカイ上人の木乃伊のことを喋ったことがあり、松谷もそれを記憶していて、そんなことでこの話を私のところへ持ち込んで来たのかも知れなかった。

私はその日松谷の口から木乃伊についていろいろの話を聞いた。今まで藤原三代の木乃伊のほかに、日本には木乃伊はないと思われていたが、それは大きな間違いで、調べてみると沢山の木乃伊が現存している。現在発見されているものだけでも十余体あり、その大部分が東北に集っている。東北に固まっているのは、木乃伊の殆ど全部が真言修験（しゅげん）の行者であって、それも湯殿山の行者に限られているからである。しかも興味深いことは、彼等が自らの意志で木乃伊になることを志し、何年がかりかで五穀断ち十穀断ちの苦行をやってのけ、その上で断食をして、入定しているということであった。この点エジプトなどのミイラとは全く異っていた。

「彼等が木乃伊を志す根柢にあるものは弥勒思想です。大体弥勒というのは現在兜率天という世界で修行しており、五十六億何千万年かの後にこの世に出現して、釈迦が救い残した衆生を救うことになっているのだそうです。木乃伊になるのは仏になって五十七億年近く生き延び、弥勒がこの世に現れた時、その応援をするという考えらしいですね。凄く遠大な思想です。とにかく、自分自らが仏になるということなんで、それで木乃伊のことを即身仏とか肉身仏とか呼んでいるんです」

松谷は説明した。何事についても凝り性の松谷は、自分がこんどの調査団の仕事を受持つということで、すっかり木乃伊通になっていた。

「じゃ、僕の見た木乃伊も湯殿山の修験者かな」

私が言うと、

「恐らくそうでしょう。そうでないのは例の藤原三代以外では全く知られていないようです。それはそうと、あなたの見た木乃伊は何という名でしたかね」

「たしかコウカイさんとか、コウカイ上人とか言っていた」

「コウカイね。それならやはり湯殿修験の行者ですよ。湯殿山関係のはみんな海という字がくっついているんです。コウの方はどういう字か判らぬが、カイは海ですね。恐らく弘海上人でしょうね。僧侶は弘の字が好きですから」

松谷は言った。この時から二人の間では、コウカイ上人は弘海上人というはっきりした名前を持つことになった。

「その弘海上人の木乃伊も、恐らくこんどの木乃伊調査の網にひっかかると思いますよ。終戦後興行師の手で四国や九州を廻っていた木乃伊が実際に何体かあったようです。しかし、どれももとの寺へ返されて来ています。木乃伊が興行師の飯の糧になったのは、戦後のほんの短い一時期で、その時期がすむと、さすがに物が物なので、興行師にしても棄ててしまうのも気味が悪いらしく、もとの寺へ送り付けるとか、高野山へ納めるとか、そんなことをしています。あなたの見たのも、現在は湯殿山付近のどこかの寺に納まっているんではないですかね」

松谷のそんな話を聞きながら、私は曾（かつ）て見た弘海上人の木乃伊の独特な表情を思い浮かべていた。そして旧知の人にでも対するように、曾て一度対面したことのある弘海上人の木乃伊に、会えるものならもう一度会ってみたいといった気持の動きを感じた。弘海上人の木乃伊はいまもなおあの〝考える人〟のポーズで、ひたむきに何ごとかを考え続けているであろうか。私は木乃伊になってまであのような姿態と表情を持つ人物の、生きていた間のことを知ることができたら面白いだろうと思った。どんな生涯を渡り、どんな人生を送ったのであろうか。

私は結局、その日新聞社の申出を承諾する旨を松谷に伝えた。しかし、この木乃伊学術調査団の東北行きは五月の予定が延びて、七月の中旬になった。私は七月の下旬にヨーロッパへ旅行することになっていたので、木乃伊の方は諦めざるを得ない状態に立ち到ったが、松谷がやって来て、

「ヨーロッパでも木乃伊を見るでしょうから、日本の木乃伊をたとえ一体でも二体でも見ておいたらどうです」

そんな勧め上手な言い方をした。そして結局、私はヨーロッパへの出発間際のあわただしい中の一日を割いて、調査の行われている酒田へ向うことになったのであった。夜汽車で出掛け、一日現地に居て、すぐまたその晩の夜汽車で帰るといった忙しい旅であった。酒田と鶴岡の二つの街が謂わば木乃伊の本場であり、中心地であって、調査団もそこを根拠地とすることになっていた。

私は酒田では海向寺という明るい寺で忠海上人と円明海上人の二体の木乃伊を見た。若い学究たちはゴムの大きな手套を両手にはめて、木乃伊を座敷のまん中に持ち出すと、法冠をとり、衣を脱がせ、肌着類を剥いで、すっかり全裸にした上で、それぞれ

の調査に取りかかった。

私は傍でそれを見学していた。私がこの酒田の一日で発見したことは、忠海上人も円明海上人も、弘海上人のような考える人のポーズは取っていないということであった。多少前屈みになっているところは同じだったが、いずれも手は合掌の形を取り、手首には数珠をかけていた。彼等は仏であり、衆生から拝まれる対象であったので、どれもそのようなポーズを取っていて、またそうしたポーズを取っていることが自然に見えた。

調査団員の一人であるW大のA博士から、私は何体かの木乃伊について、彼等の木乃伊になるまでの生涯がいかなるものであるかを認めたノートを見せて貰った。それに依ると、その殆ど全部がどういうものか、砂利人夫とか、貧農の倅とか、土方とか、そうした下層の出であって、しかも殺人とか傷害の犯罪者が多かった。そして彼等は例外なく罪を犯した直後湯殿山の本山である大日坊か、その中心道場たる注連寺かに逃げ込み、そこで出家することに依って逮捕を免れ、その後修験の低い身分である行人となり、修行三昧の生活に入っていた。そのうちの二、三人は道路の改修やトンネルの掘穿などの社会事業に身心を投入して、世間の信望と尊敬を集めていた。それから六十二歳の釈迦入定の年齢を以て、己れの入定の年と定め、その入定の年の数年乃至は十年以前にスタートして、木乃伊になるための木食修行へとはいっているのであった。

それからまた私はN大のS助教授から、入定した木乃伊志願者は、松材の柩（ひつぎ）にはいり、死後硬直の始まる前に人の手に依って仏にふさわしい形に整えられ、その上で柩ごと石で畳まれた室（むろ）の中へ納められるということ、彼等はみな三年後に掘り出して貰いたいという遺書を残しているということ、遺書通り掘り出されて念願かなって木乃伊になったもののほかに、掘り出されないでそのままにされているものもあるということ、そしてそうしたものは現在塚と呼ばれていて、東北地方には相当数散在しているということ、そうしたいろいろな話を聞いた。

私はS助教授の案内で酒田付近の、この木乃伊たらんとして木乃伊たり得なかった人の遺体のはいっている塚を二つ見せて貰った。どちらも、掘り出して木乃伊にしてくれと夢枕に立つという言い伝えを持っている塚で、申し合せたように丈高い夏草に覆われていた。こうした不幸な木乃伊たちに較べれば、弘海上人はともかくも掘り出されて木乃伊になり得たのだから、その点一応幸運だったと言わなければならないと私には思われた。

私は調査団がこんど調査する十余体の木乃伊のうち僅か二体を見ただけであったが、

あとはそれぞれ調査団が撮影した写真を見せて貰って、それが弘海上人であるかどうかを確かめた。その中には弘海上人の姿は発見できなかった。

「弘海上人は居ませんね」

と、私が言うと、松谷は、

「鶴岡に写真も撮らせないし、調査も許してくれないのが一体ありますが、あるいはそれかも知れませんよ」

そんなことを言った。

私はその夜寝台車の中で木乃伊にうなされた。昼間見た二体の木乃伊や、写真で見た何体かの木乃伊たちが、眠りに落ちそうになると、恰もそれを待っていたと言わんばかりに、私の瞼の中にはいり込んで来た。私は外国旅行へ出発する直前木乃伊などを見たことを多少後悔する気持になっていた。何と言っても縁起のいい話ではなかった。

ヨーロッパの旅行で、私は松谷に言われたように幾つかの木乃伊を見た。ローマのバチカンで見たのが最初で、伊太利で二つ、フランスで一つ、スペインで三つ見た。どれもカテドラルの奥深い一室に、蠟燭の火の冷たく澄んだ耀きに取り巻かれて安置されてあり、仰向けに横たわって、いかにも四肢を長々と伸ばしている感じだった。勿論体は重々しい金ぴかの法衣に包まれており、僅かに顔の部分だけを覗くことができた。顔は日本の木乃伊と同じように黒褐色か茶褐色を呈していたが、その姿勢のせいか、どことなく安楽なものが感じられて、日本の木乃伊の持つ一種異様な烈しさはなかった。

日本の木乃伊が自分の意志に依って、長い苦行の果てに現在の姿になったのと違って、ヨーロッパの木乃伊たちは自分が木乃伊になることなど予想もしないで往生した人たちであった。彼等を木乃伊にしたのは、遺族とか弟子とかそういった人たちの意志であった。そうしたところに日本と外国の木乃伊の違いはあるかも知れなかった。それから生前の彼等の身分も、日本の木乃伊たちとは甚だしい違いがあった。ヨーロッパの木乃伊たちは、大部分が高僧か権力者かであった。

私は弘海上人の木乃伊のことを思った。日本の木乃伊の中でも、弘海上人のそれはそれだけ特殊なものであったが、外国に於て考えると、特にその印象は強かった。考える木乃伊――そんな言葉が私の脳裏には閃いた。弘海上人の考えている姿は、ヨーロッパで木乃伊を見る度に私の瞼に浮かんで来た。十余年前に見たのだから、その映像は薄らいでいて当然であったが、しかし私の眼に浮かんで来る考える人の映像にはそうした曖昧さはなかった。弘海上人は考えていた。右手で顎を支えるようにして、何ものかを見詰め、何ごとかをじっと考えているのであった。

ヨーロッパの旅行から帰って丁度半年を過ぎた今年の五月、私は鶴岡市の白戸隆章という人から一通の手紙を受取った。白戸隆章も昨年の木乃伊学術調査団に現地参加した人物で、その地方の高校の教師をしながら多年に亙って民間信仰の問題を研究している学究であった。手紙には、昨年酒田でお目にかかった折、ヨーロッパから帰ったら鶴岡へ来て、未調査の木乃伊一体を見たいので、その折連絡してくれということであった。漸く湯殿山の雪も少なくなったので、この地方へ来られるならいまが一番いい時期だと思う。来るようなら、木乃伊に関係ある場所へ御案内するから御一報願いたい。そんなことが几帳面な字で書かれてあった。

私は白戸隆章のほっそりした姿態と、その温厚な人柄を思い浮かべているうちに、仕事もさして忙しくない時だったので、東北の木乃伊の旅に出てみようかという気になった。自分は忘れてはいたが、白戸隆章にそのようなことを頼んだのも事実であるに違いなかったし、それからまた、暫く忘れていた弘海上人の木乃伊の姿も思い出されて来て、もしかしたら調査を拒絶されたという木乃伊というのは弘海上人のそれではないかという気もして来たのであった。

私は白戸隆章に鶴岡行きの日程を書き送ってから、こんどの木乃伊の旅の同行者として、M新聞社の松谷と、歌人の丸根高之を選び、二人をその旅に誘ってみた。丸根の方は昨年会社を停年で退いてから暢気（のんき）な毎日を送っていたので、二つ返事で、

「木乃伊を見に行くのか。よし、俺も行こう」

そんな元気な言葉を受話器の奥から響かせて来た。松谷の方はそれでなくてさえ忙しい現役の新聞記者ではあり、仕事とは無関係な暢気な旅になぞ出る暇はない筈だったが、

「行きますか、そうですか、僕も行きたいな」

そんなことを言った。本当に行きたそうであった。松谷は仕事で木乃伊に関係して以来すっかり木乃伊に熱を上げており、ある意味では学術調査のメンバーの誰よりも木乃伊に対する造詣は深くなっていて、木乃伊に関する雑多な知識で、その肥満した体軀は固められていると言っても、さしておかしくないようなところがあった。

結局、仕事をどう処理したのか、松谷もまた未調査の木乃伊一体に惹かれて、私たちと行を共にすることになった。

三人が出発したのは五月の中旬であった。上野を夜行で発ち、早朝鶴岡に着いた。

鶴岡の駅には白戸隆章が出ていてくれて、彼は松谷に、

「やっぱり来ると思いましたよ。松谷さんが来ない筈はない」

と、そんなことを温顔を綻ばせて言った。

一行は鶴岡市内の宿に落着き、さっそくその日の午後白戸隆章が手配してくれた自動車に乗って、未調査の木乃伊を見に出掛けた。途中くるまは鶴岡の街の外れに出たところで停められた。そこにはまだ掘り出されないでいる不幸な木乃伊の眠っている塚があった。塚と言っても、小さい堂が造られてあって、その中に石の地蔵尊が祀られてあった。私たちはそこで煙草を喫み、十分程不幸な木乃伊の眠っている塚の周囲を歩いた。付近の叢には名の知らぬ米粒程の小さい紫の花が一面に咲いていた。

去年調査を拒否されたという木乃伊のある寺はくるまで一時間程の距離にあった。くるまの窓から雪を頂いた鳥海山の姿が美しく見えた。私はヨーロッパにはこのようなこぢんまりした、それでいてある鋭さを持った山はなかったと、そんなことを考えながらくるまに揺られていた。

私たちは平原の中の小さい丘の上にある木乃伊寺へはいって行った。木乃伊のある寺とは思えない程、寺の建物も境内も明るい感じだった。

白戸隆章が前もって交渉してくれてあったので、気難かしいと言われていた住職の

案内で、私たちは気持よく木乃伊堂に導かれ、その僧侶の読経の声を聞きながら、その厨子に安置されてある木乃伊を二間程の距離から拝ませて貰った。信仰の対象となっている仏を、衣を脱がせて全裸にして、調査のためとは言え所構わず弄り廻すなどということはもってのほかだというのが、その住職の考え方であったが、これはこれで尤もなことだと思われた。

木乃伊は、弘海上人のそれとは全く別のものだった。昨年酒田で見た二体の木乃伊と同様に合掌の姿勢をとっていて、顔貌は厨子に収められてあるためによくは判らなかった。

私たちは木乃伊堂から出ると、本堂へ案内され、そこでお茶をご馳走になりながら、若い時木食行をやったという住職の体験談を聞かせて貰った。

「普通の人間では耐えられるものではありませんよ。五穀断ちと言うと、米、麦、小豆、稗、粟といったもので、これが十穀断ちとなると、蕎麦や玉蜀黍、甘蔗、胡麻、麻の実といったものがはいって来ます。私は五穀断ちで、蕎麦だけを食べたんですが、それでも二十日程すると体には力がなくなってしまいましてね」

「辛いですか」

丸根が遠慮なく訊くと、

「辛いですよ」

素直に住職は答えた。

「木乃伊にはなれませんね」

「だから、いまもこんな風にして生きています。でも、若い時は朝四時に起きて雪を掻いて井戸水を二十一杯かぶりました。かぶる方はいいが、池などへはいる時は堪りません」

住職はそうしたことをした若い日を思い出しているかのように遠い眼をした。

翌日、私たちは修験の行者たちの修行場である仙人沢を経て、湯殿山へ登ることにし、八時に宿を発った。この日も気持よく晴れていて、雪の鳥海山はその時々で車窓の右や左に現れていた。私たちは路傍に男性の性器の形を刻んだ石が立っているのを見付けて、それを見るためにくるまから降りたりした。大鳥川と梵字川という二つの川が合流するところにある部落の端れであった。丸根はすぐにそれを歌にした。

「――大鳥川と梵字川との落合の、岸辺の道の塞の神かな」

丸根は口に出して言った。木乃伊の旅だったがひどくのびやかで、何を口にしても猥雑なものは寄り付かない感じだった。白戸と松谷は木乃伊に関する知識を多少でもこの旅から得ようとしているかも知れなかったが、私はこの旅の目的である未調査の木乃伊一体が弘海上人であるかどうかを確かめるという仕事を既に昨日果してしまっていたので、気持はすっかり木乃伊から解放されていた。

くるまがTという部落にはいろうとして、行手にその部落全体のたたずまいが見えて来た時、私は何ということなしにそれを見てはっとした。ひどく暗く沈んだものがそこには置かれてあるように見えた。どうして初めて見る部落に対して、そのような印象を持ったか私には判らなかったが、二、三十軒の家々が互いに体を寄せ合っているその寄せ合い方には確かに特殊なものがあった。お互いがお互いの運命を分け合っているとでもいったような、そんな寄り添い方であった。

「この村の家は多層建築とでもいうのか、外から見ると一階建のようですが、内部にはいると四階になっています」

白戸は教えてくれたが、なる程一軒一軒の家の形もそのためか変っていた。

私たちはくるまを降りてその部落にはいり、一軒の農家を選んでその内部を見せて貰った。人は居なかった。一階は居間と納戸のほかに、牛小屋が同じ屋根の下に造られてあり、暗い階段を上って二階へ行くと、採光の悪い板の間には鶏小屋が置かれてあった。三階は養蚕場、四階は貯蔵所とでもいったものになっていた。案内してくれた隣家の老婆の話だと、冬期は屋根の上に二尺五寸の雪が積るということだった。

「厄介なところですよ。雪にもやられるし、おまけに昔から地滑りがありましてね」

白戸隆章は言った。

そのT部落を出る頃から、私は自分でも理解し難い感動に襲われ始めていた。それは興行師が喋った弘海上人の郷里が湯殿山麓の雪深い部落だということをそのまま真に受けるわけではなかったが、私にはなぜかこの部落に弘海上人は生れ育ったのではないかという気がしてならなかった。木乃伊から解放された筈の私は、再び木乃伊に取り憑かれた恰好だった。一度そう思い付くと、それは次第に私の心の中で動かし難いものになって行くようであった。私は、

「いまのT部落は、僕の知っている弘海上人の生れた村ですよ」

と言った。すると、すぐ、

「どうですかね」

白戸隆章は笑いながら言った。

「いや、いまTという部落の名を聞いて思い出したんです。この部落ですよ。確かに興行師が口に出したのは」

私は弘海上人をT部落の生れだということにしてしまいたかった。そうしないと収まらないようなもののあるのを感じていた。私の言い方には明らかに強引なものが籠

められてあったに違いなかった。

「ほう、面白いじゃないか」

何事にも素直に興味を示す丸根は言った。

「本当ですか、それ」

松谷も半信半疑の顔で、助手席から背後を振り向いた。

「本当ですよ。弘海坊はここで生れたんです。ここで僕等が昨夜も今朝も食べたような山菜ばかり食べて育った。しおぜ、こごめ、蕨（わらび）、その他いろんな茸（きのこ）類。冬は雪、夏は地滑りで、いつも何かにおびやかされ続けていた。家は貧しかった」

私は喋り出した。すると、

「いつ頃の人ですって？」

白戸が口を挟んだ。

「文化の生れです」

私は答えた。真偽の程は別にして、この方は興行師の口から出たものだった。

「文化文政と言えば、この地方の農民が重税を課せられて一番苦しんだ時代ですな」

こんどの白戸の言葉には、私に加勢してくれるといった調子があった。

「そう、重税で部落民は苦しんでいました。悪いことは毎年のように重なって起きていた。飢饉もあれば、洪水もあった。子供の時も、青年になっても、弘海坊は痩せて青白い顔をしていた。父と母は喧嘩ばかりしていた。十八歳の時、彼は鶴岡の祭の日にそこへ出掛けて行った。そして初めて街の酒を飲んだ。そして街の若者と喧嘩して、相手を殺してしまった。弘海坊が荒っぽいことをしたのは生れて初めてのことだった」

私はここで話を止めた。あとは続かなかった。

「それから?」

丸根は言ったが、「それだけ」と、私は答えた。実際にそれだけだった。くるまはまっすぐに湯殿山中腹の仙人沢へ向うのかと思っていたら、そうではなくて、昔、湯殿山の四つの本山に算えられていた大日坊と注連寺に立ち寄って、それから仙人沢へ向うということだった。大日坊にも注連寺にも木乃伊はあったが、松谷や白戸には既に昨年見たものであり、丸根と私には、それ程見たいものでもなかった。木乃伊の方は略して、私たちは白戸隆章の説明で、それぞれ二つの寺の境内を歩いた。

「この寺なんだね、弘海坊の逃げ込んだのは」

注連寺の石段を降りる時、丸根は私に言った。

「多分、そうなんだろう」

私が言うと、横から、

「そのことだけは先ず間違いないことでしょう。罪を犯していたら、ここへ逃げ込む以外術はありません。そして寺の下僕としておいて貰う。それから発心して行人になる。行人と言っても身分は低いんですが」

白戸は言った。私は石段の途中からもう一度若い弘海上人がこき使われながら何年かを過したに違いない注連寺の建物の方を振り返って見た。

くるまはもう一度先刻のT部落を過ぎて、こんどは本当にT部落から二十町程の地点にある仙人沢へと向った。

先刻から黙っていた松谷がふいに体を捻じ曲げるようにして、背後の私たちの席の方を向いて話し出した。

「弘海坊は注連寺でもうだつが上がらなかった。こき使われて毎日毎日を忙しく暮すだけで、将来のことを考えるといつも暗澹たるものがあった。と言って、罪を犯しているので寺から出るわけにも行かない。何とかして食べるものだけでも人並みに食べるようになりたい」

「実感があるな。自分のことを言ってるんじゃないか」

丸根が混ぜ返した。それは受付けないで松谷は続けた。

「ある夜、ひそかに彼は考えた。こうなったら行人になることだ。一生修行修行で辛いことの連続だが、まだ行人の方がいい。そういうわけで彼は行人になった。しかし、行人になってもたいして変り栄えはなかった。辛い修行が付加わっただけのことで、上にのぼる道は開けていなかった。そこでまたある夜、弘海坊は考えた。もうこうったらいっそ木乃伊になることだ。木乃伊になることを宣言する以外、自分の生活を変えることはできない。木乃伊になろう。木乃伊になることを宣言しよう」

ここまで言って、松谷は、

「木乃伊になることの宣言は、当時でもやはり一つの事件でしたでしょうね」

そう白戸隆章の方へ訊いた。

「そりゃあ、そうですよ。木乃伊になるということは詰まるところは緩慢な自殺行為ですからね。自殺の宣言をすれば、周囲にはやはり相当なショックですよ」

白戸は答えた。

「弘海上人はとうとう木乃伊になることを発表した。すると直ぐ鶴岡の商家の信心深い主人がスポンサーとして、何年かの食い扶持を引受けることを申し込んで来た。この頃から弘海上人を見る人の眼が少しずつ変って来た。彼は十年間の木食行をやって入定することを言い切ったが、少し早まったなと思った。その頃彼は三十歳だった。

この計算だと、四十歳で入定しなければならぬ。しかし、もう遅い、今から取り消すことはできない」

運転手が笑った。しかし、白戸も丸根も私も笑わなかった。松谷の喋り方は、持前の重い口調も手伝って、妙に茶化せないものがあった。

「それから？」

私が次を促すと、

「ここらでやめておきましょう」

松谷は初めて照れて笑った。私は松谷の話に感心した。注連寺に於ける弘海上人はそのようなものであったかも知れないと思った。弘海上人の〝考える人〟の姿態は、T部落の中に置いても少しも不自然でなかったように、松谷の話の中に置いても少しも不自然ではなかった。

くるまは湯殿山の中腹にあるホテルの前で停まった。ホテルと名は付いているが、勿論そんな洒落たものではなく、番人の青年が一人居るだけだった。私たちはそこの入口の部屋へ上がって、昼食の弁当を開いた。

ホテルを境にして、それから上には雪が置かれてあった。弁当を食べ終ると、私たちはくるまに積んで来たゴム長の靴に履き替えた。

そこから仙人沢まではずっと雪だった。仙人沢までは雪崩の心配はないが、それから上は危なくて登れないということだった。私たちは一列縦隊を作って、ホテルの青年を道案内として山毛欅林を上って行った。谷は全部雪で埋まっていて、道というものは全く判らなくなっていた。大きい樹木の周囲の雪だけが円形に溶けていた。雪の面には山毛欅の若芽の茶色の萼が一面に落ちて絣模様を造ってどこまでも拡がっている。山毛欅の木のほかには、辛夷、躑躅、岳樺、はないたや等の木が眼に付いた。橡の木も雪の面から幹を出し、茶褐色の新芽を付けている。

白戸隆章は私たちを元気づけるためか、山伏が唱う六根清浄、六根清浄を、驚く程大きな声を張り上げて唱った。体に似合わず声量があって、聞いていると、妙に楽しく豊かなものが感じられた。天つ神、国つ神、なんまいだんぶ、六根清浄、お山は繁盛、大願成就。〝六根清浄〟だけが何回も繰り返された。

ざんげ坂という急な斜面を上った。と言っても、ざんげ坂そのものは何尺か雪の下に埋まっているわけだが、ともかくそこを上り切った時、一番先きに音を上げたのは丸根であった。

「仙人沢まで行くだけでも大変だな。仙人沢にひと冬籠るということになるとどういうことになりますかな」

そんなことを言った。

「弘海上人は幾冬も籠ってますよ。何年も行をやらねばならぬ」

松谷が言った。

「そうかな」

丸根は足を停めると、

「僕は弘海坊について、松谷さんの喋ったあとを喋りたいんです。構いませんか」

と、一同に許可を求めた。

「どうぞ、どうぞ」

と、松谷は席でも譲るような言い方をした。みんな休憩することにして、立ったまま、それぞれ煙草を取り出した。

「僕は思うんですがね。松谷さんの先刻の話のようないきさつで修行にはいったとすると、弘海さんはとても続かんと思うんですよ。木食行なんてとんでもないことで、その前にこの仙人沢における生活で音を上げちまいますよ。いろいろな人の、千日行とか二千日行とかの行を終えた記念碑を、注連寺でも大日坊でも見ましたが、碑を立てるくらいだから大変なことに違いない。弘海上人は仙人沢にも籠ったでしょうが、途中から逃げ出していますよ。それに違いないと思う。しかし、辛くて逃げ出したではスポンサーにもすまないし、世間にも顔向けはできない。と言って、木食行をやったら自殺へ一歩近付くことになる。松谷さんの言い方を借りると、そこで彼はある夜考えた。難所に道路を切り拓こう。岩を砕いて道を付けよう。こうした仕事の方がまだらくだ」

「格が落ちましたね」

白戸が言うと、

「いや、落ちません。これが人間ですよ」

丸根は言った。

「勿論、格が落ちたと言ったのは、私の冗談ですよ。――さ、どうぞ」

白戸は自分の言葉を訂正して、丸根に続けて喋ることを促した。

「じゃ、続けます。――弘海上人はそうしたことをやった。道も開いた。トンネルも作った。しかし、一つを終ると、いつも木食行が待っていた。だから、別の何かを探さなければならない。しかし、幾らやっても、一つをやり終えると、常に彼が果さねばならぬ木食行が待っていた。そんなことをして何年か過し、気が付いた時、彼は世間から尊敬される人間になっていた。どこを歩いても人は道を譲り、どこに居ても、衣食にはこと欠くことはなかった。しかし、常に彼の悩みは消えなかった。彼は木乃伊になるための木食行へはいらなければならなかった。いまや一スポンサーとの約束ではなく、広い世間との約束だった。人々は彼が木乃伊になることを確信し、期待していた。とうとう五十歳の時、弘海上人は木食行にはいった。こんどはやめることも逃げ出すこともできなかった。——どうです、こういう考え方は？」

丸根は言った。

「いいじゃないか」

私が言うと、

「不自然かな」

「不自然じゃないだろう。極く自然にそういうことになったのだから」

すると、白戸が、

「こんどは、僕にひと言言わせて下さい、締括りを。——弘海坊は木食行を終えて、入定しました。最後まで何とかして生きる方法はないかと、そのことばかり考えていた。しかし、なかった。体は枯木の如く痩せ、動くことも喋ることもできなくなった。六十歳の時、弟子の一人に遺書を書かせた。遺書を書かせている時から、弘海坊には、ふいに、自分は仏になれるかも知れないという気持がやって来た。仏になって、自分の生れたT部落の人々のような、貧しく暗い不幸な人々を、あるいは救える力を持つかも知れないと思った。そして息絶えた。息絶えた時は、枯骸生けるが如くであった。終り」

白戸は言った。白戸は弘海上人の最後を、白戸らしい愛情で抱き取っていた。

「いいじゃないですか。これで弘海上人の伝記ができました。肝心の木乃伊の居所は判らないが」

松谷が言った。一同は再び雪の面を歩き出した。そこから少し行くと、他の丘の斜面に出、そこを越えると、急に前方が開け、大きく落ち込んでいる盆地が見降ろせて、仙人沢の行者小屋が小さく見えた。規模は違うが、ちょっと穂高連峯に包まれた涸沢の小屋に似ていた。

私たちはその小屋に向けて、ゆるやかな斜面を降って行った。私は弘海上人が曾て住んでいたその同じ風景の中に、長靴を滑らさないように一歩一歩力を入れて雪面を踏んづけて歩いて行った。私のすぐ前を歩いて行く白戸が、

「あれでは終りが早急過ぎますね。やはり初め喋り出したのはあなただから、あなたが締括りを付けるべきですね」

と言った。

「弘海上人の話ですか。でも、あれでいいじゃないですか」

私は言った。実は、私は、先刻臼戸が〝終り〟と言ったあと、すぐそれに続けて喋ろうと思ったのであったが、それを危ういところで踏みとどまったのであった。臼戸が折角明るく終止符を打ったのに、自分が喋るとそれを壊してしまうと思ったからである。もし強引に最後の締括りを強請されたら、私は次のように喋った筈であった。

――弘海上人は入定したが、その死体の形を整えることは誰にもできなかった。それほど物を考えているその姿勢は固かった。息を引取った時の姿が、そのまま木乃伊となった彼のものとなってしまった。そのくらいだから、三年経っても、人々は彼を掘り出すことを躊躇(ちゅうちょ)した。弘海上人は入定したが、そのまま地中に埋まっていた。それが地上に出て陽の目を仰げたのは、この地方を襲った飢饉のお蔭だった。飢饉は三年続いた。百姓たちは飢えていたが、それでもちょっとでも多くの土地を耕さなければならなかった。荒地も開墾し、墓所さえも墓石を倒して、そこを耕した。ある月の明るい夜、弘海上人は、それが当然のことであったが、一個の完全な形の木乃伊となって地上へ出て来た。月光に照らされたまま、弘海上人は考えていた。丁度部落の農家へ生み落されてからずっと、どうしてこのように現世は生きにくいかと考え続けていたように、木乃伊になってからも考えていた。衆生を済度するどころではなかった。木乃伊にならなければ生きられなかった自分を、生きている時と同じように、木乃伊になってからも考えていたのだ。

「六根清浄、六根清浄」

ふいに私は白戸が声を張り上げて唱うのを聞いた。小屋が近付いて来たために、白戸は再び唱い始めたのかと思ったが、それは私の思い違いであった。白戸は丸根と松谷の二人に、その唱い方を教えているのであった。私たち四人の闖入者を小さい点景として、雪の山懐ろは気が遠くなるほどひどく静かだった。

鬼

円地文子

円地文子（えんち ふみこ）
一九〇五―一九八六

東京浅草生まれ。日本女子大学付属高等女学校中退。病弱だったため国語学者であった父の個人教授を受け、早くから演劇や古典文学に親しんだ。三九年、「東京日日新聞」に「源氏物語私語」を連載。五三年、『ひもじい月日』で女流文学者賞、五七年、『女坂』で野間文芸賞、六九年、『朱を奪うもの』『傷ある翼』『虹と修羅』の三部作で谷崎潤一郎賞、七二年、『遊魂』で日本文学大賞受賞。七〇年には芸術院会員となる。六七年より取り組んだ『源氏物語』の現代語訳が七三年完成。八五年、文化勲章を受章。戦前戦後を代表する女流作家の一人である。

新しく単行本を出したので、知人への送り先を心覚えに書きとめていると、あの人もこの人もと、つい一二年の間に故人になった名前の多いのに、今更ながら驚かされる思いがする。

「そう言えば、あのひとも疾うに亡くなったのだった」

と思わず独りごとを言ってから、よく、私の本を買って読んでいてくれたというその中年婦人の名をあらためて思い出していた。実は当人に逢ったのは唯一度きりで、娘になる人がある雑誌の編集にいたころ、懇意になり、彼女の生家が熊野の旧家で代々母系がつづいているという話もきいたのである。

熊野というところは、大和民族の歴史に古代から深い関係がある土地で、それだけに、古い血統を伝えた家が、消長はありながらもいまだに残っていると言われる。土俗学の方でいうと憑きものなども、四国の犬神とか九州の蛇神とかいう代表的な形は見られないが、普通に日本各地に昔から伝わっていた狐憑きなどの現象のほかに、兎憑きなども紀州には語り伝えられているという。狐が憑くと油揚げを食べたがるときいたが、兎が憑いたら前足をあげてぴょんぴょん跳ねでもするのだろうか。まあそんなことはどうでもいいとして、私が一時期親しくし、今はアルゼンチンの僻地にいる筈の、土岐華子とその亡き母親とのことを物語ろうとするのも、やっぱり憑きものと関係のないことではないのである。

当時私はその雑誌に古社寺を中心とした紀行を書くのに、土岐華子と一緒に二三日泊りぐらいの旅行をする習慣があった。一二年つづけていた連載だったので自然、彼女と私との間には、親しみが加わってゆくようになって、恰度編集者となってから六七年経ち、仕事に脂の乗って来たさかりの彼女にはきびきびした張りと一緒に細やかな女らしい潤いも滲み出て来て、生来、瞼の切れの長い静かな古典的な顔立ちが折々、驚くほど烈しい……ちょっとこちらが眩しくなるようなきらきらしい光彩に耀ようひとときがあった。

そういう瞬間の華子は別の女のように見えた。

「土岐さんはこの頃恋愛でもしているのかな。ばかに綺麗に見えるときがあるわ」

ある時、長崎へ行って、大浦の天主堂やグラバー邸などを見たあと、宿に帰って夕食に寛いだとき、冗談半分に華子に言ったことがあった。

「そうですか」

華子は特に卑下も否定もしないで、ちょっと睨むような眼で私を見た。

「どんな風に見えますの？」

「そうね、普段のあなたは、ひっそり音のしないような感じでしょう。声をたてて笑いもするし、てきぱき用事も捌いて行くけれども、何となく音のない人って感じね。それがね、時々、そうね、何ていったらいいかしら、写真のライトを向けられた時なんかとは違う……そう恰度稲光りに照らし出された瞬間みたいな、ちょっと形容の出来ない鮮明さと気味悪さの一緒になった勁さを感じるのね。あなたの時々見せる眩しいみたいな綺麗さってそういうものよ。だから、恋愛してるんじゃないかなと思ったの……こういう見方も、私時代の者の古びた眼かも知れないけれどもね」

華子は二つばかりゆっくりうなずいただけで黙っていた。そのあと、ぽつりと言った。

「先生、私いくつだと思います？」

「いくつって……」

私はほんとうに華子の年齢を知らなかったが、話の様子や、友達などの関係からもう三十に間があるまいとは思っていた。

「よくわからないわよ。あなたのような整った顔立ちの人は若くも老けても、どちらにも見えるから……まあ、仕事の方からみても二十七八にはなっているわね」

「もう二十九ですよ」

　華子は私の言葉をおさえるような重みのある声音でいった。

「もうこの社に入って、七年になります。一緒に入った人でも大学の同じ級でも結婚した人が随分ありますよ。子供の二人もいるのもあるんですから……」

「あなたが結婚しないのはどういうわけ？　結婚という形式を嫌っているの……それとも、結婚の相手として、自分にふさわしいと思われる男がいないというわけ？」

　私は興味をもってきいた。土岐華子は、編集者としても、優秀であるが、職業と切り離して、一人の女として見る時、どちらかというと、男たちに愛される明るさや、やさしさの美徳を持っている女だからである。

「いいえ、私はね、この仕事を嫌いではないけども、家の中でこまこました家事を片づけたり、子供を生んで育てたりすることがそれ以上好きな女かも知れませんの……私、ちょっと見には無愛想に見えるんですけれども、ほんとうは自分が好きになると、何もかも打ちこんで世話したくなってしまうんです。だから、学生時代にも、好きな人はありましたし、その人とも、もう少しのところで学生結婚して、やって行こうということになったんです」

　華子はそこまですらすら話して来て、ふと口をつぐんだ。

「ああそう、その時分、お宅はお父さまもいらしったの」

　華子の家は熊野の新宮に近いところにあって、祖父の代までは大きな材木商だったのが、父が可成りな浪費家で、母と華子と二人だけになった頃には、残った僅かな資産を分家の方の商売にまわして、その利で暮しを立てているような家であった。

「いいえ、もう父は亡くなって母がひとりになっていましたけど、私が相手の人のことをいうと、母ははじめは余り気が進まない風でしたが、兎も角、東京へ出て来て一度逢って話したいと言うんです。相手にそのことを言うと、親が反対すれば君はやめる気かといって、皮肉な目つきで薄笑いしていました。そんなことはないわ。お母さんが何といっても私は自分の思うようにするんだからというと、しかし、首実検されるのなんか感心しないなあ、お母さんは君をまだ結婚なんかさせたくないんじゃないかといって、母から私を押し離すように、荒々しく私を抱きしめたりしました」

「それでお母さまは出て来られたわけ？」

と私はきいた。土岐華子が今まで独身である以上、この話は毀れたに違いないが、それにはどういう風に、彼女の母がまつわっていたのか私は知りたかった。

土岐華子の母の宮子は一週間ばかりの後上京して来て、華子の間借りしている二階屋の一室に十日ほど寝泊りして行った。

宮子は関西訛りこそあるが、若い頃には娘の華子よりもずっと美しかったに違いないと思われる上品な中年婦人で、立ち振舞の端々(はしばし)にも何となく品のいいなまめかしさが籠(こも)っていた。

華子の結婚しようという相手の木辻という青年も、逢うまでは宮子に対面するのを鬱陶しがっていたが、いざ顔を合わせて話をしたり、関西風の上手な惣菜料理など手際よく作って食べさせて貰ったりしているうちに、煙たい小母さんにでんと坐りこまれているような気分はいっこうなく、かえって華子の傍に目立たないように宮子の引添っていてくれるのが、匂いのある雰囲気を醸(かも)し出しているように思われるのである。

「素敵なお母さんじゃないか。あんなお母さんなら、一緒に住んだって厭じゃないな」

木辻は、部厚い肩の中にいつも首を埋めるようにして高声に子供の世話をやいている自分の母親のがさつな身体つきを心に浮べて、その愛情を惜しげもなく身心に浴(ゆあ)みながら、宮子の撓いのある中年の風情に何となく心ひかれていた。

「母も私に向っては、いい人らしいわね、会社なんかに入ればああいう明るい真面目な肌合いの人はきっと認められて、相当な地位まで行くと思うわよなどと言っていましたが、実際には、私と彼の結びつくことをゆめにも賛成していなかったのです。それはずっと後になって……そうです、母が死んだあとで、熊野のうちに古くから奉公している……といっても、祖母の代から知っている、まるでこの家の主のような沙々という、眼も耳も半分呆けた八十近い老女からきくことが出来たのでしたが……」

華子はもう遠い昔になった頃のことを思い出すような遥かな眼ざしになっていた。

華子自身にも、気のつかないことであったが、その頃、寝付くと、眠っている間に何とも言えない厭な苦しい夢をみる。蛇なのか、大蜥蜴なのか、山椒魚なのか、兎も角、得体の知れない爬虫類のようなものが暗い中に自分の身体をとりこめて、身動きも出来ぬ金縛りの状態にしてしまい、強く締めからんだり、舐めまわしたり、言いようのない厭らしさに責めたてるのである。もがこうとしても手足の指先一つ動かせず、声を立てようとしても、舌の根が巻き上げられたように引きつっている。

そうして、その底なしに深く厚い壁をやっとの思いで突き破って、意識が戻りかけたとき、華子の精神の中心には今まで自分を苦しめ、悩ましていた世にも厭わしい怪物が、実は木辻だったのだという感覚が灼印のようにはっきりと残るのだった。

　華子は眼がさめると、夢中に洗面所へ飛んでゆき、咽喉を潤すのと一緒にざぶざぶ顔を水で洗って、悪夢を身体の中から逐い出そうとした。

　一日二日して、木辻に逢う。その時には前の夢を忘れていたが、木辻の方も妙に冴えない顔をして、宿酔でも残っているような濁った肌と血の淀んだ眼をしていた。

「どうしたの、厭に元気がないじゃないの」

　というと、木辻は無理に笑ってみせて、

「いや、バイトを稼ぎすぎていたら、卒論の方があやしくなって、俄か勉強をやってるからさ」

　といった。

「お母さんはあれっきりかい」

「ええ、あなたのことといやにほめていたわよ。お宅の御両親の方が私を見たら、がっくりかも知れないわ」

「なあに、僕は四男坊だからね、家の責任て奴はないし、親たちなんかに文句は言わせないさ」

　東北の地主の息子の木辻はそう言って空威張り（からいばり）して見せたが、それから数ヵ月の間に何となしに華子から、遠ざかって行くようになった。華子も又、折々見舞われるあの悪夢の中の金縛りの状態で、自分の一番厭わしく憎く感じられるものが、夢の醒め際には必ず木辻の姿に凝集されて身慄いしつづけているうちに、木辻との間の遠ざかって行くのが、強ち耐えられないほどの辛さでもなくなっていた。

次の年の春大学を出て、木辻は会社に就職し、華子は今の社に入ったが、その頃にはどちらともなく、結婚の話はなかったことのように遠々しくなっていた。

母の方から、その後あの話はどうなっているのか、相手の人も就職した上なら、御両親とも話して、結婚の時期を極めたらどうか、私の方は養子に来て貰うほどの資力もないことであるから、嫁入らせて姓を変えてもさしつかえないと思っていると言って来たとき、華子は当惑して、実はもう、そういう気持はお互いになくなっている。あんなことを考えたのは、若さのさせた軽率だったと思ってゆるして貰いたいと書き送った。

恰度それから二三日して、木辻から編集部へ電話がかかって来て、手間はとらせないから一時間ばかり、話をしたいことがあると言って来た。

原稿を印刷所へ持って行った帰りに、木辻の指定した喫茶店へ行くと、彼は、奥まったボックスで華子を待っていた。

お互いに慣れない新しい仕事について、少し話したあとで、木辻は何か言い出しにくそうに煙草の吸口ばかり叩いているので、華子はその手もとを見ながらにこりと笑った。

「木辻さん、結婚するんじゃないの……それで、前の話があのままになっているから、私に文句でもつけられると困ると思って呼んだのと違うかしら」

「君、そんなこと……」

木辻は吃って、華子の顔を見た。気味の悪そうな目つきで男に見られたのは華子はその時がはじめてであった。

「当ったでしょう」

「占者みたいだね」

「鈍(とろ)いこと言わないで……あなたと私の間、もうここずうっと遠いものになっているじゃないの……私の方、ほんとうに何でもないのよ。あなたが結婚して下さる方が、せいせいするわ」

そう言っていながら、華子は木辻のどこが厭になっているでもなし、といって、自分の言葉にも嘘のないのが不思議であった。

「君は不思議な人だね。こうして逢っていると、やっぱり以前に愛しあった君とちっとも違わないのに、一方ではひどく怖い、近づけないものが僕のうちにあるんだよ。実は、そのことでここ数ヵ月苦しんでいて、国の方からすすめられている縁談に踏み切れなかったんだが、やっぱり妻にするのは普通の女がいい、君では怖いって気がして、断わりに来たんだが……君の今の占者みたいな言葉をきいていよいよ気持がはっきりしたよ」

言いながら木辻は、前に腰かけて、コーヒーのコップを手にしている華子の静かな顔を凝っとみていた。

「不思議だなあ、こうしていると、君は相変らずおだやかで、やさしくって、ちっとも怖くなんかないんだけど……」

「私が怖い筈なんかないじゃないの」

華子は、切れ長の目尻を少し揺らせて、微笑んでみせたが、そういえば、自分にも木辻がどうしてあんな爬虫類のような、世にも厭わしい化物に思えるのか、夢の中のことにもせよ、それが自分を彼から引き離して行く原動力であったと思うと、人の心の底に棲むものの不思議さは、測り知れないように思われた。

「深層心理とかいうんじゃない？　私たちやっぱり結構愛しあったようでいて、お互いを冷たく見ていたのかも知れないわ」

「冷たくかなあ」

木辻は納得の行かない顔のままうなずいた。

「君のお母さん、気を悪くされるだろうね」

「そうね、母は私たちと違って、昔風のところもあるから……でも仕方がないわよ。結婚してから離婚騒ぎするよりも増しでしょう」

「それもそうだね。僕の方から、手紙でも上げないでいいだろうか」

「いいわよ。私が言っておくから……」

木辻はそれからしばらく話して帰って行ったが、帰り際に、

「僕はやっぱり君が好きなんだよ。それにこんな風になるなんて、自分でもおかしい……いつかは君に、この滑稽な解説をしてきかせる時があるかも知れないけどね。まあ今は話してもほんとうにして貰えないからやめる」

といって立上った。

「木辻さんとの間は勿論それっきりになりました。彼はその秋結婚しましたけどね」

と、華子は言った。先刻まで、港の水と空を紅紫に染め滲ませていた豪華な夕焼はいつか消え失せて、宿の外は秋の夜になっていた。何処かで飼う鈴虫の声も聞える。

私も、華子の話をきいていて、この頃の若い人の軽々とした恋愛のもつれとは違う、奇妙な印象を受けたことは事実であった。

「お母さまどうなさった？」

ときくと、

「大分気を悪くして、木辻さんのことを何とか言っていましたけれども、合意の上で解消したものを、まさかあちらへ文句を言いに行くなんて出来ることではなし、結局その話はそれきりになってしまったんです」

と華子は答えた。

——ですけれどね、先生、私もその時は、何とも思わなかったんですけれども、会社へ入って二三年するうちにまあ、言ってみれば適齢期の女の子のことですから、好きになる人もありますし、あちらでも結婚したいなんて相手も出て来るわけです。考えてみると、そんなことが三度ぐらいありました。それがいつもうまく行かないんです。そのうちの一人の人はいいところの息子さんで、是非私と一緒になりたいというし、仲に立つ人もあって、私の母にも叔父の方から正式に相談が行ったのです。相手はちゃんとした大学をいい成績で出てお役所勤めしている人ですし、次男なので将来母を引取ってもいいと言う、人柄も一応欠点がないというのですから、母としても賛成したわけです。

ですけれども、木辻さんのとき以来の経験なのですが、私は結婚の相手が出来て、その人に気が動きはじめるのと一緒に、必ずといっていいように、木辻さんのときと似たような厭な夢を見だすのです。その時々によって、夢の中の厭さや怖さや、程度には差があるのですけれども、いつでも、自分が逃げられない場所に閉じこめられていて、ひどく醜い、厭らしいものから汚される、毀されるという意識の果ては相手の人に結びついて来るのが同じなのです。

私はこれは自分が一種の精神病者で、結婚というものを厭がる意識がそういう夢を見させるのかと思いました。そうして前の二度の場合は深入りしないで、自分から身を引くようにしてしまったのですが、三番目、小関さん……それがその人の姓でした……の場合には、縁談が少しずつ進むにつれて、相手の気質の男らしく暢やかで、私を包みこむようなところのあるのに惹かれて行くようになり、そうなると、又、例の夢がいっそうしつこく、毎夜のように眠りを妨げて、現実の小関さん自身を、気味のわるい化物に塗りつぶそうとするのです。

私はジレンマに陥って、その時にはほんとうに苦しみました。そうして、恰度、やっぱりその縁談のことで上京して来た母にそのことをうちあけてしまったのです。

母は黙って、私のいうことをきいていましたが、

「それはあなたに憑いているものがさせているのよ。私のところのような古い家には他人と娘が結婚することを憎んでいる鬼があって、それがあんたにいろいろな業をみせるのだと思います」

とまじろぎもせず、私をみていうのです。鬼憑きの話などは沙々から随分きかされて育った私ですけれども、母の口から鬼という言葉が何の躊躇もなしに出たときには、思わず呆れて、言葉も出ませんでした。母は家つき娘でしたから、家という一言にも格別重味があります。

「あなたが小関さんとほんとうに結婚したいならその鬼に勝たなければ駄目よ。それにはまず勇気を出して、その話を全部、小関さんにすることです。それを隠しておくと、決して幸福にはなれませんよ」

私も母の話はほんとうだとその時思ったのです。

曾ての木辻さんとの間にしてもあれほど深く愛しあったと思っていたのに、自分からも遠のき、向うも遠のいて行ったのには、木辻さんの方にも、母のいう鬼の働きがなかったと言えるでしょうか。

不思議だ、不思議だと私たちはあの時首をかしげながら別れましたが、実は、私た

ちの結婚を妨げたのは、目に見えない鬼の働きだったのかも知れません。

そう思うと、私は母のいうように、どんなに勇気を奮(ふる)い起しても、小関さんに逢って、私の籠められている地獄について語らなければならないと思いました。それは、大変勇気の要ることだったのです。それというのがそんな現代離れしたことを話す私自身を小関さんは精神異常の女として、あらためて逃げ腰になるかも知れなかったからです。でも私はやっぱりそれをしなければならない。そうしなければ自分も小関さんも救われないと思いました。

小関さんを呼出して、近郊の静かな公園の中を歩きながら、私は出来るだけ自然に自分の家の家系や地域的な古い環境について話しはじめ、おしまいに例の夢のことまで話してしまったのです。

それは若葉の萌えさかる匂いのむんむんする五月のなかばで、緑の房がそこでもここでも、木々の枝で風に軟くゆすられていました。

小関さんは私の話をうなずいてきいていましたが、夢の話のあたりから急に真剣な眼色になってきき終ると、

「わかりました。私たちはその鬼に勝たなければなりませんね」

と呆れた様子もなく真面目にいいました。

私は思わず彼の手に手を重ねて、

「ではあなたは私のいうことを信じて下さいますのね」

というと、相手は強くその手を握りかえして、

「信じますとも、僕もそれでやっとわかって来た……僕だって、始終のようにあなたが何とも言えない恐ろしい女の顔になって襲って来るのを夢の中でみているのですよ。僕は唯それを自分のあなたに向けてまっしぐらに走って行く気持にかけているブレーキがそんな形でゆめに出て来るのだと思って、気にしないでいましたが……今の話をきいてなるほどそうだったのかと気がつきました……いや、僕もこれからは気をつけますから、あなたもお母さんのおっしゃったことをのみこんで忘れずにいて下さい。二人が一緒になって夫婦生活をはじめてしまえば、きっとそんな古くからの鬼なんかどこかに飛んで行ってしまいますよ。しかし僕は決してこの話を迷信だなんて軽々しくは思っていませんから、そのことはよくのみこんでおいて下さい」

小関さんは馬鹿にする様子など少しもなく、言いきりました。私は彼が私の言葉を真っすぐに受取ってくれた素直さを、頼もしくも快くも思って、帰ってから母にそのことを話しますと、母は、

「そう、それはよかった……男のひとにそれだけの度量があれば、多分あなたを貰っ

ても立派にやって行けるだろうし、鬼たちだって、この家を出たあんたのあとを追っては行かないわ。私も一安心したわよ」

といって満足したように笑いました。

唯、私はその時母の無邪気にさえ見える笑顔の中に何となく、私をあの夢の中で虜(とりこ)にするわけのわからない化物のしたり顔な呪縛の笑いに似たものを感じて、一瞬総毛立ったのを忘れません。

母は熊野へ帰って行き、秋になったら私は社をやめて、十一月頃に結婚する日取りまで予めきまっていました。

九月になって間のないことでした。小関さんは役所の上司に随行してヨーロッパへ行き、東南アジアを視察して三週間ほどで帰る予定で出発しました。

ところが途中、印度の上空で起った事故で飛行機は密林中に墜落し、乗員は全員不慮の死を遂げたのです。小関さんの上司は旅行先で盲腸炎を起して飛行機を後(おく)らしたために助かり、小関さんだけが命をおとしました。

結婚前のことではあり、上司にも、同僚にも、受けのよかった温厚な人柄だったので小関さんは人一ばい惜しまれ、婚約者の私も、その嘆きにもみひしがれるようでした。

十日ぐらいは夢中にすぎて行きました。勿論、母も上京して来て、私以上に嘆き悲しんでいました。

「今度こそ、こんないい人とあなたが一緒になれて、私も一安心出来ると思ったのに……」

と母は泣きながら言います。

でも私にはその頃から、何となく小関さんを死なせた飛行機事故の中心に、あの私たちを引き裂く鬼が入りこんでいたように思われ出したのです。そうして、又、そのことを、私の母も口でいうほど知らないわけではなかったのではないかという考えが心の隅に引っかかりながら、とうとうそのことを母に言う勇気はありませんでした。

飛行機の墜ちたインドの密林へは、数人の遺族代表が出かけて行きましたが、現場は乗物の行けるところから更に何百キロも先の密林地帯なので、結局、航空会社からヘリコプターを出して遺族達を機体の破片の一部分の見えるところまで連れて行ってくれただけだったそうです。ヘリコプターから撮影した原始林の蛇のようにうねりくねった樹海のカラー写真を私も一度小関さんの遺族の方から見せて貰いましたが、それをみた瞬間、私はあの悪夢の中で私を捕える意味のわからない、こんぐらかった呪縛を思い出して、ああ、あの鬼に小関さんは骨までからまれてしまったのだと思ってぞっとしました。

私は男の人とは交わるまい。結婚なんかゆめにもすまいと決心したのはその時からだったのです。——

「お母さまはその後お亡くなりになったわね。一度私お逢いしてよ」

と私は口を入れた。

「ええ。いつか上京した時芝居へ連れて行ったら、偶然、先生にお逢いして一緒に御弁当をいただきましたわね。あの時来て、熊野へ帰ると間もなく病みついて、あっけなく亡くなってしまったんです。もう一年半ぐらいになりますかしら」

華子は、割に淡々と言った。

「私が帰ったときはもう意識がなくて、静かな顔をしてすやすや眠っていましたわ。病気のせいで瞼や頬が腫れて、こんなやさしい、少女のような顔の下に、鬼が潜まっているなんてとても思われませんでした」

「お母さまと鬼とは、どういう間柄なのです」

と私は不思議な問い方をした。

「間柄どころですか、母自身が鬼なのです。母は小関さんの話のときに、うちには古くから憑いている鬼があって、その鬼は、この家の娘が他人のものになるのを喜ばないと教えましたが、そういうことを教えた母自身が家の鬼で、私の周囲によって来る男は誰にしてもよせつけないといっていたそうです」

「沙々と言いましたか、あなた、先刻、その人からお母さまについてきいたとおっしゃったわね」

「ええ、母のいる間はいつも黙って、母のいうことだけが聞え、母だけが見えるようなよぼよぼしたお婆さんでしたの……それが母が亡くなって二七日のすんだあと、私が又東京へ出ようとしたときに恐ろしいことを話して聞かせたのです」

――そう恰度、家のうしろの杉山の杉が海の方から吹いて来る荒い風に鳴って、大きい鳥の羽ばたきのような音をたてる晩でした。

「お嬢さまよ、もう明日はお発ちかな」

もう床をとってある時間に私ひとりの部屋に入って来て、沙々はよたよたとそこに坐りました。

「わしもはあ、奥さまのお亡くなりまで見届けたで大方近いうちにお迎えが来るやろう……すると、土岐の本家で残るのは一粒種のあんたさまだけや……お嬢さま、あんたは知りなさらんやったろうが、お母さまはいつもあんたさまの身の周囲を見張っていつづけなさっての……あんたさまに近よって来る男どもは皆、よせつけんようにしてしまいなさった……この頃ではお嬢さまにもそれが少しずつ分っつろうが、もう私も死ぬときが来たようや奥さまは言うてやったよ」

沙々の歯のぬけて不確かな声音は、全く感動を示さないだけに、一層気味悪く私をとらえました。

「分って来ていたわよ」

と私ははね返すように言いました。

「私も、学生時代に木辻さんと愛しあって結婚しようと思ったときに、何とも言えない厭な夢を見て、とうとう別れるようになって以来、二三度そういうことがあったけれども、お母さんの企みだなんてゆめにも思わなかったわ。今思えばお母さんはあの人たちを皆、私から引き離していたのね。最後の小関さんだけは、私がその話をしても、たじろごうとしないし、どうしてもこのままでは結婚してしまいそうなので、とうとう、あの人をあんなことで死なせてしまったのね。いいえ、飛行機の事故は偶然かも知れないけれど、あの中にあの人が乗り込むことになったのには、やっぱり鬼が働いたんだわ。だからお母さんも死んだのね。やっぱり人一人死なせれば、自分も無事ではいられないのね」

「いいえ、そんなことありません。奥さまはお身体がもう弱っておいでやったでお亡くならしったけど、あのくらいのことお若いときやったら、負けるお方やありませんかった」

沙々はそういうといざりよって、私の手をそのかさかさしたなりに妙にふくらんだ掌の中に握りしめました。

「さあ、お嬢さま、今度はあなたが鬼になる番でございますぞ、いややいうてもあなたの身内に、土岐家代々の鬼が巣を替えてもう住んどりますわい」

沙々はそこで声を上げて笑いましたが、歯のぬけた間を洩れ出て、笑い声はふいふいふいと不思議に火を鞴(ふ)き立てるような妖しげな響きを持って、私を一層恐ろしがらせました。

「何をいってもいいわ。私、男の人なんか好きにならないから……好きになっても決して相手を不仕合せにするような近より方はしないから……私は、ひとりで仕事だけを生命にして生きて行くわよ」

私がそう強気に言い切ると、沙々は身体を二つに折るような曲げ方をして、

「心配なさいますな、お嬢さん、身内に鬼を持っていれば、男をもっても、かえって、祟りなどありません、唯、こちらが片思いしたり、嫉妬(やきもち)をやいたりすると、あなたが

前に見られたようなことを、相手が見るようになったり、ひょっとすると相手の命がなくなるようなことも鬼はやってのけますわ」

と言った。

私はその時、自分の中に鬼の忍び入ることは許さない……尠なくとも私が恋愛したり、結婚したりしない限り、そんな問題とは縁が切れるだろう……第一、死んだ小関さんに対しても当分そんな気持になれるものだろうかなどと、一人で気負って、一日も早く、この気味の悪い、古い霊のつきまとっている家から出て、灯の明るすぎる騒々しい東京の最中に帰って来たかったのでした。——

「事実、私はそれきり熊野へも帰らないし、家も叔父に頼んで売って貰い、今のアパートを一人住居の城と極めてしまったので、熊野の鬼どもとも縁は切れたようです」

華子は二三杯飲んだ酒に頰を明るく染めながら話している。ほんとうに眼の前の華子を見ていると、娘の結婚の相手に呪いをかけて行く鬼持ちなどは、架空の物語の中の妖怪にしか思われないのである。

「そんなこと言っていても土岐さん、今にきっと、好きな人が出て来るから……でもそのお婆さんの予言に従えば、今度は大丈夫らしいけれどねえ」

と私は言った。

「まあ、今のところは大丈夫、何にもないから」

華子は大きな海老の殻から、白い肉をもぎ離しながら笑ってみせた。

「沙々というお婆さんはまだいるの」

ときくと、

「いいえ、これも頃合いに亡くなりました。ええ、今年のはじめぐらいだったかな」

と華子はさばさばしていた。

それから又、二三年の月日が流れたあと、私はある会合の帰りに、懇意な挿絵画家のF氏に誘われて、京橋のデパートに開催されているイタリーの現代彫刻の展覧会を見に行った。

会場を見歩いていると、背は高いが首のあたりの後ろつきにまだ少年らしい初々しさの残っている若い男が、華子と並んで何か話しながら、彫刻を見ているのが眼についた。

声をかけようかと思ったが、ふと口をつぐむような雰囲気が、華子のはなやいだ笑顔に溢れていた。

向うは気づかないのを幸い外へ出ると、F氏の方が、

「土岐女史、美少年を連れて浮き浮きしてたじゃないですか」

と言った。

「少年でもないでしょう。でも年は大分違いそうね」

「勤めたてのサラリーマンてとこかな。きちんとしたタイプでしたね」

「存外、甥だなんてこともあるから」

と言いながら、私は兄弟のない華子に甥がある筈はないと思い、同時に、華子にいつかきいた木辻とか小関とかいう男の名が頭に浮んで来た。

「あんな若い人……遊びならいいけど、深入りして苦労しなければいいけど……」

私は、そう思ったまま、F氏には何にも言わないで、華子の仕事振りが、この頃すっかり板について、男を負かすほど冴えて来ていることなどを話した。

実際土岐華子はその頃、数年間の禁を破って、××省の技官で、植物の交配の研究に熱中している浜名正志を愛しはじめていた。

浜名の方でも母を早く亡くしているので年上の女性の愛情を求めてい、当時三十三歳の華子、二十七歳の浜名との間には何の違和感もない愛情が生れ育っていた。

華子は、自分のうちに母から移って来た鬼が潜まっていることを殆ど意識の外へ締

め出していたし、浜名と知りあうようになっても、彼が自分に頼り切って、ほんとうに幸福そうに見えるのを、そのままに信じることが出来た。

「僕は風来坊だから、ハナと一緒にいられれば姓なんか土岐になったっていいよ。その代り僕が研究のためにアフリカや中南米へ行くようになればハナも来てくれるね」

と正志は言い、華子も、彼のまだ少年らしさの残っている若々しい首を抱いて、

「大丈夫よ。あなたが外国で長く暮すのだったら、私、今の仕事をやめて一緒に行くわ。子供を育てるのに不便な土地は少し辛いけど、それも仕方ないじゃないの」

といいながら、長い間彼の胸に頭を埋めていた。

それから一年ほど経ったあと、華子はその言葉の通り、浜名と一緒にアルゼンチンの首都から大分離れた地方の研究所へ行くことになって、日本を去って行った。発って行くときも、普通の結婚式などせず、手続きだけ慌しくすませて、駆落ちでもするように立ち去って行ったので、年来の馴染みであった私などさえ、彼女がその社をやめたのを知ったのは、日本を離れて数日の後であった。

私はあの展覧会の日に華子が連立っていた青年が、浜名であったに違いないことを後から知った。

華子の同僚で彼女と親しかった浦上友子が、私の家へ来たとき、華子の話になると、

「そうですよ。あの時先生とF先生がいらしったのわかっていたけれど、うまく紹介が出来なかったっていってました」

と言った。

そうして、二年ほどつづいた彼らの愛情の結果が、浜名のアルゼンチン行きという強い風にあおられるような片のつき方になったのには、他人に話せない事情が含まれていたのだとも言った。

「実はね、割に最近なんですけれど、浜名さんの行っていた農場で若い研究員……といっても大学を出たての女の人ですわね……その人が自殺したんです。

花の交配に使う特別の温室があるんですが、その中で夜、農薬をのんだらしくって……翌朝見つけ出されたときには、すっかり冷たくなっていたそうです。その人が研究所に入ってから浜名さんが変って来た……と、華子さんは時々言っていました。

年のことなども考えてみると、自分は身を退いてあの二人が結婚する方が自然だし、あの人の将来のためにもいいと思うというから……変に分別くさいことを考えるのはやめなさい。あなたが浜名さんを愛しているほど、今度の人があの人を愛しているかどうかもわからないし、相手のほんとうの気持もたしかめないで、自分ひとり、貞女ぶるのなんかあなたらしくないわというと、それもそうね……といってあの人も考えている様子でした。でも、ほんとうにいい人なのよ。可愛らしくて、素直で、謙遜で、自分の研究のことなんか何一つ話そうともしないの……ああいう人と一緒になったら、いい助手にもなるだろうし、きっと健康な子供も生めるでしょう。私のような年上の女と生活して行くよりずっと彼は楽に仕事が出来ると思うけどね、何しろあの人は仕事の性質で、外国でも未開の土地に住むようなことも多いと思わなければならないからなんて、姉さんじみたことを言ってましたけど、心の底にはやっぱり、その似合いの夫婦だという気持が、正志さんの方にもあるに違いないと、嫉妬してもいたでしょうね」

「向うの人は、華子さんのことを知っていたのかしら……」

と私はきいてみた。その時、しばらく忘れていた華子の母の鬼憑きという言葉が鮮明に私のこころに浮び上って来ていた。

「知っていたらしいですよ。そうして、浜名さんは土岐さんと結婚して一生お乳をしゃぶってるのなんて、皆と一緒にからかって、きゃっきゃっ笑っていたといいます。でも浜名さんの方はその人が好きで、華子さんのいることで大分悩んでいたと同僚の人は話していますね。兎も角上べ（うわ）は何でもなく見えたし、その人の自殺の原因も、全くわからないままなんです。

唯、浜名さんが、あまり人の行きたがらないアルゼンチンの研究所に志願するみたいにして出かけることになったのは、やっぱりあの人の亡くなったのがショックだったのではないかと、研究所の人たちは言っているそうですよ」

友子の帰ったあと、私は彼女の置いて行った埋め残しの多いクロスワードパズルのような言葉に向いあって、私なりの考えをあわせて行った。

そうしてしばらくの後、完成した枠組みでは、浜名正志は自殺した某女を愛しはじめてい、華子との恋愛関係との間で悩んでいた。華子は恐らく、友子に話したような言葉を浜名にも言ったであろう。それが曾て、母の口からきいた鬼の言葉であったことを華子自身その時意識していたかどうか。しかし、その頃に、彼女の中の鬼が某女の心にも忍び入って、浜名を諦めさせようとさまざまな働きを見せたことは疑いない事実である。某女はそれに反応を示したかどうか、恐らく死にまで追いつめられたところをみると、華子の場合の小関のように、存外逞しく鬼の働きを拒否したのではなかったか。浜名の側では、ようやく華子の理解を求めて、某女と結婚したい意志が固まり、まずそのことを某女にはかった。某女がどういう返事をしたかはわからないが、答えが「ノー」でなかったことだけは事実である。

鬼が非常手段をとる時が来た。

それを華子自身知っていなかったと私は思う。知っていないうちに彼女のうちの鬼が、某女を殺したのである。

浜名のアルゼンチン行きは勿論、某女の死が傍因（ぼういん）になっている。華子は恐らく鬼についての消息を、浜名には全く話していなかった。そうして強引に彼と手を携えてアルゼンチンの僻地へ去って行ってしまったのである。

浜名を諦められないということより以上に、日本にいて、第二第三の犠牲をつくり出したくなかったのが彼女の本意ではなかったろうか。

西半球の草深い土地までは、鬼も逐っかけては来まいと華子は思っていたかも知れない。

私は自分のクロスワードパズルを仕上げてそれを指し示すように眼を窓の外の空に向けると、土岐華子の細面（ほそおもて）の眼の切れの長い顔は、静かな微笑を湛（たた）えて、雲の中に浮んでいるようであった。

解説対談

面白い短篇は数々あれど——

北村薫・宮部みゆき

本対談は、作品の内容や結末にも触れていますので、最後にお読み下さい。

小説でなければ表現できないこと

宮部 まず、半村良先生——私にとってはやはり「先生」——の「となりの宇宙人」です。そもそも私は、「どぶどろ」という作品がものすごく、もうたまらなく好きで好きで、いつか「どぶどろ」みたいなものを書きたいなと思って始めたのが、「ぼんくら」シリーズなんです。その半村先生が、こんなメタメタなSFを書いていらしたとは。

北村 最後、笑っちゃうよね。

宮部 笑っちゃいますよね。やって来た宇宙人は「宙さん、宙さん」とか呼ばれているし、途中は落語みたいだし、最後まで読むと艶笑譚で。これ、舞台になっているアパートを長屋に置き換えたら、そのまま長屋物の構造なんですよ。

北村 宮部さんは新作落語の選考委員をやっていらしたけれど、これなんかどうです。

宮部 高座にかけてもらいたいですね。半村先生はＳＦの巨人ではあるし、伝奇ものの分野でも大変な作家なのに、こんなチャーミングなものもお書きになっていたんですね。半村先生の創作の幅広さをうまく表す作品だと思います。半村先生がお元気だったら、「やめてくれよ、僕の中で一本取るってこれ取るの？」って言われそうだけれど（笑）。

北村　黒井千次さんの冷蔵庫、これもおもしろかった。

宮部　「冷たい仕事」ですね。

北村　黒井さんのショートショート集ね、『夜のぬいぐるみ』という本で、これがいちばんおもしろかった。

宮部　とにかく、着想がすごい！　霜取りの楽しさは分かるんですよ。でもこの男二人が物につかれたように、表面を絶対キズ付けてはいけないのだというね、秘密結社みたいですよね。

北村　小説でなければ表現できないですね。

宮部　昔の冷蔵庫はね、霜が付いたのですよね、それが固まって。

北村　うちの冷蔵庫は、けっこう付くんですよ。マイナスドライバーとかで、こうやって。

宮部　そうそうやりましたよね。

北村　今もやっているんですよ。

宮部　エッそうですか。

北村　大きいのがボロッと取れた時は嬉しくてね。

宮部　それは冷蔵庫を置いていらっしゃる位置が湯気のかかりやすい所だとか？

北村　それは分からないけれど、冷凍庫の引き出しの所にたまってしまうんですね。

宮部　そうですか。私はね、最初に借りた仕事場のワンルームマンションに、ビジネスホテルにあるような小さいサイズの冷蔵庫があって、それに付きましたんですよね、霜がのか、製氷器より大きいんですよね、何ていう(笑)。これを割って飲んだ方が美味しいんじゃない? と思うくらいベリッと付いて、やっぱり取るのはすごく大変でした。

北村 取れたときは快感でしょう?

宮部 快感でした。ポンッて取れますからね。それを思い出しました。この作品には起承転結が実は何もない、取れましたというだけで。あなた達、翌日は寝不足でどうするの? みたいなね。でもこのような小説はあり得る、あの快感の共有で。

北村 これはいいですね。まさに小説を読む喜びがある。

宮部 ショートショートだったらビュンビュン読んでもらえそうな気がします。

北村 長いものの間に短いのが入って。

宮部 そうそう。リズムがついて。

北村 ショートショート続きで、小松左京さんはどうですか。

宮部 そう、この「むかしばなし」は小松さんの短篇集で読んだことありました。私は高校の二、三年ごろに小松さんを夢中になって読んだ時期があったんです。『復活の日』がきっかけだったんですけれど。小松さんと星さんと筒井さんの放談みたいな座談会の本もよく覚えています。日本SF界の黄金時代ですよね。

北村 当たり前といえば当たり前の話なんだけれど、途中からうすうす分かる……。

宮部 ああこれは、『かちかち山』だと思い出したんだけれど、語りがなんとも可笑しい。これは、白石加代子さんに読んでもらったら楽しいでしょうね。

北村 『かちかち山』関係のものをいくつ

かやりましたよね。内田百閒や太宰治とか。

宮部　その時、入れて欲しかったですね。明るく笑ってというかね。民俗学のフィールドワークって、私は大塚英志さんの本でもっぱら読んでいるんですが、それはそれで危ないところがあるらしいんですよね。あるベクトルを持ち込んでしまう。たぶん取材者が。

北村　次もショートショートになりますが、城山三郎さんの「隠し芸の男」。これはいかにもありそうな会社員小説なんだけれど、例えば源氏鶏太とかさ。ただ、ある意味すごく恐怖小説だなあと。入社して、ちょっと本音が入っているのだけれど、これから定年までは、例えば遊びの時間、レクリエーションの時間だな、みたいなことをチラッと言うのは有りそうじゃないですか。あんまりマジに一生懸命仕事をするのは恥ずかしい、という感じでチラッと。

宮部　ありますよね（深くうなずく）。

北村　それを仕事の出来る男が、というのは小早川君ですか、上司に逐一言っていた。引退をするときになって「これから三十年の暇つぶしがはじまる」と君は入社した時に言ったそうだね、と聞かされる。そういう目で見られながら何十年と会社にいたのか。

宮部　しかもへそ踊りをしていた、というのがね。

北村　単にへそ踊りの哀歓とか、宴会係の男の哀歓とか、そういう話は結構あると思うのですよ。だけど、もう取り返しがつかない頃になって、それを言われるというのは、ある意味すごい恐怖小説だなあと。

宮部　これは、最後は決して明るい終り方ではないですよね。

北村さんは登場人物に名前を付けるときに、どうやって付けますか? この前も何かで聞かれたんですよ。私は行き当たりばったりで——。

北村 私もそうです。

宮部 やっぱりそうですか? 良かった。だから似たような名前が出てきてしまって、最近は、前の作品で犯人にした人は、こっちでは捕まえる側にしてあげようとか、それから被害者だった人は、今度はそうじゃない人にしようとかしているんです。なぜこんなことを言い出したかというと、この「隠し芸の男」では、「三十年の暇つぶし」を上役に告げ口していて、自分は重役の娘をもらって出世をしていった同期生が、小早川というカッコイイ苗字だったというところがまた憎いなあと思ったんですよ。これは小早川じゃないといけないんですよね。田中とか鈴木とか佐藤じゃ駄目なのです。やっぱり小早川であるべきなんですよね。

北村 なるほど。——この主人公の気持ちには、本当に怠けるとか、そういうことではなくて、斜に構えていて、バリバリやるのが格好悪いという気持ちもあるんですよね。

宮部 いろんな局面でこういうことってありますよね。身近な例ですと、自分にとってものすごいブレイクになる作品があると、私なんかもう手放しで喜んじゃって、「わーい、嬉しい」みたいになるけど、インタビューなんかを見ていても、「自分は今までとまったく同じように仕事をしただけだから、これだけそんなに高く評価をされても、かえって当惑します」みたいなことを、あえて言う作家さんもいますよね。それはこの「三十年の暇つぶし」と通底すると思うんですよ。本気でそう思っているのではない。確かに嘘ではないんだけれど、ある韜晦（とうかい）というかね、そこで舞い上がったり、やる気を見せたりすることに対する照れみたいなものが、当人を斜に構えさせるということはありますよね。ナイーヴであるが故の、心の動きとして。

北村　《「これから三十年のひまつぶしがはじまる」といったそうだね》《きみと同期の小早川が教えてくれた。若い人は考え方がちがうと、当時上役の僕らはびっくりしたものだ》（朗読する）。三十年も経っているんだよね、それを今頃になって。

宮部　経っちゃってから言われてもね。自分なりに努力もして、計算もして、三十年歩んできたのにね。その中にへそ踊りも入っていて、そのへそ踊りも、ものすごく計算をしたじゃないですか。部下の心を思いやってね、この鍛えに鍛えたへそ踊りでもてなしてやろうと思っているのに、みんなはボーリングに行っちゃうというのがねぇ。

傑作ができるとき

北村　作風は違いますが、吉村昭さんの「少女架刑」。私は非常に印象が深い。ハードカバーの『少女架刑』がうちにあったんです。とにかくこれは一読したら忘れられない。惻々とした悲しみや清らかなエロティシズムみたいな感じがある。死がそこにつながっているし、哀切という感じがしますね。

宮部　描写としては衝撃的なシーンが続くんですけどね。なにしろ少女ですから。

北村　よく私は、なぜ女性を主人公にするんですかと、聞かれるんだけれど、これ

「中年男架刑」じゃ話にならない。
宮部 ハッハッハッハ！
北村 だけどオヤジだって人間なんだよ。
宮部 (爆笑) ワッハッハッハ！
北村 笑うけど、オヤジもそれなりに悲しい。オヤジが死んで、葬儀も出せなくて、そこへいったら可哀想じゃない。それで切られちゃったりするんだからさ。
宮部 献体でね。
北村 腹が出てるぞなんてさ。
宮部 肝臓は使い物になるかな、なんて。
北村 ……そう書いて凄みのある話になることもある。ここでは少女にすることで、すべての人に通じる普遍の物語にした。底のところから存在の悲しみが立ち上がっている。
宮部 さっきの小説でないと出来ないという技もこれですよね。この結末の音は、誰も聞いたことがないんだけれども確かに聞えてくる。崩れていく骨……。
北村 現実には死者の一人称はありえないけれど、でも小説世界だとこうなる。
宮部 読者にこの音を聞かせるための、死者の一人称。
北村 この作品にこのタイトルというね。どうしてこういうタイトルを思い浮かべられたのか。この見事さ。「少女架刑」しかないですね。
宮部 どのようにしてこういう透徹した悲しい、最後は荒涼とした風景のなかに女の子の骨がぽつんといるという話をお書きになられたのか。憑かれたようにか、淡々となのか。どんな環境で、どんなものを着て、間にどんなものを召し上がりながら、これをお書きになったんだろうと思うんです。
北村 それはタイトルも含めて、書き方は必然であって。一瞬に出てきたんじゃないでしょうか。

宮部　傑作が出来るときって、そうなんですね。

北村　乙一君の『夏と花火と私の死体』、あれが出たとき、死体の一人称が結構センセーショナルだったですね。先行する非常に優れた作品がここにある。乙一君が若い人によく読まれていますけれど、この作品も是非読んでいただきたいと思いますね。

宮部　これ、とても若い人の感性に訴えかけると思います。自分が死んだら世界はどうなるのかという、いわゆる「セカイ系」を、そのロマンティックな幻想をバッサリ斬り捨てる形で一撃するところがありますし。残るのは骨が砕ける音だけなんだというのは、悲しいけれど。こういう素材って、書き方によってエロくもえぐくも書けるけれど、これはすごく清潔ですよね。

北村　聖性を死によって得るわけだね。

宮部　それと、吉行さんの「あしたの夕刊」、私は好きですねえ。

北村　これも面白かった。最初は女性のことも出てこないし、吉行さんらしくない作品かなと思ったんです。しかし、読んでみると、非常にすぐれたエッセイストであり、座談の名手であった作者の一面が覗けるような作品で、いいなと。勉強になったのは、この頃の夕刊のシステム。

宮部　あれは私も知りませんでした。日付が今と違っていたという。

北村　十月二十五日の夕刊には、翌二十六日の日付が入るものだったんですね。そういうシステムだったとは、ちょっと調べもつかないし、ここで読まなければ知りようもなかった。作品のアイディア自体はよくある発想なんだけれど、エッセイ的な書き方をしていて非常に面白い。

宮部 確かに、海外のショートSFなんかでは珍しくない素材ですが、それをどういうふうに落とすのかなと思っていると、「あ、この手があったか。ここへ案内するのか」というラストに導かれる。私、昔から吉行さんの『恐怖対談』が大好きで、吉行さんの怖い話好きが、こういう作品に結びついたんだなと感じながら読んでいました。

北村 私にとっても意外な発見となる短篇でした。

それから、山口瞳の風変わりな〈考える人たち〉の「穴」がどうも気になります。当初、私は連作の一作目ということで遠慮していたんだけれど、宮部さんはどうお読みになりました？

宮部 へんてこに浮遊していて、面白い作品でした。ちょっとたとえようがありません。

北村 非常に不思議な、異様な感じの小説ですよね。

宮部 主人公の名前が偏軒（へんけん）というのも変ですが、吉永小百合とか岡田茉莉子とか実名がどんどん出てくるじゃないですか。これはそのまま読んでいいのかなぁ（笑）。

北村 泡坂妻夫先生の小説に、どうしてこんな名前考えついたのか、と思うような人物名が出てきますが、あの感じですね。「偏軒は、彼の妻のイーストのために穴を掘っているのである」「ドストエフスキイが、子供用の自転車に乗って通りかかった」っていわれても。

宮部 何事かと思いますよ。（笑）

北村 連作短篇の一篇ではありますが、これ一つだけ読んでもなにか不思議な世界が味わえると思います。

やはり、連作ものの中からということで、多岐川恭さんの『的の男』の一作目である「網」はどうですか？

宮部　私はまず、ドラマで見たのです、『標的』という。二十歳にはなってなかったと思うんですけれどね。一時間の連続ドラマで多岐川恭原作。

北村　本当にこれをやったんですか？

宮部　そうです。独立したこの話を一話ずつドラマにして、毎回あの男を殺そうとして、みんな失敗していくんですよ。役者さんは全部忘れてしまったんですが、あまりにも奇抜な設定だったので、「多岐川恭」って名前だけは印象に残ったんです。

小説教室で多岐川先生に習ったとき、「先生、『標的』ってドラマございましたよね」と言ったら、「あなた、あれ観たの？」。当時のテレビドラマの世界って、結構チャレンジングだったんですね。このようなミステリードラマを九時くらいから流すわけだから。

北村　犯罪の馬鹿馬鹿しさ、イメージの馬鹿馬鹿しさ、返り討ちにあうところとか。それにたんぽの可笑しさ。何とも不思議な読後感です。あの犯人は見事に惨めですよね。情けない。

宮部　情けないですよ、毎回失敗するんです。しかし毎回挑む犯人がそれぞれすごく新鮮で。ぐるっと回って、長篇になって、実はいわゆる○○ものになるわけで、でも、去っていく○○の気持ちは、そうだろうなあって思っちゃいました。

北村　基本的に連作物を一篇だけとるのはルール違反なんです。しかし、先ほどの

「六」はそれだけで独立した世界があって、先に続く感じがあっても、それ自体がその作品を引き立てる要素になっています。この「網」も独立しているし、充分味わえますよ、非常に面白い。すごく、変なユーモアがあるよね。

宮部　殺人の道具とする投網をこっそり作り、夜中に「フッ」とか「ハッ」とかって、練習しているんですよ。

北村　これはおかしかったな。

宮部　本当に何だこの小説は？　とはじめ思ったんですが、あの着地の仕方はさすが名手。二人の女の対比にしろ、男の心境にしろね。

「私にはわかっている」という眼差し

北村　次は戸板康二先生の「少年探偵」です。実のところ、これが戸板先生の最高水準とは思わないんですが、ちょっと面白い経緯のある作品でしてね。資料を持ってきました。

宮部　『私だけが知っている——幻のNHK名番組』（光文社）。

北村　うちにテレビがやって来た頃、「私だけが知っている」という番組をやっていました。ミステリードラマ仕立ての映像を流して、その犯人を徳川無声率いる探偵局員たちがあれこれ推理する番組です。これはその脚本を集めた本で最初に昭和三十六年一月八日の放送に「金印」とあるでしょう。なくなった金印のナゾを探る話で、実はこれが「少年探偵」中、最初のエピソードの元ネタなんです。

宮部　三十五年の十二月生まれの私が、生後一ヶ月でポニョポニョしてた頃ですねえ。

北村　生まれたばかりの宮部さんが寝ている横で放映されたと思うと感慨深いですね。私は「少年探偵」の金印紛失のエピソードを読んだとたん、「あ、『私だけが知っている』だ」と思い出して、この本を調べたんです。ちょっと面白いでしょ？　しかも番組のキャストも見てみると、金印を持ち去ったと思わせるためだけに、チラリと出てくる三河万歳の二人が江川宇礼雄と三木のり平。年賀の客が岡本太郎、池田弥三郎。探偵局員には攻守ところをかえて、土屋隆夫、鮎川哲也、藤村正太、笹沢左保、夏樹静子といった人たちが並びます。つまり、いつも出題している面々が解く側に回ったわけです。

宮部　なんと！　豪華絢爛。私、ずっと戸板先生と北村さんには共通するところがあると思っていたんです。特に戸板先生の中村雅楽シリーズと北村さんの「円紫さんと私」シリーズは、それぞれ探偵役が歌舞伎役者と噺家で芸の道に生きる人物。そうした道具立てだけじゃなく、物の見方まで共通するものがおありだと思います。意識なさったことおありですか。

北村　特に意識したことはないですが、『グリーン車の子供』や『団十郎切腹事件』はとても面白いと思いますね。次の作品、宮部さんどうぞ。

宮部　「誤訳」ですね。非常に短い作品です。

北村　感心しましたね。というのは下手に書いたら理屈の先走ったとんでもない話になりかねないでしょ。それを清張先生が書くとこんなに読めちゃうのかというすごさ。特に出だしなんか、他の人が書いたらもたないですよ。

宮部　「スキーベ賞の本年度受賞はペチェルク国の詩人プラク・ムル氏に決定した」（朗読する）。

北村　普通この書き出しでアウトですよ。それを清張さんは人間心理の綾を描いた見事な短篇に仕上げている。

宮部　私はタイトルにそそられましたね。清張さんが森鷗外に傾倒していたのは有名な話で、文学を研究する人に大変な敬意を払っていらした。その方がお書きになった「誤訳」というタイトルの作品なら、「ああ、どんな話だろう」とワクワクします。

北村　なるほど。そう思うと「或る「小倉日記」伝」に通じるものがありますね。あの中で鷗外と離れて併走する主人公と、「誤訳」でプラク・ムル氏に併走する女性翻訳者がダブってきます。

宮部　清張さんは早い時期から文学を志していたにもかかわらず上の学校に進めず、同人誌で活躍なさってる頃も行商や下絵描きみたいな仕事をして、一途に文学を愛し続けた方でしょう。アンソロジーを編むときに作品を読み返して、清張さんが心から文学に憧れ、大作家や文学を研究する人にピュアな尊敬と温かい気持ちを持っていらしたことがよくわかりました。

北村　「誤訳」の翻訳者は誤訳の責任をとって身を退くわけですよね。

宮部　ええ、でもこの人に対する清張さんの「なぜあなたがこうしたのか、私には分かっている」というやさしい気持ちが胸にしみます。作品としては小品だし、派手な仕掛けもないけれど。

北村　「私には分かっている」という眼差しはすべての清張作品に通じますね。

宮部　では、次の「考える人」。すごく面白かったんです。

北村　そうだ、「考える人」もよかった。井上先生が大傑作『補陀落渡海記』を書いているまさにその時の作です。一方で東北の寒村の即身仏の話を書かれているというのは非常に興味深い。

宮部　タイトルは一見そっけないんですが、読み終わるとこのタイトルじゃなきゃいけないと思う。私がぶっとい線を引いたくだりがあるんです。「どうしてこのように現世は生きにくいかと考え続けていたように、木乃伊になってからも考えていた。衆生を済度するどころではなかった。木乃伊にならなければ生きられなかった自分を、生きている時と同じように、木乃伊になってからも考えていたのだ」で、ここは特に若い人に読んでほしいですね。ぐいぐい読んでほしい。

北村　最後、円地さんの「鬼」です。宮部さんの「鬼」論を聞かせてください。

宮部　円地さんって、こういうものをお書きだったんですね。感動しました。主人公は自分の望みを何でもかなえられる女性ですが、それが幸せと直結しないんですね。最初は、母親が娘を手放したくない、娘が女として自分以上の幸せを摑むのはどこか面白くないと思っている気持ちが描かれ、それが鬼の正体なのかと思わせるんです。ところが実はそうではなく、娘もその嫉妬に似た感情を背負い込んでいくことになります。ただ、母方の一族に鬼がついているという道具立ては、ちょっと古めかしいですが。

北村　始まり方も時代を感じさせますよね。

宮部　けれど、これは深読みしようと思えばいくらでも深読み出来る、非常に現代的作品でもあると思います。親子の距離感を誤って起きる事件が頻発している今だからこそ、ぜひ読んでもらいたい。

北村　円地さんに「下町の女」というのがありますが、全く趣きが違うのも面白いでしょう。

宮部　そうそう、「下町の女」は、女中という言葉に閉じ込められ虐げられた階層の女を、家政婦さんという言葉によって解放していくんだという内容で、ちょっとアジテーション的なところがある。今でいえばジェンダーに非常に敏感に反応した言論人ですよね。かといって、それ一辺倒ではなく、「鬼」のようなものを書かれているのはすごく興味深い。

この二面性が私にはよく分かる気がします。ミステリーを書きながら、犯罪はいけないし、そもそも犯罪が起きるような状況を作っちゃいけない、と強く思っている。ところが一方では、身も蓋もない犯罪者を作品に登場させ、しかも犯罪者の抱える暗部が読者一人ひとりの中にもあるのだと思わせるように書く。そこには矛盾や葛藤があるんです。

円地さんも、女であることの呪わしさや抑圧から女たちを解放しなくてはならないという使命感で「下町の女」を書く一方、作家としての創作欲は「鬼」のような作品を志向したのではないでしょうか？　勝手な想像で恐縮ですが、きっと、ご自身は「鬼」の方が楽しくかけたんじゃないかな。

北村　そういう感じはします。読んでいて楽しかったですよね。

宮部　ストーリーテリングが優れていて、お話に転がされる快感を味わえると思います。

（於・山の上ホテル、2007.6.29）